Couvertures supérieure et inférieure
manquantes

Carnet d'un Sauvage

HENRY MARET

* *

CARNET

D'UN

SAUVAGE

PARIS

SOCIÉTÉ D'ÉDITION ET DE PUBLICATIONS

Librairie Félix JUVEN

122, RUE RÉAUMUR, 122

PREFACE

Tous les notaires de province lorsqu'ils publient leur traduction d'Horace, ou les chansons qu'ils ont composées pour le mariage de leurs proches, ne manquent jamais de dire que, s'ils confient leurs élucubrations à la postérité, c'est pour céder aux instances de leurs amis.

Je suis obligé de leur emprunter cette formule, car, si je publie ces bluettes, c'est bien pour répondre aux sollicitations de correspondants presque aussi nombreux que les étoiles éteintes par Viviani. Encore y ai-je mis de la modération, car il n'y en a ici qu'une partie.

Le père Alexandre Dumas disait volontiers que ce qu'il y avait de mieux dans les pièces de théâtre c'étaient les coupures, parce qu'elles n'étaient jamais sifflées. Mes lecteurs voudront bien être indulgents pour les notes que je leur livre en songeant à toutes celles que je leur épargne.

Je prie donc ceux qui seraient tentés de hausser les épaules en parcourant ces feuillets de s'imaginer que ceux qui n'y sont pas étaient de beaucoup les meilleurs. Cela leur permettra de garder quelque estime pour l'auteur.

Henry MARET.

Les anciens avaient deux philosophes, l'un Démocrite qui riait toujours, l'autre Héraclite qui pleurait sans cesse.

J'estime que chacun d'eux avait tort, car, s'il ne faut pleurer de rien, il n'est pas sage non plus de rire de tout.

Tel qu'un des Athéniens de cette époque, ou pour être moins pédant, tel que le *Figaro* de Beaumarchais, je descends sur la place publique, et je demande ce dont il est question.

Les événements bourdonnent et passent comme des mouches. Il s'agit de les attraper au vol et de bourdonner un instant comme eux. Tel vaut la peine qu'on le pique dans sa collection : tel autre est vite rendu à la liberté. Et demandez à notre frivolité ce qu'est devenu ce qui l'inquiétait ou l'amusait, il y a quinze jours, elle ne saura même pas ce dont vous voulez parler.

L'art est devenu impressionniste. Tout, aujourd'hui, est impression, donnée ou ressentie. Les bénédictins ont fait place aux chroniqueurs ; et la philosophie, qu'on puisait autrefois dans les pesants bouquins, on la cueille, aujourd'hui, dans ces feuilles légères, que le facteur apporte le matin, et qu'emporte le vent du soir.

1

Une telle philosophie ne doit être ni sombre, ni pénible. N'est-ce pas la philosophie d'Ariel, voltigeant à travers la forêt, et faisant le tour du monde en l'espace d'un éclair ?

Ainsi seront ces pensées sur tout ce qui vit, sur tout ce qui se dit, sur tout ce qui se fait, sur tout ce qui intéresse aujourd'hui et sera oublié demain. Le penseur n'a d'autre prétention que d'être comparé à l'oiseau, qui donne un coup d'aile en passant et disparaît à l'horizon.

Jugements éphémères, d'où il résultera, je crois, que si la terre est un enfer, elle est, comme l'autre, pavée de bonnes intentions.

« Aussitôt pris, aussitôt pendu », dit l'adage. A peine ai-je mis le pied à l'étrier, que me voilà forcé de rompre une lance.

Une plaisanterie, à laquelle pour ma part je n'avais pas attaché la moindre importance, a ému le monde des comédiens. J'avais dit que les comédiens avaient grand tort de faire eux-mêmes leurs pièces ; car, depuis Molière, je n'en connaissais pas qui eussent réussi comme auteurs.

Grande indignation. Et, pour me prouver que je ne suis qu'un ignorant ignorantissime, on m'écrase sous les citations. Comment ai-je pu méconnaître cette quantité de chefs-d'œuvre, qui commencent par le *Sourd ou l'Auberge pleine*, pour finir au délicieux *Pied de Mouton* ? De grâce, messieurs, épargnez-moi ; je n'avais pas songé à ce *Pied de Mouton*-là.

A vrai dire, je n'avais songé à rien, pas même à tourner sept fois ma plume sur le papier, avant d'écrire, ce que le sage nous recommande, mais ce qui est bien difficile à pratiquer. Encore moins avais-je songé que ces deux lignes pussent susciter une question nouvelle, la question des acteurs-auteurs.

Que les acteurs écrivent s'ils le veulent, ou qu'ils n'écrivent pas, s'ils ne le veulent point, voilà qui ne me paraît pas palpitant. Je connais des comédiens de beaucoup d'esprit, très capables de refaire le *Pied de Mouton*, et même mieux. A Dieu ne plaise que je les en empêche !... Quand d'ailleurs tout le monde se mêle de faire du théâtre, même les juges d'instruction, on serait mal venu à contrarier sur ce point les comédiens, dont au demeurant le métier est la comédie, et qui y sont aussi compétents que les pharmaciens en médecine.

Mettons donc que je n'ai rien dit, ou que j'ai dit une sottise. Là-dessus, nous n'aurons point d'affaire. Et ce n'est pas moi qui applaudirai le moins fort au premier chef-d'œuvre qui nous fera oublier le *Pied de Mouton*.

Si vous voulez savoir toute la vérité, je crois avoir satisfait là une vieille rancune, due à l'incommensurable ennui que m'ont causé certaines pièces de vénérables sociétaires.

Mais je suis le premier à reconnaître que, s'il fallait fermer le théâtre à toutes les classes dont un représentant vous y a ennuyé, il ne serait plus ouvert à personne.

Le tort de la justice est de vouloir toujours trouver des coupables.

« S'il n'y en a pas de vrais, on se contente d'à-peu-près », chante-t-on dans le *Petit Faust ;* mais ici il ne s'agit que de maris, ce qui est sans importance.

Au Palais, il s'agit de criminels, et c'est un peu plus grave. Toutes les fois que l'affaire est un peu sensationnelle, il faut absolument que l'instruction mette la main sur quelqu'un, et si elle ne trouve pas le vrai, elle met la main sur l'à-peu-près, plutôt que de revenir bredouille.

Elle en convient elle-même, non sans une dangereuse naïveté. C'est ainsi que, dans le procès de la rue de Rohan, on pouvait résumer l'argumentation de l'accusation en ces termes :

« Messieurs, nous ne vous apportons pas les vrais coupables, c'est vrai ; mais prenez toujours cela en attendant, c'est ce que nous avons trouvé de plus satisfaisant. Ce sont de braves gens ; il faudra vous en contenter. Vous ne sauriez croire combien il est difficile de se procurer des coquins, cette année. »

Les jurés ont acquitté haut la main.

Vous me direz qu'on aurait dû s'attendre à ce verdict, et qu'il eût été beaucoup plus avantageux et moins coûteux de se tenir tranquille. Mais il faut bien utiliser l'argent des bons contribuables, et montrer que la justice est fidèle à sa mission, qui consiste, comme chacun sait, à veiller sur notre sécurité, et au besoin à la troubler.

J'ai connu un juge d'instruction, qui, dans une autre affaire, disait à qui voulait l'entendre :

— Je sais bien que mon principal accusé est innocent ; mais, si je l'enlevais au procès, je n'aurais plus que du fretin. Mettez-vous à ma place.

On avait envie de lui répondre qu'il ferait mieux lui-même de se mettre à la place de l'accusé qui fut d'ailleurs acquitté; mais on s'en gardait. Car c'est surtout en face des juges d'instruction qu'il faut se souvenir de la parole du sage :

« Je ne discute pas avec qui peut proscrire. »

Un des désagréments de la profession d'artiste, c'est que généralement on n'en jouit dans toute sa plénitude que lorsqu'on est mort. Or, l'état de mort ne laisse pas d'être gênant pour jouir de quoi que ce soit.

Il est certain que, si Fragonard a appris dans l'autre monde qu'un de ses tableaux venait de se vendre 420,000 francs, il n'a pas dû éprouver moitié de la joie qu'il eût ressentie si cette nouvelle lui fût arrivée pendant le cours de son existence terrestre. Qui sait même s'il en est averti ? L'empire des morts a cette ressemblance avec l'empire de Russie, que toutes communications avec l'extérieur y sont soigneusement interceptées.

Voilà bien ce qui rend la profession d'artiste si inférieure à celle du négociant. Car celui-ci peut toujours espérer se faire une bonne petite pelote en vendant sa marchandise, tandis que l'artiste, pour vendre la sienne un bon prix, doit le plus souvent attendre qu'il n'en puisse plus profiter. Et il ne peut même pas se consoler, en songeant qu'il travaille pour ses petits-enfants ; les petits-enfants des auteurs d'œuvres d'art n'en sont ni les propriétaires, ni les vendeurs, ni les acheteurs ; et il n'y aurait rien d'extraordinaire à ce qu'un marchand de tableaux qui vient de se voir adjuger une toile de 500,000 francs, ne rencontre en sortant un mendiant qui lui dise :

— Monsieur serait bien bon d'ajouter deux sous
pour le petit-fils de l'auteur.

J'en conclus que les pères ne sont pas sans sagesse, qui préfèrent mettre leurs fils dans la bon-
neterie plutôt que de les engager dans la carrière
des arts.

— D'autant que, si tu as ce goût-là, disait un de
ces parents sensés à son rejeton, tu pourras beaucoup mieux le satisfaire en faisant de bonnes affaires. Tes bonnets de coton te permettront d'avoir
de bons tableaux ; mais tes bons tableaux risquent
fort de ne pas même te permettre d'avoir des bonnets de coton.

On sait qu'en Extrême-Orient, lorsqu'un particulier croit avoir à se plaindre d'un autre, il va
tout bonnement s'ouvrir le ventre devant la porte
de l'offenseur. Il paraît qu'en sortant le matin,
ce dernier est excessivement contrarié.

Ce ne sont point là nos mœurs ; et c'est pourquoi
tout le monde a regardé comme fou ce capitaine
qui, soupçonneux probablement à tort, n'a trouvé
d'autre solution à son affaire que le suicide.

Il est certain que c'en est une ; et nos auteurs
dramatiques l'emploient plus souvent que de raison. Il n'est pas douteux non plus que cette façon
orientale de venger son outrage, si la mode s'en
établissait parmi nous, aurait de nombreux avantages. En politique surtout, elle permettrait de
se débarrasser d'un adversaire en toute sérénité.
Il suffirait de lui faire une crasse à la suite de laquelle il s'empresserait de partir pour un monde
meilleur.

Il ne faut pas trop compter sur l'acclimatation de cette méthode, qui a le tort de ressembler à celle que préconisent les internationalistes, quand ils disent :

« Laissons périr la France : vous verrez quel mauvais effet cela fera dans le monde. »

Nous autres, qui tenons à notre vie, par la raison que nous n'avons que celle-là, nous ne sommes pas près d'y renoncer dans l'unique but d'attirer sur nous une sympathie, qu'il nous serait bien difficile d'utiliser, quand nous n'y serons plus. Aussi, longtemps encore nous considérerons le suicide comme un acte de folie.

Nous n'en excepterons pas même le suicide par amour, car nous ne voyons pas ce que l'amoureux ou l'amoureuse peuvent y gagner. Le meilleur moyen d'arrêter les passionnés serait d'obtenir d'eux qu'ils remissent à une trentaine d'années l'exécution de leur sinistre projet. Tout porte à croire qu'en se revoyant à cette distance, ils se demanderaient comment ils ont pu ajouter tant d'importance à une affaire qui en a si peu.

Vous me direz que la vie n'en a guère davantage. C'est pourtant ce que, jusqu'ici, l'on a trouvé de mieux pour exister. Et, si vous n'existez plus, de quoi, diable, vous souciez-vous ?

Le dîner touche à sa fin. Il a été exécrable, les vins falsifiés, les mets traditionnels, ceux qui vous ont été servis au dernier banquet, qui vous seront servis au prochain, l'inévitable saumon, la fatale poularde, le fâcheux parfait. C'est l'heure des toasts et des discours. Tous les convives sont en habit noir, cet uniforme hideux de la laide civilisation.

Pendant tout le repas, on a fait de la musique qui était bonne, mais que personne n'a entendue parce que personne ne l'a écoutée. On va maintenant prêter une oreille attentive aux harangues, avec le respect que doit un civilisé à tout ce qui est ennuyeux.

Ces harangues sont comme les plats, éternellement les mêmes. On les a toutes entendues, on les entendra encore. Nulle surprise. Les personnages officiels et désignés se congratulent ; ils congratulent les invités ; tout est admirable, tout est merveilleux. Tous les hommes sont habiles, tous les résultats dépassent les espérances. C'est dans le meilleur des mondes que se lèvent les coupes pleines du plus mauvais des champagnes. Quand l'un a fini, l'autre reprend ; et quand l'autre reprend, c'est comme si l'un n'avait pas fini.

Et, pour entendre ces félicitations, toujours, toujours semblables, et qui, par leur banalité, donnent une idée de l'infini, des assistants, de plus en plus nombreux, pénètrent dans la salle du festin, et se tiennent debout, tout comme s'ils attendaient quelque chose qui pût avoir un intérêt quelconque. Ils savent pourtant bien que ce quelque chose n'arrivera jamais, et font l'effet de gens qui seraient assis sur une berge, afin de voir si l'eau finira de couler.

Elle a coulé hier, elle coule aujourd'hui, elle coulera demain. Chaque jour amène son banquet ; chaque jour, les mêmes individus, ou d'autres tout pareils, dans le même habit noir, éprouvent le besoin de répéter les mêmes choses, qui n'apprennent rien à personne, et pour lesquelles, on ne sait pourquoi, tout le monde simule un intérêt absent.

Et l'on songe vaguement aux gais soupers de nos pères, qui trinquaient avec du vin de la vigne et priaient Margot de chanter, au dessert, la vieille chanson du pays.

Étaient-ils assez ridicules, ces pauvres vieux !

La société de vandales qui, avec un zèle admirable, ne cesse de travailler à l'enlaidissement de Paris, après avoir coupé le plus d'arbres qu'elle a pu, a résolu de s'en prendre aux fontaines. Qu'est-ce que les fontaines, je vous le demande, ont à faire dans une grande ville ? Après le feuillage, l'eau. Tout ça, c'est du pittoresque. Ce qu'il nous faut, à nous, c'est des maisons de rapport.

Comme il est difficile d'utiliser ainsi l'emplacement des fontaines, on les remplacera par des statues. Je suis, pour ma part, fortement d'avis qu'on élève un monument à Corneille, et je l'ai assez dit il y a quelques jours ; il est aussi question d'en élever un à Carpeaux, et c'est fort bien. Mais la destruction des fontaines n'en résulte pas nécessairement ; et il est permis d'honorer nos grands morts sans troubler l'eau qui coule.

C'est une chose curieuse que cette rage de ne pouvoir rien fonder sans détruire. J'aurais rêvé, moi, qu'au lieu de ravager le vieux Paris et ses merveilles, comme on n'a cessé de le faire depuis un demi-siècle, on construisît une ville nouvelle, puisqu'on en éprouvait le besoin, tout en respectant l'ancienne. La plaine Saint-Denis s'offrait pour cet essai loyal. Je conviens qu'à cette heure il est beaucoup trop tard, le mal étant fait. Je n'en continuerai pas moins à élever la voix, toutes les fois qu'on s'apprêtera à démolir quelque chose.

Ce sera d'ailleurs sans succès ; car le besoin de démolir ce qu'il a construit avec joie, pour y mettre autre chose qu'il édifie avec ivresse, est ancré dans l'homme moderne.

L'homme moderne, c'est un ami que j'ai eu, lequel passait son temps à déménager. Dès qu'il avait installé son appartement avec amour, et il se donnait pour cela une peine du diable, il le faisait admirer à ses amis, et s'empressait de le quitter pour un autre.

A ce jeu charmant, je dois vous avouer que mon ami s'est complètement ruiné. Mais, quand il s'agit de changer de place, qui diable regarderait à la dépense ?

Chaque année, au moment où tombent les dernières feuilles, les prophètes surgissent. Il en naît plus en Europe qu'en Israël ; et j'ose dire que les nôtres sont plus intéressants, parce que les malheurs qu'ils nous prédisent sont toujours pour l'an qui vient, et non pas, comme ceux de Jérémie ou d'Ézéchiel, de tant de siècles en avance, que je ne m'étonne pas de l'indifférence des Hébreux, qui pensaient avec raison qu'ils ne seraient plus là pour les ressentir.

Ne me demandez pas pourquoi les prophètes prédisent toujours des malheurs. Il y a à cela deux motifs. Le premier, c'est qu'on a beaucoup moins de chance de se tromper, les désagréments dans cette vie l'emportant de beaucoup sur les joies. Le second, c'est que prédire des bonheurs, cela n'aurait aucun intérêt. Vous voyez-vous ouvrir un almanach, dans lequel on vous dirait que tout ira pour le mieux l'année prochaine? Evidemment vous le jetteriez en vous demandant pourquoi on se donne la peine d'écrire cela.

Le prophète Zadkiel connaît mieux son métier ; il ne nous ménage pas les épreuves, et, si nous devons l'en croire, l'année prochaine sera féconde en événements funestes. Il y aura une révolution en Russie, révélation qui, celle-là, ressemble un peu à celle du cocher, qui, par une pluie battante, dit à son patron : « Je crois qu'il va tomber de l'eau. » Mais ce n'est pas tout. On se battra en Angleterre, on se battra en Prusse, on se battra en Hongrie, on se battra en Turquie, on se battra en Belgique ; quant à nous, nous aurons fin mars un grand soulèvement. Soulèvement de qui contre quoi ? Les oracles mystérieux ne s'expliquent jamais clairement.

Ce serait à vous donner la chair de poule et à vous faire dresser les cheveux sur la tête, si l'on ne se souvenait que de semblables prédictions nous ont déjà été faites l'année dernière pour l'année où nous sommes. C'est déjà bien gentil que le prophète Zadkiel ne nous annonce pas la fin du monde ; mais c'est une prédiction dont on a tellement usé, que personne n'ose plus s'en servir.

Pour moi, ce qui me rassure, c'est que, depuis ma dixième année, on m'a toujours affirmé que je dansais sur un volcan, et que je sauterais en morceaux avant qu'il fût six mois. Cependant je suis encore là, et vous aussi, je crois.

Je causais dernièrement avec un ancien directeur des Beaux-Arts, et je lui manifestais mon étonnement, en constatant que beaucoup de nos grands hommes avérés n'ont pas de statue dans Paris, tandis qu'on ne saurait se promener sans se heurter au coin d'un carrefour, ou dans un jardin, à un monument, reproduisant les traits ineffables d'un monsieur dont personne n'a jamais entendu parler.

— Il est même très intéressant, ajoutais-je, de suivre un provincial ou un étranger, visitant les beautés de la capitale, sous la conduite d'un Parisien.

L'étranger ouvre d'ordinaire des yeux effarés devant le bronze ou le marbre, et demande qui cela peut bien représenter. Le Parisien, qui n'en sait rien, s'approche, lit le nom sur le piédestal, et répond avec solennité :

— C'est Barbanchu, l'illustre Barbanchu.

— Ah ! ah ! fait l'étranger.

Puis, après un instant, quand il n'est pas trop timide, il reprend :

— Je vous demande pardon de mon ignorance, mais qu'est-ce qu'il a fait, ce Barbanchu ?

— Mon Dieu, dit le Parisien, je ne pourrais pas trop vous dire. Il n'est pas bien connu ; mais c'est un homme illustre tout de même.

Mon ex-directeur me répliqua en souriant :

— L'explication que vous me demandez est bien simple. Les grands hommes dont vous parlez peuvent attendre. Il arrivera toujours un moment où l'on pensera à eux. Tandis que Barbanchu, qui songerait à Barbanchu l'an prochain ? Il est urgent de lui élever quelque chose, afin qu'on n'oublie pas ce pauvre Barbanchu.

Il n'y avait rien à répliquer, sinon que le nombre des Barbanchu s'accroît au point d'absorber toute l'attention et toutes les subventions. C'est ainsi que, grâce au *Journal*, on vient de s'apercevoir que Corneille n'avait pas de statue dans Paris.

Un de mes amis a perdu vingt francs, qu'il avait pariés avec un monsieur qui lui avait dit cela, et que par-dessus le marché il avait traité d'imbécile. Informations prises, c'est le monsieur qui avait raison.

On a trouvé la rue Corneille, on a trouvé le café Corneille, on n'a pas trouvé la statue de Corneille.

L'administration promet de s'en occuper, s'il ne meurt pas trop de Barbanchu cette année.

Mon vieil ami Paul Meurice, qui vient de mourir, ne fut pas seulement l'auteur dramatique, à qui l'on doit des pièces, que tout le monde connaît. On lui doit encore autre chose : on lui doit Veules-les-Roses.

L'anecdote vaut la peine d'être contée.

C'était au temps où la reine Berthe filait, où Michelet n'avait pas encore découvert la mer et où l'on s'amusait follement au palais des Tuileries.

A cette époque antédiluvienne vivait à la Comédie-Française une actrice d'un certain renom, aujourd'hui oubliée, qui s'appelait Anaïs. Cette Anaïs était attachée par les liens les plus doux à un homme d'État fort à son aise, d'autant plus à son aise qu'il passait pour un parent très proche de l'empereur : c'était Walewski.

Tout passe, tout lasse, tout casse. Walewski cassa avec Anaïs, attiré par le génie de Rachel. Désespérée (était-ce l'amour? était-ce l'ambition? on ne sait), Anaïs ne voulut pas attenter à ses propres jours, mais elle alla se réfugier dans un asile écarté

> Où de pleurer en paix, on eût la liberté.

Cet asile se trouva être un petit hameau, où quelques pêcheurs raccommodaient leurs filets, et où quelques ouvriers tissaient. Anaïs y vécut plusieurs mois dans la solitude et trouva l'endroit si pittoresque qu'elle écrivit à son camarade Mélingue de l'y venir voir.

Mélingue vint, et son enthousiasme romantique ne connut plus de bornes. Très lié avec Paul Meurice, dont il était le principal interprète, il amena son auteur à Veules, et de là date la transformation du pays.

Meurice acheta pour un morceau de pain toute une partie de falaise, comprenant une poudrière hors de service, qu'il fit démolir, et remplaça par une très belle maison. Puis un grand jardin fut planté ; un kiosque, presque en pleine mer, qu'habita plus tard Victor-Hugo, fut construit. De son côté, Mélingue acheta. Puis d'autres écrivains, d'autres artistes affluèrent. Depuis ce temps, la colonie parisienne n'a fait que s'accroître, et à l'heure qu'il est, vous chercheriez vainement dans tout le pays un ouvrier tisseur.

Sur cette plage, comme ailleurs, tout à l'opposé des envahisseurs étrangers, qui vivent sur l'habitant, ce sont les habitants qui vivent sur l'étranger.

Il est certain que c'est un bon métier que celui de commissaire-priseur.

Un monsieur, qui m'écrit à propos de la vente Cronier, me fait remarquer que si le taux de six pour cent, qui constitue le bénéfice personnel du commissaire-priseur, paraît raisonnable pour les petites ventes courantes, il devient singulièrement excessif quand il s'agit de ventes de cette envergure.

Le commissaire-priseur ne se donnant pas plus de mal pour vendre un objet d'art quatre cent mille francs, que vingt francs les *Voyages du capitaine Cook*, il semble que le taux devrait être régressif, et inversement proportionnel.

La vérité est que le commissaire n'empoche que trois pour cent, plus la part qui lui reviendra dans le partage annuel de la caisse commune. Mais c'est bonnet blanc et blanc bonnet.

Or, en ne tablant que sur trois pour cent, la vente Cronier ayant rapporté cinq millions cent quatre-vingt-dix-huit mille francs, le bénéfice du commissaire-priseur aurait été de cent cinquante-cinq mille neuf cent quarante francs.

La durée des deux vacations ayant été de six heures et demie, cela représente 24,000 francs l'heure.

Et l'on se plaint que chez nous les ouvriers sont mal payés !

Je sais bien qu'à un bourgeois, trouvant exorbitante la somme que lui demandait Horace Vernet pour son portrait, et lui faisant remarquer qu'il n'avait mis que quelques heures à le faire, le peintre répondait :

— Vous vous trompez, monsieur, j'ai mis vingt-cinq ans.

Je ne pense pourtant pas qu'il faille vingt-cinq ans pour apprendre à dire : « Adjugé. »

Quoi qu'il en soit, tout le monde conviendra que c'est bien payé.

Je suis pour ma part stupéfait, quand je vois que, dans les ventes, les vendeurs paient six pour cent de frais et les acheteurs dix.

Si cela continue, ce sera comme pour les amendes et les impôts, où l'accessoire a fini par dépasser le principal, et où, comme disent les bonnes gens, la fumée revient plus cher que le rôti.

Nous n'avons pas à nous plaindre des Américains. Depuis Christophe Colomb, ils nous ont comblés de cadeaux. Les maladies, aussi variées qu'étranges, dont ils nous ont gratifiés, ont contribué à la prospérité de notre corps médical, et même, depuis quelque temps, ouvert des horizons nouveaux à notre art dramatique. Quant au phylloxéra, nul n'ignore combien il a apprécié notre vignoble, et s'est vite acclimaté chez nous.

Il n'est pas surprenant que ces différents bienfaits soient payés de retour, et l'exode vers l'Amérique de toutes nos œuvres artistiques démontre bien que nos frères de l'autre côté de l'eau n'ont pas eu affaire à des ingrats.

Les achats de milliardaires (comme mon homme avait raison, qui disait qu'il valait mieux être bonnetier qu'artiste!) se précipitent avec une telle rapidité dans toutes les ventes, dans celle de Cronier comme aux autres, qu'on peut déjà prévoir le moment où nous saluerons le dernier navire qui s'enfuira à l'horizon avec notre dernier chef-d'œuvre. Il est vrai (là se reconnaît le doigt de la Providence) qu'en même temps que les authentiques s'en vont, la fabrication du faux augmente, ce qui permet d'espérer que nos musées ne manqueront jamais de rien.

J'ai connu un amateur intelligent, qui n'avait chez lui que des faux, mais qui, à l'opposé de ses confrères, le savait fort bien.

— Qu'est-ce que cela fait? me disait-il. Tous les gens qui viennent me voir, et parmi eux les plus éminents critiques, se pâment d'admiration. Or, le point, c'est de faire se pâmer les gens.

Il est certain que le fou, qui se croit empereur de la Lune, est tout aussi heureux et peut-être plus heureux que celui qui posséderait vraiment cette lune, dont probablement il ne saurait que faire. N'empêche qu'on est étonné de constater dans toutes les ventes importantes l'absence des représentants de l'État.

J'en causais avec l'un d'eux, qui me répondait assez naïvement :

— Qu'est-ce que nous irions y faire? Nous n'avons pas le sou.

— Vous savez tout de même les dates auxquelles elles ont lieu?

— Certainement.

— Allons, tant mieux. C'est toujours cela.

Les journalistes ne sont peut-être pas aussi bêtes qu'on le pense.

J'entends les journalistes autrichiens.

On m'apprend qu'à Vienne les députés se sont mis à copier la Chambre française, et, comme ce n'est pas chez eux qu'il a été dit qu'en imitant quelqu'un, c'est par ses beaux côtés qu'il lui faut ressembler, ils nous ont copiés dans ce que nous avons de plus désagréable et de plus ridicule, c'est-à-dire dans cette habitude, qui est devenue notre seconde nature, de siéger depuis l'heure où l'Aurore franchit les portes de l'Orient, jusqu'à minuit, heure des crimes.

Cela ne sert absolument à rien ; mais on sacrifie son dîner à la patrie. C'est toujours cela, en attendant qu'on lui sacrifie son existence.

Malheureusement, les députés ne sacrifient pas seulement leur dîner ; ils sacrifient en même temps celui des autres, d'abord de tous les employés à leur service, qui n'en tirent aucune gloire, ensuite de tous les journalistes parlementaires.

Ce sont ces derniers qui, à Vienne, ont résolu de faire cesser cet état de choses.

Pour cela, ils ont tout bonnement décidé de supprimer tout compte rendu.

C'est le droit de grève appliqué à la publicité des séances.

Je ne saurais trop encourager mes confrères à imiter les journalistes viennois, comme les députés viennois imitent les députés français.

Le jour où la presse entière ferait le silence sur les délibérations parlementaires, vous verriez un peu ce que dureraient celles-ci. Car vous comprenez bien qu'on ne parle que pour être entendu ; et, du moment où l'on serait prévenu que de ce qu'on dira passé l'heure du dîner personne n'en saura jamais rien, vous verriez comme on rentrerait chez soi.

Mes très chers frères, vous ne connaissez pas votre puissance. Je vous le dis en vérité, le jour où nous nous entendrions tous, nous ferions du monde tout ce que nous voudrions.

La presse n'est pas, comme on l'a dit, le quatrième pouvoir dans l'Etat ; c'est le seul.

Un nouveau sport vient d'être créé en France, où il semble se propager avec une certaine rapidité.

Ce sport consiste, lorsqu'on a maille à partir avec la police, ce qui peut arriver aux plus honnêtes gens, mais ce qui arrive aussi, quelquefois, quoique plus rarement, aux autres, à s'enfermer dans sa maison, avec cartouches et munitions, et à subir un siège en règle de la part des agents de la force ou de la faiblesse publiques, comme on le préférera.

Ce sport doit être assez amusant ; mais il exige certaines conditions, qui, malheureusement, ne sont pas à la portée de tout le monde. La première est de se faire une affaire avec la justice ; mais celle-là est relativement aisée. Il serait évidemment tout à fait ridicule de se fortifier chez soi, et d'amonceler les matelas sur ses bastions, si personne n'apparaissait pour donner l'assaut, si ce n'est un créancier sans autre arme qu'une facture non acquittée. Mais il est toujours facile de commettre un délit, notre Code nous en offrant au choix quatre millions sept cent soixante-quinze mille, entre lesquels on serait bien difficile si l'on ne trouvait pas son affaire. D'ailleurs, il n'est pas un juge d'instruction qui ne se fasse un plaisir de décerner contre vous un mandat d'amener pour peu que vous lui en fassiez la demande.

La seconde condition est plus difficile à remplir. Il faut, en effet, avoir une maison à soi, ou tout au moins en être le locataire ; en sorte que ledit sport n'est permis qu'aux propriétaires, ou aux gens suffisamment à leur aise. En quoi il ressemble d'ailleurs à beaucoup d'autres sports, tels que la promenade en mer sur un yacht, ou la traversée de la Méditerranée en ballon.

Maintenant il faut reconnaître qu'il ne va pas sans inconvénients. On peut recevoir un mauvais coup. Mais quel est le plaisir qui n'a pas de danger? On peut tomber d'un trapèze, et s'enfoncer sous la glace en patinant. Ce sont là considérations qui n'ont jamais arrêté personne.

Grâce à son originalité, je pense donc que cette récréation deviendra tout à fait à la mode, et que les passants ne se détourneront même plus de leur chemin, lorsqu'ils recevront un projectile sur la tête, en se rendant à leur bureau.

Ils se diront simplement :

— C'est un monsieur qui se fait assiéger, pour son agrément...

Mais voilà, auront-ils le temps de se le dire?

Je savais bien, moi, qu'on y reviendrait.

Lorsqu'a été terminée la grande, grande Exposition de 1900, ce ne furent que cris et gémissements. Tout le monde se lamentait ; tout le monde était ruiné. Les restaurateurs, qui nous avaient vendu 25 francs un œuf mal brouillé, pleuraient à chaudes larmes, en disant qu'ils y étaient de leur poche, et le prouvaient en faisant faillite. Les fameuses attractions, dont les salles n'avaient pas désempli, mais à qui il eût fallu deux fois le maximum pour mettre les deux bouts, s'apercevaient un peu tard que le maximum ne se dépasse pas.

L'État se plaignait, les locataires se plaignaient.
Et le public, donc !

On ne rencontrait que des gens qui vous disaient :

« Allez au diable, avec vos expositions ! Si jamais on m'y reprend, il fera chaud. Quelque argent
qu'on mît dans sa poche, on ne pouvait pas entrer
là-dedans sans en sortir dépouillé. Et pourquoi, je
vous le demande ? Mal nourri, entouré d'esclaves
des Batignolles habillés en Turcs, on ne voyait que
de la poussière, on faisait des kilomètres au milieu d'un charivari qui eût exaspéré tous les
diables de l'enfer, et finalement, pour rentrer chez
soi, on était obligé d'offrir un louis à un cocher,
qui vous appelait « fourneau ». Ah ! non, les expositions, ne m'en parlez plus ! Et, maintenant,
c'est bien fini. On n'en parlera plus jamais. »

Il ne fait pourtant pas chaud, et voilà qu'on
nous y reprend.

Ce ne sont encore que quelques rumeurs légères.
Des insinuations tout d'abord : Qu'est-ce que vous
diriez si... il ne serait pas impossible que... il serait peut-être intéressant de... Puis on s'aperçoit
qu'on ne rencontre pas la résistance prévue. Les
vieux ennuis sont oubliés. Serments d'amour ne
durent qu'un moment ; serments de haine ne
durent guère davantage. Et voilà que la voix s'é-
lève, que la proposition prend corps. On ne dit déjà
plus : y aura-t-il une Exposition ? On commence
à dire : comment s'y prendra-t-on pour la future
Exposition ?

Parisiens, mes amis, vous exposerez toujours.
Vous êtes nés exposants. Chassez le naturel, il
revient au galop ; et l'on retourne à ses amours
avec d'autant plus d'empressement qu'on se souvient d'en avoir plus souffert.

Pour beaucoup de gens, quand une personne en tue une autre, il semble que ce soit une excuse d'invoquer l'amour du meurtrier pour sa victime.

Quand on apprend qu'un mari a tué sa femme, ou un amant sa maîtresse, on dit tout de suite :

— Qu'est-ce que vous voulez? il l'aimait tant!

Voilà une étrange façon de montrer qu'on vous veut du bien!

On dit aussi : « Etant ou se croyant trompé, il avait une raison pour assassiner. »

Mais il y a toujours une raison pour assassiner, et si l'on doit acquitter tous les assassins qui ont des raisons, il n'y aura plus moyen de condamner personne. On ne tue généralement pas pour le plaisir. Si le mobile du meurtrier n'est pas le vol, il peut être la vengeance. Quelqu'un vous a dénoncé, fait mettre en prison, ruiné ; tel autre vous rend la vie insupportable ; en frappant tel personnage, vous croyez être utile à votre pays. Est-ce que tous ces meurtres, et bien d'autres, ne peuvent pas se justifier au moins autant que les meurtres par amour? Pourquoi donc tant de sévérité pour les uns, tant d'indulgence pour les autres?

La vérité est que le meurtre est toujours le meurtre, et que, pour quelque motif que ce soit, la société ne saurait admettre qu'on tue. Si la société permet à un de ses membres de se proclamer justicier, et d'infliger de sa propre autorité la peine de mort, elle n'a plus qu'à fermer ses tribunaux. Le droit que nous avons dans un cas, nous devons l'avoir dans tous.

Et qu'on n'invoque pas l'irresponsabilité! Car cette irresponsabilité, on pourra aussi toujours l'invoquer. Si la fureur est une excuse, vous la re-trouverez partout.

Cette fureur même est, à mon sens, une aggrava-tion. Car la société n'a pas à juger, comme elle se l'imagine à tort, du degré de culpabilité des indi-vidus, en quoi elle se fourvoierait tout le temps. Elle a tout simplement le droit de se préserver et de se défendre.

Or, pour la société, les coupables les plus dan-gereux ce sont les furieux.

Et vraiment les pauvres femmes auraient lieu de nous dire :

— Gardez-nous de ceux qui nous aiment. Quant à ceux qui ne nous aiment pas, nous en viendrons bien à bout toutes seules.

« Où il y a de l'hygiène, il n'y a pas de plaisir », chantait Milly Meyer.

Messieurs les hygiénistes, nous ayant dépossédés de tous les plaisirs de ce monde, y compris le bai-ser, veulent maintenant nous empêcher de travail-ler.

Ils ont imaginé que rien n'était aussi dangereux pour la santé qu'un bouquin. Un bouquin a toutes les chances du monde de contenir des germes mor-bides. Qui sait dans quelles mains il a été avant d'être dans les vôtres? Qui vous assure qu'un ma-lade ne l'a pas tenu sur son lit d'agonie, et qu'il n'y a pas laissé des microbes en abondance, microbes qui ne demandent pas mieux que de continuer leur commerce sur votre individu?

Ce qui caractérisera notre époque dans les âges futurs, c'est la lâcheté. Il règne partout une peur de la mort, d'autant plus inexplicable que la mort est un mal inévitable. Autant je comprendrais qu'on se prémunît de toutes les façons contre la mort, s'il y avait un moyen de vivre toujours, autant je ne puis m'expliquer tant de précautions pour empêcher de venir ce qui viendra tout de même, et ce que vous savez fort bien qui viendra. De bon compte, espérer prolonger de quelques heures son existence, en se la rendant insupportable, est-il conforme à la raison ? Et n'est-ce pas, comme disaient les anciens, supprimer pour vivre les motifs qu'on a de vivre : *Propter vitam, causas perdere vitæ.*

Je plains de tout mon cœur ces poltrons et ces poltronnes, qui n'ont plus un instant de tranquillité, et qui vivent dans une inquiétude perpétuelle, pesant leurs enfants, calculant le cube d'air de leur appartement, passant leur eau dans tous les filtres, sans cesse désinfectant, analysant, se défiant d'un peigne, se défiant d'une brosse, encombrés d'antiseptiques, et toujours dans cet état de terreur, qui caractérise les chats battus.

Eh ! mesdames, eh ! messieurs, vivez donc tandis que vous vivez ! Et ne mourez pas à toute heure pour éviter un trépas auquel vous n'échapperez pas !

Qui vous dit qu'en vous privant de tout en faveur de votre estomac, vous n'allez pas être écrasés par une voiture ? Et qui vous dit que, si vous ne sortez pas, vous n'allez pas recevoir le lustre de votre salon sur la tête ?

Parmi les nombreuses particularités de notre époque, il en est une assez curieuse. C'est le besoin de réhabiliter tous les condamnés de l'histoire.

Ce besoin d'ailleurs est compensé par celui de flétrir toutes les personnalités qu'on avait l'habitude d'honorer. En sorte que, tout bien calculé, il nous reste toujours à peu près le même compte d'honnêtes gens et de gredins. Seulement ils ont changé de place.

— Il y avait trop longtemps, me disait un amateur d'art, que les peintres nous montraient de belles femmes. Il faut bien que les laides aient leur tour.

Il y avait aussi assez longtemps qu'on appelait Aristide le juste, et Fouché une canaille. C'est bien le moins qu'ils permutent, et qu'Aristide soit traité de vieux corrompu, tandis que Fouché deviendra un modèle de probité.

Ayant appris récemment que Jeanne d'Arc n'avait été qu'une gourgandine, nous sommes heureux, aujourd'hui, d'être éclairés sur la personnalité de Mᵐᵉ Lafarge, qui non seulement n'a jamais empoisonné personne, ce qui va de soi, puisqu'elle a été condamnée, mais qui en outre aurait donné l'exemple de toutes les vertus.

Quand j'étais cet été à Liège, il s'y tenait un Congrès, dit des condamnés innocents. Ces messieurs n'étaient pas nombreux ; mais l'un d'eux m'expliqua que ce n'était pas étonnant, parce qu'on avait refusé de laisser sortir tous ceux qui étaient encore en prison.

— Mesure sage d'ailleurs, ajouta-t-il, car autrement il n'y resterait plus personne.

J'ai remarqué, en effet, que les condamnés protestent tous de leur innocence. Or, qui peut mieux savoir à quoi s'en tenir qu'eux-mêmes ?

Il n'en est pas de même des acquittés, dont aucun, à ma connaissance, ne proteste de sa culpabilité. D'où il semble résulter que les juges se trompent toujours quand ils condamnent, et ne se trompent jamais quand ils acquittent.

Il n'y a qu'une exception, c'est ce pauvre évêque Cauchon, que nous avons tant exécré pour avoir fait brûler la Pucelle, et à qui nous élèverons prochainement une statue pour avoir accompli avec héroïsme l'acte le plus sacré de son ministère.

En causant avec un docteur de mes amis, je lui adressai tout d'un coup cette question peut-être indiscrète :

— Le bruit court que les infirmiers vont se mettre en grève. Pensez-vous que nous pourrions redouter une grève des médecins?

— Je ne crois pas, me dit-il. Ce serait trop dangereux. Pensez donc, si par hasard, la grève une fois déclarée, on allait s'apercevoir que non seulement le nombre des malades n'augmente pas, mais que celui des décès diminue...

— Ce serait tout simplement épouvantable.

— N'est-ce pas? Voyez-vous, il ne faut pas qu'un corps d'état fasse grève, quand il n'est pas absolument certain qu'il est indispensable et qu'on ne saurait se passer de lui. C'est pourquoi vous n'aurez jamais ni grève de médecins, ni grève de juges. Par exemple, vous pourriez avoir une grève de malades.

— Je reconnais, en effet, que les malades ne sont pas nécessaires...

— Si fait, aux médecins.

— Mais n'est pas malade qui veut.

— C'est là ce qui vous trompe. Le jour où les malades comprendront tout l'intérêt qu'ils ont à être en bonne santé, ils renonceront à être malades.

— Alors la petite minorité, qui, au nom de la liberté du travail, persistera à vouloir être malade, sera passée à tabac par la majorité des biens portants?

— Et ce sera pour leur plus grand avantage ; car ils guériront tout soudain.

— Alors c'en sera fait de vous?

— Sans doute ; mais cela n'arrivera pas. Il faudrait pour cela que les hommes eussent autant de bon sens que les animaux, qui jamais, lorsqu'ils sont indisposés, ne s'avisent d'aller chercher le médecin. Quand les animaux sont indisposés, que font-ils? Ils se fourrent dans un coin, ne mangent plus, et attendent les événements. Généralement l'indisposition n'étant pas soignée s'en va. L'homme au contraire se soigne, et l'indisposition devient maladie. Que voulez-vous que fasse une indisposition sinon s'en aller, ou devenir maladie? Mais je m'aperçois que je viole le secret professionnel. Heureusement j'ai confiance en vous. Vous ne le direz pas.

— Est-ce que jamais Polichinelle a divulgué son secret?

Il y a quelques années, un député de mes amis, qui avait fait obtenir le Mérite agricole à un vieux monsieur, qu'il n'avait d'ailleurs jamais vu, fut sollicité à nouveau par ce même monsieur, en vue des palmes académiques.

Mon ami est obligeant. Et puis des palmes, dans

ce temps-là, cela ne se refusait pas. Il demanda les palmes.

Chose curieuse, cela traînait. Le chef du cabinet du ministre n'osait pas dire non. Il avait même promis ; et pourtant la nomination ne paraissait pas à l'*Officiel*.

Mon ami finit par s'impatienter, et alla demander raison.

Embarrassé tout d'abord le chef finit par s'expliquer.

— Après tout, fit-il, j'aime mieux tout vous dire. Votre protégé n'est pas à point.

— Comment ? Pas à point ! A soixante-dix ans ! Et quand voulez-vous qu'il le soit ?

Or, voici ce qui était arrivé :

Le bonhomme avait été mandé à la Sorbonne, pour signer sa demande, et le malheureux y était allé sans prévenir ses amis. Dans sa fierté, et sans prévoir un piège, il avait fait suivre son nom de sa distinction : chevalier du Mérite agricole. Malheureusement, dans sa bonne foi, il avait écrit le mot : agricole, sans c, c'est-à-dire, c-o-l, col.

— Certainement, ajouta le représentant du ministre, nous n'ignorons pas que la plupart des officiers d'académie ne savent pas l'orthographe ; mais en donner la preuve officielle, le jour même où ils signent leur demande, c'est un peu excessif.

L'infortuné candidat n'eut pas les palmes. Mais les choses n'en restèrent pas là.

Le refusé s'étant défendu comme un beau diable, et ayant déclaré que, puisque toute sa vie il avait écrit faux-col sans c, il ne pouvait pas deviner qu'il lui fallût écrire : agricol avec un c, sa protestation donna grandement à réfléchir aux pouvoirs publics.

Et c'est alors que ces pouvoirs publics se décidèrent à en finir avec l'orthographe. Il était en effet impossible de tolérer plus longtemps, dans un régime démocratique, que cette orthographe vînt empêcher les citoyens d'être officiers d'académie.

Et voilà comment les grandes réformes sont dues parfois aux faits les plus insignifiants.

Parmi les nombreuses lettres, que m'attire ma rage de philosophie, j'en ai trouvé une qui m'a particulièrement navré.

Il s'agit des crimes passionnels ; et la lettre émane évidemment d'un homme qui a dû subir une grande douleur.

Il me cite le cas d'un mari, dont la femme est partie avec un amant, abandonnant le foyer, y laissant un enfant, qui réclame sa mère, et à qui le père ne peut répondre qu'en pleurant. Et il me demande si je ne justifierais pas le meurtre de l'ami déloyal, qui a brisé la vie de son ami, pour satisfaire à quelque désir sensuel.

Cette question de l'adultère a été portée sur toutes nos scènes depuis plus de quarante ans, sans que personne ait jamais pu y trouver une solution satisfaisante.

C'est qu'en vérité il n'y en a pas, il ne peut pas y en avoir. Le meurtre n'est pas une solution. En quoi serez-vous plus heureux, quand vous aurez tué l'amant ou la femme ? Cela vous rendra-t-il la paix, la foi perdue, l'illusion de l'amour ?

La vie humaine est pleine de maux terribles, auxquels la société, qu'on accuse toujours, ne peut véritablement rien. L'amour non partagé, l'abandon, font partie de ces maux-là. Il y faut joindre la mort de ceux qu'on aime, la maladie, je ne sais combien d'autres malheurs et sources de désespoirs, tombés de la boîte de Pandore, et dispersés sur le monde. Et c'est bien ce qui rend si ridicule la prétention de ces grands réformateurs d'aujourd'hui, qui nous promettent la félicité sur la terre. Quand même ils réaliseraient leur société idéale, il y aura toujours des souffrances qu'ils ne guériront pas ; et quand ils auront brisé la vieille chanson qui berçait la misère humaine, ils n'auront pas pour cela supprimé la misère.

Ce qu'il faut faire, monsieur, dans le cas dont vous me parlez? Ce que vous faites probablement, vous qui êtes un brave homme. Se résigner, souffrir, tâcher d'oublier, être indulgent surtout. Car à qui d'entre nous est-il permis de juger les âmes, et la plus belle parole, qui ait peut-être été prononcée ici-bas, n'est-elle pas tombée de la bouche de celui qui a dit :

— Que celui qui est sans péché lui jette la première pierre !

Mes réflexions sur l'hygiène me valent aussi d'assez nombreuses lettres, qui prouvent combien la question est intéressante.

Il en est qui m'approuvent et qui trouvent qu'en effet nous devenons d'une lâcheté désespérante ; l'un d'eux m'affirme même que je lui ai fait du bien, en lui rendant un peu du courage qu'il avait perdu. En revanche, il en est d'autres qui voudraient toujours plus d'hygiène, et plus d'hygiène encore.

Mon Dieu, moi, je ne demande pas mieux ; mais

je ne serais pas fâché qu'on commençât par me définir l'hygiène.

L'hygiène, cela paraît consister aujourd'hui principalement à vous enrhumer.

Attraper des pleurésies, des fluxions de poitrine, des rhumatismes, des douleurs de dents ou d'oreilles, cela, c'est hygiénique. Dans ce but, on vous ouvre dans tous les théâtres une abondance de courants d'air, qui vous font éternuer pendant toute la durée du spectacle. Il arrive fréquemment que vous rentrez chez vous en toussant ; et l'on apprend de temps en temps le décès d'un amateur ou d'un critique, qui se sont mis au lit avec une bronchite infectieuse. Mais ils n'ont aucune réclamation à faire. On les a, paraît-il, protégés contre un incendie.

L'incendie se produit une fois tous les cent cinquante ans, et tue quarante personnes ; les maladies de poitrine se produisent tous les jours et tuent bon an mal an des milliers de chrétiens ; mais cela ne fait rien. Les précautions ne se prennent que contre l'incendie.

L'hygiène vous poursuit dans les restaurants, où des gens très fins ont imaginé des manivelles, qui, pendant que vous avez très chaud, se mettent à tourner, et à vous fournir un tourbillon glacé, qui vous envoie sur la nuque et dans les jambes toutes sortes de petits filets de vent, auxquels le tempérament le plus robuste ne saurait résister. Il vous prend des frissons, et vous digérez avec la fièvre. C'est de l'hygiène.

Allez donc vous plaindre ! On vous répondra qu'un air pur est nécessaire à votre santé ; et, si vous mourez, vous vous consolerez en pensant qu'il vaut mieux mourir en se conformant aux règles hygiéniques que continuer à vivre en s'en passant.

On ne peut pas dire que le Paris pittoresque s'en va. Il est depuis longtemps parti ; et l'armée de démolisseurs, de creuseurs et d'encombreurs, qui, depuis plus de quarante ans, a transformé la capitale en un vaste chantier, où l'on ne circule plus que de fondrières en fondrières, n'a pas laissé debout grand vestige du passé.

De temps en temps, cependant, on nous signale quelque reste inconvenant, qu'il faut se hâter de faire disparaitre. Hier, c'était la vieille rue du père Lunette ; demain, ce sera ce dernier coin de la Cité, où quelques vieilles maisons au bord de l'eau gênent le développement du Palais de Justice, ainsi que de ses cours et tribunaux.

Car ce qui progresse le plus dans ce siècle de progrès, ce sont les affaires, et les procès. De là l'agrandissement de la Bourse, suivi de l'agrandissement du Palais de Justice.

Ils ne sont plus nombreux, ceux qui ont vu cette île de la Cité, alors qu'elle consistait en un labyrinthe de ruelles, que les étudiants y allaient le soir danser dans un bal, qui s'appelait le Prado, et que les noctambules, curieux, y visitaient le légendaire *tapis franc* des *Mystères de Paris*, qui avait conservé sa physionomie, ses peu recommandables clients, sa promiscuité légèrement nauséabonde.

C'était hideux, j'en conviens ! Aussi hideux que le Tribunal de commerce est bête ; mais comme Notre-Dame, qui surgissait tout d'un coup de ce fouillis, avec son étroit parvis, près du vieil Hôtel-Dieu, dont le pont couvert enténébrait la

Seine, paraissait plus grandiose, et d'une poésie à la fois plus mystérieuse et plus splendide!

Les deux erreurs qui caractérisent notre époque médiocre et bourgeoise sont le dégagement et l'alignement.

Nos édiles se croient des malins serviteurs de l'art, quand ils déshabillent les vieux édifices, et les isolent, en mettant à bas les masures, qui, selon eux, empêchaient de les admirer. Il ne leur vient même pas à l'idée que ces masures puissent être l'accompagnement nécessaire du monument, et que celui-ci ait été construit comme il est, précisément parce qu'il n'était pas isolé.

Mais ils sont si contents de ce qu'ils croient être des embellissements, que ce serait pitié de leur enlever cette joie.

D'autant que toute observation ne servirait qu'à me faire appeler sauvage, ce que je suis le premier à reconnaître.

Je crois que c'est faire œuvre de simple spectateur, non de critique, que de se plaindre de ne plus entendre les acteurs dans les théâtres.

Il fut un temps où, dans un cours de déclamation, on vous imposait pour première règle, règle au-dessus de toutes les autres, de prononcer les vers ou la prose de façon à faire pénétrer les vers ou la prose dans l'oreille des auditeurs. On négligeait, au besoin, quelque vérité de mise en scène, et l'on s'approchait du public, de façon à ce qu'il ne perdît rien des entretiens, qui, en principe, n'existaient que par rapport à lui. C'est pourquoi il arrivait fréquemment que les personnages paraissaient lui parler, plutôt qu'à leurs interlocuteurs.

Nous avons changé tout cela. Sous prétexte de naturel, comme si le naturel avait le sens commun au théâtre, qui n'est et ne peut être qu'une convention, les comédiens ne se préoccupent pas plus du public que s'il n'existait pas. Ils lui tournent le dos, s'en vont dans les coins parler tout bas de leurs petites affaires, et c'est aux spectateurs, les trois quarts du temps, à deviner ce dont il s'agit.

— Mais quoi? disent-ils, est-ce que, dans la vie réelle, on s'exprimerait autrement?

C'est possible ; mais, dans la vie réelle, on ne jouerait pas devant une assemblée qui a payé pour entendre.

Si vous voulez du naturel, du réel, il y a un moyen bien simple, c'est de vous en aller. Car rien n'est moins naturel que de parler en vers, de faire des tirades ou des monologues, et de s'agiter sur des planches entre huit heures et minuit. Vous êtes là pour moi, spectateur, et pour moi exclusivement. C'est pourquoi vous aurez beau me démontrer que tel sentiment ou telle réflexion doivent s'exprimer du bout des lèvres, je me moque de vos sentiments et de vos réflexions, si je ne puis les percevoir.

Il est certain, en outre, qu'on ne soigne plus l'art de la diction au Conservatoire. Les femmes surtout ont pris l'habitude d'embrouiller tous les mots ; elles bredouillent, elles avalent ; et dès qu'elles veulent simuler une émotion, elles ne parlent plus que dans leur fichu. Il me semble pourtant qu'on peut avoir de la peine, sans avoir pour cela une extinction de voix.

Quant au chant, il est inutile de s'en préoccuper, puisqu'il est convenu qu'aujourd'hui l'on ne chante plus.

— Il me semble, disait le philosophe Antisthène, en sortant du tribunal, où l'on venait de condamner des contempteurs d'Athènes, que ce n'est pas en prison qu'on devrait envoyer les négateurs de la patrie, mais en exil.

D'abord, ce serait plus logique, puisque ceux qui n'ont pas de patrie ne pourraient pas se plaindre qu'on les privât de ce qui n'existe pas pour eux. En outre, la prison n'est faite ni pour les rendre impopulaires, ni pour les réformer. Ils deviendront d'autant plus ennemis de l'Etat, qu'ils n'en sentiront que les duretés. Au contraire, c'est dans la proscription qu'ils connaîtraient, et qu'ils apprécieraient la patrie.

Du temps du tyran Pisistrate, j'ai connu en Sicile un banni. C'était un des plus farouches adversaires du tyran, qu'à plusieurs reprises il avait tenté d'immoler. Un jour, dans une taverne, entendant un Italien vociférer contre le dictateur, il saisit cet Italien à la gorge et le frappa ; et, comme je m'étonnais qu'il prît ainsi le parti de celui qu'il haïssait, il me répondit :

— Je ne souffrirai pas qu'un étranger insulte un Athénien...

Même le fils d'une courtisane ne permet pas que devant lui on fasse allusion à la mauvaise conduite de sa mère. Nul ne comprend mieux l'amour et le respect de la patrie que celui qui en est séparé.

Voulez-vous qu'Athènes vous soit chère? Allez chez les barbares, chez ceux qui ne parlent pas notre douce langue, là où vous ne reconnaîtrez pas les pierres des chemins, où nul arbre ne suscitera en vous des souvenirs d'amour ou d'étude. Là-bas, quand, errant isolés parmi les multitudes, vous vous sentirez comme une de ces gouttes d'eau dans la mer, qui s'en vont sans laisser trace de leur passage, et que vous ne saurez avec qui mêler vos rires et vos larmes, alors vous fermerez les yeux et vous rêverez aux fontaines, où vous baigniez vos pieds d'enfant, quand le soleil se couchait derrière l'Hymette plein d'abeilles. Et vous tendrez les bras vers la patrie lointaine, vers celle qu'on peut maudire, mais qu'on ne saurait oublier.

Ainsi parlait le philosophe, tandis qu'au-dessus des portiques étincelait la Minerve de Phidias, et que la déesse approuvait en souriant.

David d'Angers ne fut pas seulement le grand sculpteur que tout le monde connaît; il fut aussi un proscrit politique; ce n'est pas lui qui eût nié la patrie, puisqu'il mourut de l'avoir perdue.

C'est lui qui, lorsqu'on vint l'arrêter après le coup d'Etat, répondit à ceux qui lui demandaient s'il avait des amis : « Mes amis, les voilà! » Et il montrait ses œuvres, éparses dans son atelier.

Il traversa la Belgique, l'Allemagne et alla se fixer en Grèce. Sa fille, qui l'accompagnait, raconte qu'ils prirent à Trieste le Lloyd autrichien, et qu'à ce moment un bâtiment français station-

nait dans le port. « A la vue du drapeau tricolore,
écrit-elle, mon père fut tellement ému qu'il m'em-
brassa, les larmes aux yeux, au grand étonnement
de la foule massée sur notre bateau, et qui ne
s'expliquait pas la cause de notre émotion. »

Beulé, qui était alors à Athènes, écrit aussi :

« Il est un visiteur qui m'a ému à la première
vue, avant même que j'eusse appris qu'il était un
artiste illustre et un proscrit. Je l'avais remarqué
à diverses reprises ; mais son visage flétri par le
chagrin, sa moustache épaisse, son paletot clair
et boutonné, le faisaient ressembler à un Polonais. Il s'appuyait sur le bras d'une jeune fille.
Un jour, le voyageur, après avoir interrogé, en
me regardant, le gardien de l'Acropole, qui l'es-
cortait, m'adressa sur mes fouilles quelques questions auxquelles je répondis avec le désir de le
satisfaire. Il me remercia, me tendit la main et
me dit qu'il s'appelait David d'Angers.

« Il est revenu plusieurs fois. Il me raconta
ses projets, ou plutôt ses déceptions. Il fera le
buste de Canaris, et, pour la villa de la duchesse
de Plaisance, bâtie sur le bord de l'Ilissus, un
bas-relief, qui sera placé sur la porte d'entrée :
Thémistocle chez Admète, image de l'hospitalité.
Mais les carrières de Pentélique sont mal exploi-
tées, mais l'argile de l'Attique est trop sèche,
mais le plâtre d'Athènes ne vaut rien... en un
mot, tout trahit l'exilé, tout lui répugne, tout lui
manque; il se manque à lui-même, parce qu'il a
perdu ses attaches et ses ressorts... »

Et le grand homme, parcourant l'Attique au
bras de sa fille, dut songer au vieil Œdipe, conduit par Antigone au seuil du bois sacré de Co-
lone.

Enfin voilà un vrai progrès de la science ; et il sera bien osé, celui qui dira désormais qu'elle a fait banqueroute.

Ce progrès, c'est le phonographe appliqué à la politique.

Tous les candidats savent combien il est pénible et ennuyeux de se transporter de commune en commune, pour y répéter le même discours à des électeurs assemblés autour de pots variés. Un Anglais vient de simplifier beaucoup l'opération.

Il s'est contenté de prononcer son discours devant des phonographes, qui le reproduiront fidèlement dans tous les cabarets, et autres salles de réunions. De cette façon, l'auteur ne sera pas obligé de se déranger.

Rien ne serait plus pratique, en effet, si la majorité des assistants ne se souciait que d'entendre les explications d'un orateur. Il est malheureusement de notoriété publique que la plupart des auditeurs ont pour principale préoccupation de se rafraîchir, sans compter le cabaretier, pour qui le nombre des voix est beaucoup plus indifférent que celui des bouteilles. Il faudrait donc trouver un procédé qui permît au phonographe, en même temps qu'il reproduirait les paroles, de reproduire également les commandes de consommations ; ce qui, d'ailleurs, ne paraît pas malaisé.

Cette invention pourrait s'appliquer aussi aux séances du Parlement. Déjà, depuis longtemps, il n'est plus nécessaire aux parlementaires d'être présents pour voter ; on ne voit pas pourquoi ils seraient présents pour parler, du moment où il leur sera possible de faire autrement.

J'ajoute que, dans ce cas, la satisfaction sera générale ; car, si d'un côté les élus n'auront plus besoin de quitter leur pays natal, les électeurs, qui n'ont jamais pu comprendre que leur élu ne continuât pas à boire avec eux tout en siégeant au Parlement, verront enfin se réaliser leur rêve.

Il n'y aura qu'un petit inconvénient, c'est qu'on se trompe de phonographe et qu'on les mélange si bien les uns avec les autres, qu'un discours s'en échappe qui aurait dû être prononcé vingt ans auparavant.

Mais il y a gros à parier qu'on ne s'en apercevra même pas.

A force de rétamer les vieilles casseroles, on finit par les user, et par ne plus pouvoir s'en servir.

J'ai bien peur qu'il n'en soit ainsi du mariage, et qu'à force de le réformer, on ne finisse par le supprimer tout à fait.

Quand je dis : j'ai bien peur, c'est pure façon de parler, car cela m'est parfaitement égal, étant depuis longtemps de l'avis de Champfort, et considérant le mariage comme la plus bouffonne de toutes les choses sérieuses.

Seulement je préviens charitablement les gens qui sont encore attachés à cette institution démodée, qu'on est en train de la démolir, sous prétexte de la reconstituer. Il est certain, par exemple, qu'y introduire l'amour, ainsi que l'ont proposé certains poètes, c'est tout simplement faire pénétrer dans la place l'ennemi, qui, jusqu'à ce jour, ne pouvait parvenir à y entrer. Le petit dieu Eros et le gros dieu Hymen n'ont jamais, depuis la plus haute antiquité, eu ensemble que des rapports plutôt froids ; et depuis le commencement du monde, il a été universellement reconnu que si l'amour ne reculait pas toujours devant le mariage, en revanche le mariage avait coutume de tuer l'amour.

Il paraît donc fort dangereux de livrer celui-ci aux coups de son ennemi déclaré.

C'est pourtant ce qu'on se prépare à faire ; car il est question en ce moment de faciliter le mariage aux amoureux.

C'est comme si on facilitait la culbute dans le fossé. Les malins se sont toujours gardés de marier les amants, et l'on sait qu'autrefois les pièces et les romans finissaient toujours par un mariage. C'est que, le mariage étant la fin, il n'y avait plus après le plus petit mot à dire. Se dépêcher de se marier est excellent pour ceux que l'amour embarrasse ; mais c'est une pure folie pour ceux qui prétendent le conserver.

Quoi qu'il en soit, l'institution du mariage me fait l'effet d'une de ces antiques momies, qui, vues de loin, ont encore l'apparence de la vie. Mais il faut se garder d'y toucher ; car, dès qu'on les remue, elles tombent en poussière.

Comme au xviiie siècle, c'est du Nord, aujourd'hui, que nous vient la lumière. Seulement ce n'est plus du Nord russe ; c'est du Nord anglais.

Je vous ai déjà entretenus de l'application du phonographe aux discours politiques. Il y a mieux maintenant. Lorsque, chez nos voisins, les maris sont souffrants ou empêchés, ils font faire leur campagne électorale par leur femme.

Plusieurs dames du plus haut lignage (car vous savez qu'en Angleterre il y a encore un haut lignage) parcourent les campagnes, tiennent des réunions, occupent les tribunes et défendent la candidature de leurs époux.

Dans ce pays de liberté, cela paraît tout à fait simple, et n'offre aucun inconvénient. Personne n'y trouve à redire. Bien que nous soyons, dit-on, le peuple galant par excellence, comme nous sommes aussi, quoiqu'on ne le dise pas, le peuple le plus encroûté, si une femme chez nous s'avisait d'en faire autant, elle n'exciterait que des rires et des clameurs.

Je crois même qu'on ne l'écouterait pas, sous prétexte qu'elle ne jouit pas de ses droits électoraux ; car nous sommes essentiellement formalistes, et, de même que nul n'a le droit de guérir sans une permission de l'autorité, de même une vérité n'a le pouvoir de circuler que si elle a rempli certaines conditions préalables.

Or, une de ces conditions indispensables est de porter culotte. La vérité qui porte jupes n'est plus la vérité.

En outre, on ferait tout de suite cette réflexion, qui ne manquerait pas de justesse :

— Si l'on autorise les femmes à présenter la candidature de leurs maris, on ne voit pas bien pourquoi elles ne pourraient pas présenter la leur.

Moi, à coup sûr, je ne le vois pas. Du moment où il est permis aux femmes d'être médecins, avocats, et d'exercer toutes les professions qui jusqu'ici étaient réservées au sexe faible, qui est le nôtre, il est difficile de s'expliquer pourquoi l'on continue à les exclure de la politique.

Il faut certainement beaucoup plus de sérieux dans l'esprit pour soigner une bronchite, que pour taper sur un pupitre en vociférant des mots incohérents et je connais pour ma part nombre de femmes, qui, par leur propension aux propos acrimonieux, feraient des députés très satisfaisants.

Avant et depuis Sénèque jusqu'à M. Doumer, auteur du *Livre de mes fils*, tous les moralistes d'Occident ont vanté les bienfaits du travail et excité les hommes à l'action.

En revanche, tous les moralistes orientaux, aussi bien mahométans que bouddhistes, ont préconisé le rêve et l'immobilité.

« Travaille, disent les premiers. Tu le dois, un peu pour toi-même, beaucoup pour le progrès de l'humanité. Tes pères ont travaillé ; et c'est à leur travail que tu dois ce que tu es aujourd'hui. Tes descendants profiteront à leur tour du travail que tu accompliras. »

Les seconds disent :

« Qu'est-ce que cela peut te faire l'humanité ? Tu ne passes que quelques jours sur la terre. Après, c'est l'inconnu ou le néant. A quoi bon se donner plus de peine que la nature ne t'en apporte ? Songe au Ciel ou ne songe à rien. Mieux vaut être assis que debout, couché qu'assis, et mort que couché. »

Je rougis de le dire, mais la logique pure semble être du côté des Orientaux. Vainement on leur démontrera que les nations inactives sont la proie des nations laborieuses, ils répondront vic-

torieusement : « Et après ? En attendant que ces
nations forcent mes descendants à travailler, pourquoi voulez-vous que je travaille, moi qui mour-
rai demain ? »

Nous n'en continuerons pas moins à travailler,
non seulement par besoin personnel, mais même
sans besoin personnel et cela sans le secours des
moralistes, dont les raisonnements peuvent être
facilement combattus. On n'a d'ailleurs jamais
conduit les hommes par des arguments.

Nous travaillons parce que cela est dans notre
nature et dans notre tempérament. Je ne crois
pas qu'ils soient nombreux ceux d'entre nous qui
travaillent en se disant qu'ils amélioreront le sort
du genre humain en l'an 2940. Les uns travaillent pour vivre, les autres par ambition ; d'autres,
et combien j'en ai connus, sont les premiers à
déclarer que ce qu'ils font est parfaitement inutile, et à eux et aux autres, et ils travaillent tout
de même.

La comédie humaine est une pièce qui est faite
comme ça.

Je reçois d'une dame, que j'ai lieu de croire
vénérable, la lettre suivante :

« Si les hommes, monsieur, n'étaient pas aussi
bêtes qu'ils le sont, ils comprendraient l'intérêt
qu'il y aurait pour eux à installer une femme à
la Présidence de la République.

« Ils le reconnaissent implicitement en exigeant que leur Président soit marié. Mais cela
est insuffisant, et les avantages qu'offrirait une
femme, comme chef de l'État, sont tellement

nombreux 'ne je ne me flatte pas de pouvoir les énumérer tous.

« Puisqu'il est entendu que le Président de la République doit être un personnage purement décoratif, vous reconnaîtrez qu'une femme remplirait bien mieux cette auguste mission. Sa toilette, qui ne différerait pas de celle des reines, remplacerait avantageusement la redingote ou l'habit bourgeois, si ridicule dans les cérémonies où tout le monde est chamarré. Je sais que vous aviez pensé à affubler votre Président d'un uniforme ; mais vous y avez renoncé en songeant qu'avec des broderies et un chapeau à plumes, il ressemblerait à un mamamouchi, et qu'il ne pourrait pas se montrer, sans que tous les assistants se tinssent les côtes.

« Avec une femme, au contraire, tout devient simple et naturel. L'élégance reprend son prestige.

« Autre point de vue plus sérieux. Vous ne pouvez plus, et je le comprends, vous accoutumer à respecter un des vôtres, et à vous baisser plus bas que terre devant un bonhomme, que vous appeliez, hier, ma vieille branche. L'envie vous prend de continuer à lui taper sur le ventre. Avec une femme, rien de pareil. Le respect ici est sans bassesse, puisque tout homme bien élevé est toujours respectueux vis-à-vis d'une femme, et que celle-ci n'a pas besoin d'être princesse pour recevoir les hommages.

« L'homme ne s'aperçoit donc pas du rang. Il ne s'abaisse pas en s'inclinant. Sa dignité, son orgueil de citoyen libre sont sauvegardés. Le plus farouche révolutionnaire n'hésitera pas à faire la révérence.

« Voilà qui vaudrait la peine d'être médité par

ceux qui ne voient dans la Présidence qu'une
fonction honorifique. Quant aux autres... »

J'interromps ici ma citation, car, quelle que soit
mon humilité, je ne saurais reproduire les arguments convaincants par lesquels mon aimable cor-
respondante me prouve qu'en politique il serait
difficile de faire autant de bêtises que nous.

Bientôt des personnages indiscrets vont se présenter chez nous pour nous adresser des questions fâcheuses. Ils nous laisseront un papier sur
lequel nous serons obligés d'inscrire notre âge,
notre état, ainsi que le nombre de nos enfants,
comme si c'était là une chose qu'on pût savoir.

Munis de ces renseignements, ces hommes s'en
iront, et, après en avoir délibéré, nous apprendront une fois de plus que la France est menacée
du fléau de la dépopulation et que, si nous n'y
prenons garde, nous ne tarderons pas à tomber,
de rang en rang, au point de vue du nombre, au
dernier des Etats de l'Europe.

Si nous n'y prenons garde! voilà qui est bientôt dit. Mais comment y prendre garde? Un monsieur me donne le remède :

« Il est clair, m'écrit-il (est-ce bien aussi clair
que cela?), que si les pères ne veulent plus avoir
d'enfants, c'est qu'ils sont inquiets sur leur avenir. Plus ils en auront, et moins la part de l'hé-
ritage de chacun sera grosse. Pour combattre ce
mauvais sentiment, qu'est-ce que vous diriez d'un
impôt sur les successions, qui consisterait à attribuer à l'Etat la moitié de la fortune d'un homme
qui ne laisse qu'un enfant, et qui, au contraire,

no toucherait en rien à cette fortune si les enfants
étaient trois et au-dessus ? »

Je dirais d'abord que ce remède ne s'applique
qu'aux gens qui laissent une fortune, lesquels ne
sont pas la majorité. Je dirais ensuite qu'il ne servirait probablement à rien.

Et cela pour deux raisons :

1° Parce qu'il n'est pas prouvé que les pères ne
songent pas un peu à eux-mêmes, et ne se préoccupent que de leurs héritiers ;

2° Parce que la situation de ces derniers ne serait pas changée. Si, en effet, je laisse cent mille
francs à mon fils unique, et que vous lui en preniez cinquante mille, il lui en reste encore cinquante mille. Si j'ai trois enfants, et que vous ne
leur preniez rien, chacun n'a que trente-trois
mille. Donc, aucun avantage.

Cet impôt ne serait bon que pour l'Etat. En
quoi, d'ailleurs, il ressemblerait à tous les autres
impôts.

J'ai trop rarement l'occasion de faire des compliments à la magistrature de mon pays, pour ne
pas sauter sur celle qui se présente, avec la rapidité d'un député à qui l'on tend un portefeuille.

Dans un procès, où un épicier est accusé de
fraude, un commissaire a été délégué à l'asile
Sainte-Anne, afin d'y entendre le témoignage d'un
fou.

Jusqu'à présent, nous avions pris la douce habitude d'entendre témoigner les escrocs et les faus-
saires ; et il n'est plus un honnête homme qui se
risque à plaider contre un filou, tant il est sûr

d'avance de perdre son procès. Mais c'est la première fois, je crois, que la justice interroge un fou; j'entends un fou avéré, dûment enfermé sous la garantie du gouvernement, car pour ce qui est des fous ordinaires que nous sommes, si on les négligeait, il ne resterait plus personne.

Je n'ai pas besoin de faire remarquer combien est ingénieuse cette idée de consulter les fous. Qu'est-ce qu'un fou? C'est un homme qui a perdu la raison. Or, qu'est-ce que commande la raison à un homme raisonnable? De ne répondre que ce qui peut lui être utile à lui-même, et de ne pas hésiter à falsifier la vérité, si cela peut seulement lui rapporter cent sous, ou lui éviter un ennui quelconque. Au contraire, un fou, c'est-à-dire un homme qui est débarrassé de cette bienfaisante raison, ne se laissera plus conduire par elle, et offrira à la justice toutes les garanties qu'elle désire.

Cela paraît bien simple. Encore fallait-il le trouver.

Les fous appelés en témoignage, c'est un premier pas dans une voie où désormais on ne saurait plus s'arrêter. Quand on aura reconnu les avantages de cette nouveauté, nul doute qu'on ne les pousse jusqu'au bout, et que les fous ne soient appelés à rendre la justice, après avoir contribué à la renseigner.

J'aimerais, pour ma part, voir transférer le Palais de Justice à l'asile Sainte-Anne, et ce sera un beau jour dans ma vie que celui où, me présentant en compagnie de mon avoué, il me sera répondu qu'il faut que j'attende quelques minutes, parce que le juge est à la douche.

Rien n'aidera davantage à rassurer les plaideurs, qui reconnaîtront qu'enfin on a songé à

prendre des précautions pour assurer le bon examen
des affaires, ainsi que la sincérité des jugements.

En vertu d'engagements pris avec le gouvernement français, des troupes marocaines devoient
être transportées à Nemours, et de là à Figuig,
afin de concourir à la garde de cette oasis. On avait
décidé d'habiller à neuf les hommes qui compo-
saient ces troupes, afin de faire honneur au sultan.

Le pacha fit donc venir des chechias, pantalons
et vestes, qu'on embarqua en ballots, à Tanger,
avec les soldats, sur un navire à destination de Nemours. Seulement, lorsqu'on défit les ballots, afin
de distribuer les effets, on chercha vainement les
chechias. Celles-ci étaient restées sur le grand
souk de Tanger, où le pacha les faisait vendre à
son profit.

J'aime ces mœurs primitives. Nous autres, dans
nos pays occidentaux de l'Europe, nous procédons
d'une façon beaucoup plus compliquée. C'est une
succession de pots de vin, de commissions, d'en-
tentes avec les fournisseurs, de réductions, c'est à
n'en plus finir. Là-bas, rien de plus simple. Quand
on a besoin d'argent, on ne cherche pas midi à
quatorze heures : on prend les manteaux des soldats, et on les envoie simplement au marché.

Je suis sûr que, si l'on reprochait sa conduite à
ce pacha, il serait capable de répondre ainsi que
fit le juge Bridoye à ceux qui le blâmaient de
jouer les sentences aux dés : « Comme vous autres
messieurs. »

A quoi évidemment les messieurs pourraient

répliquer qu'il y a la manière. La manière maro-
caine ne peut être tolérée par les vertus civilisées.
C'est pourquoi l'on a réuni une Conférence, qui a
pour principal objet de rappeler aux susdits Ma-
rocains qu'entre les trente-six façons qu'avait Panurge de se procurer de l'argent, la meilleure n'est
plus, comme autrefois, la plus simple, c'est-à-dire
le larcin.

Il est douteux que le chérif et ses pachas puissent jamais comprendre la subtilité de nos distinctions. Il y a entre eux et nous la différence qui
existe entre l'enfant qui a envie d'un bonbon et
qui le prend, et le beau monsieur, qui s'entoure
de politesses et de civilités, et qui finalement acca-
pare le bonbon tout de même. J'ai eu beau creuser
la civilisation, je n'ai jamais pu y trouver autre
chose qu'un réel progrès dans les méthodes pour se
procurer le bien d'autrui.

Il faut espérer que, lorsque nous aurons mis le
Maroc à la raison, nous ferons cesser le scandale
des vêtements vendus au profit de celui à qui ils
n'appartiennent pas; mais je ne suis pas très sûr
que les pauvres diables du pays en soient mieux
vêtus.

Pourtant ce sera pour eux une véritable conso-
lation de songer que, s'ils sont spoliés, ce sera conformément aux lois.

— Moi, me disait le patron d'une grosse épice-
rie, si j'employais le même système que vous, je
craindrais de ne pas faire une bonne maison.

— Que voulez-vous dire?

— Que lorsque j'engage un employé, je ne lui dis pas d'avance combien d'années je le garderai. Je le garderai tant qu'il fera mon affaire ; s'il est bon, je ne le renverrai pas ; s'il est mauvais, je ne le conserverai pas. A plus forte raison s'il s'agit d'un gérant. Pourquoi le remplacerais-je s'il dirige bien ? Et pourquoi ne m'en séparerais-je pas avant une certaine époque, s'il dirige mal ?

Vous autres, vous procédez tout différemment. Vous nommez des députés pour quatre ans ; et, qu'ils soient bons ou mauvais, c'est toujours quatre ans, ni moins, ni plus. Quant au chef de l'Etat, le grand gérant, c'est sept ans. Pourquoi sept ans plutôt que six, plutôt que vingt ? Vous n'en savez rien. Quoi qu'il en soit, au bout de sept ans, même si vous en êtes contents, vous le changez, et vous ne l'auriez jamais renvoyé plus tôt, même s'il ne vous eût donné aucune satisfaction. Avouez que c'est une singulière façon d'opérer.

— Pas plus singulière que la façon de fixer d'abord ses dépenses, et de n'établir ses recettes qu'après. Vous, c'est d'après vos recettes que vous établissez vos dépenses.

— Autrement nous ferions faillite.

— Vous voyez bien que vous ne pouvez pas vous comparer à l'Etat.

— C'est égal ; il me semble que pierre qui roule n'amasse pas mousse, et que ce roulement perpétuel ne vaut pas plus pour vos affaires qu'il ne vaudrait pour les miennes. C'est au pied du mur qu'on connaît le maçon ; mais vous n'avez pas plus tôt mis le maçon au pied de son mur, que vous le remplacez par un autre. Chez vous, dès qu'on connaît le métier, on n'est plus bon à rien ; et vous êtes enragés pour ôter de la politique ceux qui l'entendent, et pour y fourrer ceux qui ne l'entendent point. A chacun son métier, dit pourtant le proverbe, et les moutons seront bien gardés.

— Cela vient peut-être, dis-je, de ce qu'on tient beaucoup moins à garder les moutons qu'à les tondre.

De par le Roi, défense à Dieu
De faire miracle en ce lieu.

C'est à ce distique qu'aurait dû songer le brave homme, qui vient d'être poursuivi pour exercice illégal de la médecine. Vainement est-il démontré qu'il ne prenait pas un sou pour ses consultations ; il guérissait, et voilà ce qu'on ne saurait tolérer.

Vous, cher lecteur, qui êtes un esprit simple, il vous viendra tout de suite à l'idée de dire aux médecins :

— Mais, messieurs, de quoi avez-vous à vous plaindre? Cet homme ne vous prenait pas votre argent, puisqu'il n'en touchait point. Donc il ne vous faisait pas concurrence.

— Pas concurrence! s'écrieront-ils. Mais il nous faisait au contraire la concurrence la plus abominable! Un homme qui guérissait pour rien, lorsque nous, qui prenons très cher, nous ne guérissons point! Mais supposez beaucoup de gens comme lui, et la médecine est un métier perdu. Pas de concurrence! C'est comme si vous disiez qu'un épicier, qui donnerait sa marchandise gratuitement, ne ferait pas concurrence à l'épicier d'en face! Les malades ont malheureusement la prétention de guérir ; or, il faut que de bonnes lois les forçent à venir chez nous ; autrement ils iront de préférence chez ceux qui les guérissent, surtout s'il ne leur en coûte rien. Alors que deviendra notre clientèle, s'il vous plaît?

Ce raisonnement est irréfutable. Une société policée ne saurait pas plus se passer de médecins que d'huissiers ; et c'est parler de la façon la plus incongrue, que de dire que les médecins sont faits pour les malades, et les huissiers pour les plaideurs. Apprenez à vous exprimer plus justement, et à dire que ce sont les malades qui sont faits pour les médecins, et les plaideurs pour les huissiers.

Une bonne condamnation ne tardera pas à faire rentrer notre criminel dans le devoir, et à lui rappeler qu'il n'est pas permis de guérir sans autorisation du gouvernement.

Mieux vaut mille fois mourir des remèdes administrés par un docteur, que de revenir à la vie, grâce aux soins d'un homme non diplômé. La vie pourrait-elle avoir un charme quelconque pour qui ne l'aurait conservée qu'en transgressant les formes établies?

On frémit en songeant que, si nos magistrats ne veillaient point, nous serions dans le cas de cesser d'être malades, sans la permission de la Faculté.

Railler les académiciens et les curés sont les deux joies éminemment françaises. Aussi serait-il malaisé de trouver sur ces deux sujets quelque chose d'inédit.

Cependant il y a longtemps, je crois, qu'on n'a pas parlé des visites, des fameuses visites obligatoires, par lesquelles les candidats préludent à leur élection, ou à leur déception.

Je ne suis pas de ma nature très curieux. Cependant je l'avoue, j'ai toujours eu l'envie qu'on me fasse cacher derrière un rideau, ou dans l'armoire de Boubouroche, pour assister à l'un de ces entretiens où le visiteur expose ses mérites au visité, et s'efforce de lui prouver qu'il ne trouvera pas mieux.

Je n'aimerais pas à être commis-voyageur ; car ça ne doit pas être agréable d'assurer à un monsieur, qui en doute, que la toile qu'on lui présente est la meilleure des toiles qui aient été fabriquées depuis qu'on a inventé la toile. Mais qu'est-ce que cela à côté du malheureux candidat à l'Académie, contraint à vanter non la supériorité de sa marchandise, mais celle de son propre génie?

— Je vous certifie, monsieur, doit-il dire, que je suis un esprit remarquable.

— Je n'en doute pas, doit répondre civilement le visité.

— C'est pourquoi, monsieur, je suis persuadé que vous me donnerez votre voix, pour que je puisse m'asseoir dans le fauteuil vacant, qui fut occupé par un homme qui ne me valait pas, mais dont je dirai néanmoins tout le bien que je suis loin d'en penser.

Ici que peut répliquer le visité au visiteur? Sous peine de passer pour très mal élevé, il faut bien qu'il promette sa voix. Car ne la point promettre, c'est dire au monsieur qu'on le tient en médiocre estime. Mais, d'un autre côté, s'il la promet à celui-là, il faut qu'il la promette aussi à l'autre, qui va venir. Il sied en effet d'être poli avec tout le monde ; et, s'il est désagréable de dire du bien de soi, il ne l'est pas moins de répondre à un monsieur qu'il se vante et qu'il n'a pas du tout le mérite qu'il s'attribue.

Pour moi, je ne sais pas du tout comment je m'en tirerais. C'est pourquoi je ne serais pas fâché d'entendre une de ces intéressantes conversations, dont, chose curieuse, rien n'a jamais transpiré.

Vous vouliez un théâtre populaire ; on vous en donnera quatre, sans compter les succursales dans les départements. Vous ne direz pas que nous ne faisons pas bonne mesure.

C'est presque un ministère des théâtres, ou tout au moins quelque chose d'analogue à la Banque de France, avec ses représentants en province. L'importance que prend de plus en plus l'art dramatique en France imposait cette décision.

Malheureusement, me direz-vous, elle n'est que sur le papier, et le papier souffre tout. Pour que cette décision soit exécutée, il faut l'entrée en scène (l'expression est en situation) du facteur le plus indispensable, du personnage sans lequel rien n'est possible : j'ai nommé l'argent.

Or, pour réaliser l'idée, il manque jusqu'au premier sou. Il ne saurait être question de demander des ressources au budget qui, de lui-même, en reculerait d'horreur. On a songé à une loterie.

La loterie est, en effet, un moyen ingénieux et sûr de faire tout ce qu'on veut. Une loterie réussit toujours. Si l'on avait le courage de mettre les impôts en loterie, tout le monde prendrait des billets, les sommes rentreraient au Trésor sans efforts et l'on économiserait les frais de perception. Seulement, il y a la vertu, cette diable de vertu, qui

vient se mettre en travers de tous les projets, sous
prétexte que Montesquieu en a fait la nécessité des
républiques. Dure nécessité, madame, comme dit
Méphistophélès à dame Marthe.

Il paraît que la loterie est un jeu et que le jeu
n'est pas conforme à la vertu. Alors, vous comprenez qu'il a fallu une loi pour donner le droit de
l'autoriser. Car il y a ceci de remarquable dans
notre façon de comprendre le vice et la vertu, que
ceux-ci n'ont rien d'absolu et que le vice peut cesser d'être vice si le gouvernement et les Chambres
en décident ainsi.

C'est on ne peut plus commode pour les consciences timorées, qu'un bulletin mis dans une
urne suffit à rassurer.

La France attend perplexe le jour où elle saura
si elle est autorisée à pécher.

La réforme du mariage continue son petit bonhomme de chemin.

Aux dernières nouvelles, nous en étions à la
suppression de la mairie.

Désormais, si l'on en croit la commission, les
époux pourront se dispenser de cette comparution
bouffonne devant un monsieur à qui ils viennent
dire ce qu'ils comptent faire dans la soirée, ce qui
doit lui être parfaitement égal, et qui profite de
l'occasion pour demander l'âge de toutes les personnes de la société, ce qui est le comble de l'indiscrétion, et aussi de l'inutilité, puisque ces personnes sont libres de dire l'âge qui leur convient
le mieux.

Nous n'assisterons plus à cette attente des noces,
qui passent chacune à leur tour, comme lorsqu'on

va se faire vacciner, et monsieur le maire ne se
croira plus obligé d'adresser, aux mariés qui en
valent la peine, un discours destiné à leur faire
goûter les charmes du ménage, et où il est rarement question des assiettes qu'ils ne manqueront
pas de se jeter à la tête une fois leur lune de miel
accomplie.

J'ai connu pourtant un maire qui avait d'autres
façons, et qui, un jour, en ma présence, fit aux
jeunes époux un tableau tellement grave des
charges qui allaient leur incomber et des devoirs
qu'ils auraient à remplir, qu'ils s'en retournèrent
plus verts que pâles, la femme se demandant s'il
était encore temps de reprendre sa parole, et le
mari caressant confusément son front, comme s'il
y eût senti déjà pousser quelque chose.

On va leur épargner et cet excès d'honneur et
cette indignité. Quand l'idée biscornue de s'unir
pour la vie viendra à un couple, il en sera, dorénavant, quitte pour signer un papier et pour le
faire transcrire sur un registre.

Cela pour régulariser la situation des enfants
qui pourraient survenir, et non, comme on l'a sup-
posé, pour empêcher la polygamie.

Car il y a beau temps que nous avons pris notre
parti là-dessus ; et ce n'est plus sans sourire que,
dans une école de droit, un professeur peut enseigner que les peuples occidentaux ne sont pas po-
lygames. On attend pour le croire que celui qui
n'a jamais eu qu'une femme en témoigne.

Se défier des témoins. Telle devrait être la règle
de quiconque a à juger quelqu'un ou quelque
chose.

C'est au point que je me demande à quoi ils servent, et si l'on ne ferait pas mieux de s'en passer.

Voulez-vous faire un essai? Rien de plus aisé. Demandez à plusieurs personnes, qui ont assisté à un événement quelconque, de vous raconter cet événement. Jamais leurs récits ne seront les mêmes. Toutes s'imaginent pourtant vous dire la vérité.

C'est cette vanité des témoignages humains, qui rend l'histoire si problématique. Il y a même gros à parier que rien n'est arrivé comme on vous l'enseigne. Tout ce que nous pouvons conclure, c'est qu'il a dû arriver quelque chose dans ce genre-là. Mais de jurer, par exemple, que Néron a vraiment mis le feu à Rome, c'est à quoi je m'aventurerais difficilement.

Cette réflexion, qui me vient à propos du procès Weber, peut s'appliquer à tout autre. Aussi me demandera-t-on, si l'on peut et si l'on doit récuser tous les témoins et tous les témoignages, comment on s'y prendra pour acquitter ou condamner les gens en connaissance de cause.

Je n'en sais rien; car ma conviction est que l'on n'est jamais sûr de rien, tant que l'accusé n'avoué pas. Et, comme il vaut mieux laisser échapper cent coupables que condamner un innocent, je suis de ceux qui ne risqueraient guère les erreurs judiciaires, car je ne me résoudrais pas, ayant l'ombre d'un doute, à déclarer une culpabilité.

Je ne comprends pas qu'il soit question d'embarras ou d'incertitude. Quand on n'est pas certain, on ne condamne pas. Il n'y a pas là un instant d'hésitation à avoir.

Si encore la condamnation pouvait avoir pour résultat la résurrection de ceux qui sont morts, ou la rentrée d'un volé dans les biens qu'on lui a pris, je m'expliquerais l'importance qu'on y attache ; mais, comme rien ne sera changé à ce qui est accompli, je me demande pourquoi l'on tient tant à un châtiment, qui, même lorsqu'il est juste et mérité, n'en est pas moins absolument inutile.

L'homme est un animal briseur. Il ne trouve pas de meilleure façon, pour exprimer ses sentiments, que de casser quelque chose. C'est ce qui se rencontre à sa portée. Et il ne regarde pas à la valeur. Il nous mettra en miettes une statue de Michel-Ange ou un tableau de Raphaël avec autant de sérénité qu'une assiette de douze sous.

Depuis Polyeucte, qui n'hésita pas à renverser les statues des Dieux, jusqu'au fameux Conseil municipal de Normandie, qui vient de s'illustrer par la démolition d'un Calvaire, les hommes n'ont cessé de manifester leurs opinions politiques ou religieuses par la destruction des objets inanimés.

Les voyages, en dehors de l'histoire, vous fournissent des preuves nombreuses de ce goût aussi bizarre que stupide. Il n'est pas une cathédrale, où l'on ne vous montre un tas de statues mutilées, celles-ci à une époque, celles-là à une autre, mais toutes par des imbéciles, heureux de trouver une occasion de démolir quelque chose.

En temps de guerre étrangère ou civile, c'est vainement que vous tenteriez de vous opposer à ces satisfactions de la bête humaine. Mais, en pleine paix, et dans l'état de civilisation où nous prétendons être, j'estime qu'aucune dévastation de ce genre ne saurait être tolérée, et qu'il sied de punir avec sévérité ceux qui se les permettent.

Il est attristant de constater qu'au vingtième siècle, malgré une instruction tellement répandue qu'on ne sait plus trop où elle est, nous pourrions, d'un jour à l'autre, assister aux scènes de vandalisme qui ont illustré les époques les plus barbares. Il n'y a même pas besoin pour cela d'une prise d'armes quelconque. Pour peu qu'on laisse faire, vous verrez les administrations les plus pacifiques procéder tranquillement au renversement des monuments historiques et des œuvres d'art, en donnant pour raison suffisante que cela n'est plus dans leurs idées.

Les quelques artistes, et autres intellectuels, qui s'occupent de ces choses, font bien ce qu'ils peuvent et parviennent à opérer quelques sauvetages. Mais, dès qu'ils ont le dos tourné, la légion des imbéciles et des fanatiques s'en donne à cœur joie.

Ces gens-là brûleraient la bibliothèque d'Alexandrie et seraient peut-être fort étonnés qu'on ne les décorât pas pour la peine.

On se souvient de l'aventure du chevalier de Saint-Cyr, pendant la Révolution. Il se présentait devant une municipalité, qui lui fit déclarer ses nom et prénoms, et, comme il disait : chevalier de Saint-Cyr, on lui fit observer qu'il n'y avait plus de chevaliers.

— Soit, dit-il, mettez : de Saint-Cyr.

— Il n'y a plus de *de*.

— Mettez Saint-Cyr.

— Il n'y a plus de saints.

— Diable !

Et, un peu interloqué :

— Mettez Cyr.

— Il n'y a plus de sire.

Le malheureux n'avait plus de nom du tout.

Un coup analogue arrive à nos peintres.

Il se forme une ligue, destinée à interdire la représentation de toute nudité ; car on sait que nous devenons éminemment vertueux, et que nous nous ruinons en mouchoirs de poche pour cacher le sein de Dorine, ce sein que nous ne saurions voir. Et nous sommes tellement prompts à la tentation, que nous entendons bannir désormais de notre vue ces statues immodestes, dispersées dans nos jardins, et qui offrent des spectacles dont les âmes sont blessées.

Car cela fait venir de coupables pensées.

Il ne faut plus que nous sachions comment nous sommes faits ; et il est question de fermer les maisons de bains, où il y a des glaces bien compromettantes.

Cependant une autre Société s'est formée, qui prétend, elle, interdire aux peintres les sujets religieux. Dans notre pays de liberté, on ne songe qu'aux interdictions. La morale laïque, qui devient plus embêtante que l'autre, assimile les sujets religieux aux obscénités, et ne veut plus d'un saint Jean, quand même il ne serait pas tout nu.

Je vois nos peintres bien empêchés. Encore un peu de temps, et on ne leur permettra plus de peindre que des casseroles et des potirons. Encore faudra-t-il qu'ils surveillent le contour de ces derniers, de peur de comparaisons malencontreuses.

Après cela, niez le progrès. La société future ne sera peut-être pas bien amusante ; mais nous pourrons nous rendre cette justice, que nous nous serons donné bien de la peine pour conquérir un paradis très supérieur à l'ancien, puisque tous les fruits y seront défendus.

Quatre messieurs descendaient dernièrement dans une des grandes gares de France. Ils étaient porteurs d'une valise, et se rendirent dans un hôtel voisin.

Là ils reçurent la visite d'un commissaire de première classe, qui leur tint ce langage :

— Vous exercez, messieurs, l'état de cambrioleurs... C'est une noble profession. Les hommes ont des vocations diverses. Tout le monde ne peut pas être ministre, bien que beaucoup le soient. Je ne suis pas ici pour vous contrarier, et, bien au contraire, je vais vous prouver que je m'intéresse à vous, en vous donnant un bon conseil.

Vous feriez mieux de retourner dans la ville que vous venez de quitter. Ici je ne crois pas qu'il y ait grand'chose à faire pour vous. On a abusé du cambriolage, et tous vos confrères sont brûlés. Vous resteriez incompris, et peut-être serais-je obligé de vous mettre en prison, ce qui me serait profondément douloureux. Croyez-moi ; c'est un ami qui vous parle...

Les quatre messieurs se répandirent en effusions de reconnaissance, et l'on se sépara, non sans d'abondantes poignées de main.

Comme ils se préparaient à monter dans le train ;

— N'oubliez pas votre valise, dit le commissaire. Vous avez sans doute là-dedans les outils de votre profession, et rien n'est désagréable, quand on travaille, comme de ne pas avoir sous la main tout ce qui vous est nécessaire.

Ne vous imaginez pas que je plaisante. Ce fait est relaté en toutes lettres, et très sérieusement, par une feuille très grave, qui se garde de le commenter. Je n'aurai pas cette réserve, assuré que vous vous réjouirez avec moi d'apprendre qu'enfin l'on a reconnu qu'il n'y a pas de sots métiers, qu'il n'y a que de sottes gens, et que, l'état de cambrioleur n'ayant pas joui jusqu'à présent de la considération qu'il mérite, il est temps de le classer au nombre des professions avouées et honorables.

Le magistrat, dont nous venons de reproduire le langage amical, n'a fait que devancer le jour prochain où le cambriolage sera déclaré d'utilité publique. En attendant, il était bon de laisser chacun exercer son travail en liberté ; et, cet art nouveau ayant fait depuis quelques années les progrès que vous connaissez, ce n'est que justice de l'admettre au rang des autres, ainsi qu'il vient d'être procédé pour la lithographie depuis trop longtemps méconnue.

L'application des douches aux manifestations remonte au maréchal Lobau qui, pour la première fois, se servit des pompes pour dissiper un attroupement.

Ce fut alors un fort scandale, dont se souviennent les gens très vieux. Loin de savoir gré au maréchal d'avoir épargné la vie des hommes, on lui reprocha amèrement de s'être moqué du monde en employant des procédés indignes de la gravité de la situation.

Et les épargnés furent les premiers à crier que cela leur était indifférent d'être exterminés, mais qu'ils n'entendaient pas périr sous le ridicule.

C'est pourquoi, sans doute, on ne recommença plus ; et, depuis ce temps, malgré nos objurgations, on persista à fusiller, au lieu d'asperger.

Un nouvel essai vient d'être fait de ce procédé, mais dans de détestables conditions ; car, autant il est à recommander sur la voie publique, autant il faut s'en défier à l'intérieur des monuments, où il peut causer d'irréparables dégâts. Endommager un chrétien, cela n'a pas d'importance, parce que cela se raccommode, tandis qu'endommager un tableau est beaucoup plus grave.

J'espère bien qu'il n'y aura plus lieu de pénétrer de force dans des édifices publics ; mais, dans le cas où l'on se trouverait encore dans cette fâcheuse obligation, je prierais les pouvoirs de tenir compte de cette observation qui, bien qu'elle vienne de moi, a tout de même sa valeur.

Depuis tant d'années qu'on n'avait plus remis en pratique l'idée du maréchal Lobau, il n'est pas étonnant qu'on l'ait faussée ; elle n'en est pas moins bonne, et le jour où on s'en servira couramment pour la répression des troubles, nous pourrons nous vanter d'avoir accompli un véritable progrès.

Le ciel s'en était déjà chargé quelquefois, et l'on sait qu'il n'y a jamais eu de bonne révolution sous la pluie. Des gens arrosés n'ont qu'une préoccupation, celle de se mettre à l'abri. On se bat rarement sous un parapluie. Des amoureux trempés sont de médiocres amoureux, et c'est pourquoi il n'y a de sérénades que dans les pays secs.

C'est dans ce but réfrigérant que le ciel a dû inventer l'eau, et peut-être aussi pour se laver, car je suis de l'avis de ce grand-duc, qui ne comprenait pas qu'on s'en servît pour boire.

C'était, évidemment, la détourner de sa destination.

« Un bruit assez étrange est venu jusqu'à moi, m'écrit un de mes lecteurs. Si ce bruit se confirme, vous avez bien raison, monsieur, de dire quelquefois que nous vivons dans un siècle fertile en nouveautés.

« On m'assure que désormais il faudra des titres pour être décoré. Ainsi on aurait décidé le grand conseil de l'Ordre.

« On ajoute, ce qui ne m'étonne pas, qu'en apprenant cette nouvelle, les bras en sont tombés à tous les personnages qui s'occupent de politique. En sorte qu'on ne rencontre plus que des manchots dans les palais. C'est d'ailleurs la seule ressemblance qu'ils aient avec la Vénus de Milo.

« Des titres, monsieur, qu'entend-on par là? Jamais, au grand jamais, on n'avait ouï dire pareille chose... Je pense qu'il ne s'agit pas de titres de noblesse. S'il est question de titres à la faveur, ces titres ont toujours existé. Vous pensez bien qu'on ne décore que les gens qui vous ont rendu quelque service, ne fût-ce que de dire du bien de vous, ou de plaire à votre maîtresse.

« Si, comme tout porte à le croire, ce mot inattendu : *titres*, signifie : mérites, nous voilà, monsieur, en pleine révolution sociale. C'est le flot de l'anarchie qui monte. Dans quel pays du monde, dans quel siècle, dans quel Etat avez-vous jamais vu que le mérite fût pour quoi que ce soit dans l'obtention d'une distinction? C'est le bouleversement de tout. A ce compte, on ne pourrait plus décorer dans un salon les messieurs qui se trouvent là, et qu'on a invités pour saluer un hôte honorable. Mais, monsieur, les chefs d'Etat eux-mêmes, qu'ont-ils fait, s'il vous plaît, pour être décorés? Et qu'allons-nous devenir, si, pour avoir la croix comme publiciste, il faudra avoir publié quelque chose? Je n'ai pas besoin d'insister davantage sur cet horrible renversement de toutes nos coutumes.

« Un vent de désorganisation et d'effondrement souffle sur ce pays. On ne respecte plus rien. Comment, je vous le demande, pourront se faire respecter les gens sans mérite, s'ils ne se distinguent pas des autres par quelque décoration?

« On ne peut pas tout avoir. Il ne faut pas que tout soit pour les mêmes. Si les uns ont le talent, c'est bien le moins que les autres aient la croix. »

L'été dernier, à la mer, il y avait un jeu d'enfants très en faveur. Les mômes, à la marée basse, construisaient, avec du sable et des pierres, des forts menaçants ; c'était à qui élèverait le plus haut, le plus vaste. Des bandes de garçons et de fillettes travaillaient avec un zèle et une énergie à faire rougir les plus intrépides ouvriers. Tout ce petit monde s'en rendait malade.

Puis, c'étaient des drapeaux qu'on hissait, et l'on attendait la mer de pied ferme, et, jusqu'au dernier moment, on édifiait des bastions, on solidifiait l'ouvrage.

Cependant, le flot montait, comme à son ordinaire. Quand il commençait à détruire l'échafaudage, on se succédait aux réparations. On remplaçait le sable, on l'entassait. Hélas! vains efforts : l'eau arrivait, arrivait. Les plus hardis se maintenaient encore sur les îlots. Il leur fallait tout de même prendre la fuite et clapoter avec leurs jambes nues, sauvant leurs drapeaux meurtris.

Je pense à ces enfants élevant des digues de sable contre la marée lorsque j'entends parler de toutes ces ligues, de toutes ces lois, de toute cette agitation pour épurer nos mœurs et nous ramener à l'innocence première. Si nous sommes vraiment aussi corrompus que l'affirment les vieux messieurs, il faut que nous en prenions notre parti ; il n'y a rien à faire et nous ne remonterons pas le cours des âges.

Dans quelle histoire avez-vous lu qu'il fut jamais un peuple que des associations ou des prêches firent revenir à la vertu?

La vertu, voyez-vous, c'est comme l'honneur, une île escarpée et sans bords ; on n'y peut plus rentrer quand on en est dehors.

Si nous sommes en décadence, comme nous le crient les vieillards, tandis que les jeunes crient que nous sommes en progrès, j'en suis bien fâché, mais nous n'y changerons rien. Nous avons perdu notre innocence, et chacun sait que l'innocence, cela ne se rattrape jamais. Si les nations pouvaient se réformer, c'est qu'elles ne seraient pas en décadence et que, par conséquent, elles n'en auraient pas besoin.

Les enfants des plages font semblant de croire
à l'efficacité de leur résistance ; au fond, ils s'a-
musent. J'espère qu'il en est de même de nos moralistes, et que ce qu'ils en font n'est qu'un simple
badinage.

Que nous ayons toujours des mœurs monarchi-
ques, c'est, j'imagine, ce qui ne sera contesté par
personne.

Autrefois, lorsque les rois ou les reines sortaient, cela faisait grâce aux condamnés, et quiconque se trouvait sur leur passage, en devenait
tout de suite un personnage plus important. Il y
avait aussi des fêtes, des anniversaires, qu'on célé-
brait de toutes les manières, en donnant aux pauvres de quoi manger et boire, comme si les pauvres devaient avoir plus faim et plus soif ce jour-
là qu'un autre, et en distribuant des titres et des
décorations, comme si tout soudain ce jour-là on
découvrait des mérites qui n'existaient pas la
veille.

Rien, ou à peu près rien n'est changé. Aujour-
d'hui, comme jadis, lorsqu'il s'opère un changement de règne, cela donne lieu à des avancements,
dans l'armée et ailleurs. Puis on gracie. C'est l'ancien don de joyeux avènement. Tant il est vrai
que dans cette vie tout est veine ! Vos souffrances
et vos joies dépendent d'événements qui vous sont
tout à fait étrangers ; et vous vous trouvez avoir
des qualités nouvelles, tout simplement parce
qu'un monsieur que vous ne connaissez pas en a
remplacé un autre, que vous ne connaissiez pas
davantage.

Les départements se disputent la présence de nos ministres, parce que, de même qu'un coup d'œil de Louis enfantait des Corneille, sur le passage de chacun d'eux éclosent des talents et des services auxquels personne n'avait songé jusque-là. Ce que c'est que de nous ! Si le ministre passe, on est palmé ; s'il ne passe point, on n'est pas palmé. Pour que votre génie soit révélé à l'univers, il est indispensable qu'un monsieur qui vient de Paris aille coucher à la préfecture.

Et, si vous n'avez pas de génie, il faudra qu'il vous en vienne.

Il n'y a d'ailleurs là rien de plus stupéfiant que le partage des distinctions, tel qu'il est pratiqué, entre les départements, selon le chiffre de la population.

En sorte qu'il n'est pas permis à un endroit d'avoir un homme de mérite de plus que ne le comporte le nombre de ses habitants. S'il se le permettait, on lui dirait : « Nous en sommes bien fâchés ; mais il faut que nous gardions une récompense pour le pays voisin, qui a tort de ne compter que des imbéciles, mais qui n'en a pas moins droit, vu leur quantité, à un ruban de plus que vous. »

Je suis bien heureux de me trouver d'accord avec MM. Margueritte, sur l'inconvénient du mariage, tel que nous le pratiquons.

Je me suis même souvent demandé pourquoi l'honorable sénateur qui est à la tête de toutes les ligues préservatrices de la décence publique, n'avait pas été le premier à condamner cette exhibition de la jeune fille en costume de sacrifice, se promenant au bras d'un monsieur, afin que nul n'en ignore.

Nos amoureux sont bien autrement discrets. D'ordinaire ils n'apprennent à personne l'heure et le lieu, et se dérobent avec un soin touchant. C'est pourtant à eux que les gens décents s'en prennent.

Au Japon, bien que ce pays ne passe pas pour pudibond, on se marie beaucoup plus simplement. L'événement se passe en famille. Ce n'est que cinq ou six jours après que les conjoints vont sans fracas apprendre à l'état-civil qu'ils se sont unis pour la vie, ou même moins.

Nous autres, les civilisés occidentaux, nous n'avons souci que de conter au monde entier nos petites affaires, qui lui sont profondément indifférentes, et de faire pénétrer les gens dans nos intimités, afin de leur permettre de se moquer de nous.

J'avoue que, lorsque je reçois une lettre de faire part, par laquelle on m'apprend que M. Jacques va convoler ou a convolé en justes noces avec Mlle Berthe, mon premier mouvement est de m'écrier : « Qu'est-ce que cela peut bien me faire ? » Si les noces n'avaient pas été justes, M. Jacques et Mlle Berthe ne m'en auraient probablement pas averti. Et, quant à moi, je ne m'en soucie.

Il y a cependant, je le reconnais, des personnes que cette cérémonie paraît intéresser, et, pour voir comment une mariée est faite, nombre de curieux et de curieuses se groupent sur son passage. C'est là où j'attends M. Bérenger. S'il se mêlait à ces assistants, les propos qu'il entendrait le glaceraient d'épouvante ; car il serait obligé de reconnaître qu'on fait de tableaux suggestifs et d'excitation à la bagatelle, rien n'égale cette procession bouffonne.

Avant de pourchasser les amoureux qui se cachent, les hommes décents feraient bien de poursuivre les épousés qui se montrent.

Il fut un temps où, quand on discutait le budget des Beaux-Arts à la Chambre, deux députés, aujourd'hui disparus, très braves gens d'ailleurs, se levaient à la fois, l'un pour demander la suppression des subventions théâtrales, l'autre pour exiger le remplacement des danseuses de l'Opéra par des conducteurs d'omnibus.

Il m'arriva même une petite affaire avec le premier. Comme je lui faisais remarquer que, pour être logique, il devrait demander aussi la suppression du Conservatoire, il bondit, et s'écria que le Conservatoire des Arts et Métiers était une institution admirable, et qu'il n'y fallait point toucher.

L'excellent homme ne connaissait que ce Conservatoire-là, et ignorait absolument l'existence de l'autre. On a beau être député, on ne peut pas tout savoir.

J'aime à constater, qu'aujourd'hui, les réclamations sont toutes différentes. Loin de s'opposer au principe des subventions, de tous côtés on en réclame de nouvelles. Je ne parle pas seulement des théâtres populaires en projet ; mais il a été proposé, et, avec succès, de répandre la manne budgétaire sur une beaucoup plus grande quantité d'entreprises, de sociétés, de concerts, et de venir en aide aux scènes de province, pour qu'elles puissent représenter les œuvres, qu'il est impossible de monter à Paris.

Il est certain qu'à la musique sérieuse, Paris ne peut offrir que deux théâtres : l'Opéra et l'Opéra-Comique. Or, tous deux ont un riche répertoire, répertoire si riche, que, si on ne les obligeait pas à monter des ouvrages nouveaux, ils pourraient facilement s'en passer. Si l'on considère, en outre, que l'Académie nationale de musique n'a pas pour but de faire connaître des débutants, et que les essais y coûtent trop cher pour qu'elle puisse s'y livrer impunément, on conviendra qu'en effet les jeunes auteurs manquent de débouchés.

On nous a affirmé, en passant, qu'il y avait des tiroirs pleins de chefs-d'œuvre. Je veux bien le croire, quoique la production contemporaine ne me paraisse pas confirmer beaucoup cette assertion. Mais, chefs-d'œuvre ou non, comme nous n'en pouvons rien savoir sans les avoir entendus, je confesse qu'il serait utile qu'on nous les montrât sans grands frais.

C'est pourquoi, faute d'un théâtre lyrique, qui pourtant serait indispensable, l'idée d'encourager une décentralisation provisoire mérite d'être retenue.

Il y a des gens qui prétendent que le travail est un bonheur ; et il n'est pas un maître d'école conscient de son devoir qui n'enseigne à ses élèves que la paresse est le plus grand des vices et qu'ils doivent la fuir comme vile et pernicieuse.

Ce qui n'empêche pas, par cette contradiction

qui est l'essence de la nature humaine, de célébrer tous les événements heureux par des congés. Et la première idée qui vient quand on veut donner un peu de joie aux créatures, c'est de les autoriser à abandonner leur travail.

Il est vrai que, s'il s'agit d'un deuil, c'est tout comme. De même que nous n'avons qu'un habit noir pour le mariage et l'enterrement, nous n'avons qu'un procédé pour exprimer notre douleur ou notre allégresse, c'est de cesser nos occupations et d'aller nous promener.

Quand il meurt quelqu'un de bien, les assemblées lèvent leur séance, cela veut dire qu'on est bien triste. Quand on gagne une bataille ou qu'on nomme un nouveau président, on donne *campo* aux écoliers et aux fonctionnaires, cela signifie qu'on est bien gai.

Du moment où la cessation du travail est la conséquence obligée de tout événement heureux ou malheureux, il semblerait logique que nous ne fissions jamais rien, car la vie tout entière n'est composée que de ces événements-là.

Je dois constater à regret que ni les écoliers ni les commis n'hésitent à se réjouir du congé qui leur arrive ; et, s'ils font des cabrioles quand une fête les prive de leur travail, je ne les ai jamais vus répandre des larmes lorsque ce congé est dû à un incident douloureux. Tous ressemblent aux petits Hugo, qui revenaient un jour de la classe en chantant à tue-tête :

> Le maître est mort
> Il n'y a pas d'école !

D'où je conclus qu'on aime généralement mieux s'amuser que travailler, et que les philosophes nous montent des bateaux, quand ils chantent l'ivresse que l'on goûte à se donner de la peine.

Un homme, qu'à son teint basané, et à la façon discourtoise dont il portait la redingote, je reconnus immédiatement pour un habitant des pays du soleil, me vint trouver, avant-hier, et me tint ce langage :

— Tel que vous me voyez, monsieur, je suis un sujet marocain. J'ai vu le jour dans ce pays, qui en ce moment attire l'attention de toute l'Europe. J'ai vécu dans une tranquillité relative pendant un certain nombre d'années, après lesquelles l'ambition m'a pris, et je suis venu m'établir à Paris comme marchand de dattes et de bijoux fabriqués à Pantin.

Je n'avais, dans mon pays, été attaqué qu'une seule fois ; encore était-ce par un soldat, qui, n'ayant pas reçu sa paye, était bien excusable de prier les passants de lui venir en aide. Ici, dans le trajet que je fais quelquefois entre mon domicile et ma fabrique, j'ai été victime de dix-sept agressions, dont une m'a mis au lit avec un coup de couteau, dont je puis, si vous l'exigez, vous montrer les traces.

Comme il allait se défaire, je l'assurai que je l'en croyais sur parole. Il reprit :

— Quand j'ouvre vos journaux, je m'aperçois que je ne suis pas le seul à subir ces vicissitudes. Vos journaux ne sont pleins que de crimes d' « Apaches », de luttes à main plate ou fermée, de coups et blessures, d'attentats à toute heure du jour et de la nuit, de vols, d'assassinats ; et ce qu'il y a de curieux, c'est qu'on paraît parfaitement en con-

naître les auteurs, sans qu'on cherche sérieusement
à les troubler dans leur industrie.

Je viens vous demander, monsieur, si, en récla-
mant l'exercice de la police au Maroc, vous vous
faites forts de faire régner dans ce pays la même
sécurité dont vous jouissez à Paris et dans les environs. Dans ce cas, je me ferais un plaisir, la première fois qu'un bandit me roulera sur le pavé, de
l'exhorter à passer l'eau avec mon argent, et d'aller
s'établir au Maroc, dès qu'il apprendra que vous
êtes chargés d'y maintenir l'ordre. Ne pensez-vous
pas, monsieur, qu'avant de songer à régler les
affaires des autres, il serait sage de s'occuper de
ce qui se passe chez soi?

— Si vous étiez chrétien, au lieu d'être musul-
man, lui répondis-je, je vous montrerais un livre,
où il est écrit que tel voit une paille dans l'œil
d'autrui, qui n'aperçoit pas une poutre dans le
sien.

Alfred de Musset fut un poète qui faisait des
vers.

Cela nous étonne singulièrement, nous qui, aujourd'hui, ne connaissons plus que des poètes qui
ne font pas de vers.

Nos poètes actuels, qui ont tous du génie (or,
on sait que le génie, c'est la simplicité), ont mis
l'art à la portée de tout le monde, comme il convient à de bons démocrates, désireux d'associer les
nouvelles couches à la composition des belles
œuvres.

A notre époque, pour être sacré poète, il suffit

de ployer en quatre, en trois ou en deux la feuille sur laquelle on écrit ; puis on met des mots les uns au bout des autres, sans se préoccuper de leur sens, ce qui serait prosaïque ; lorsqu'on a atteint le bout, on passe à la ligne.

Quand on a ainsi noirci plusieurs feuillets, cela fait un poème. On trouve des revues pour vous le publier, des libraires pour l'éditer. Ce qu'on trouve plus difficilement, j'en rougis pour mes contemporains, ce sont des acheteurs pour l'acheter et des lecteurs pour le lire. Mais quoi ! N'est-il pas convenu que le propre du génie, c'est d'être incompris ?

Il n'est pas un aligneur de phrases obscures qui ne vous cite tel ou tel grand écrivain, méconnu pendant sa vie, de même que, lorsque vous bâillez à l'audition d'un opéra, on vous prouve que vous n'êtes qu'un sot en vous rappelant les insuccès de *Faust* et de *Carmen*. On se console comme on peut.

Quelques personnes, qui n'osent pas le dire trop haut, s'étonnent cependant que ces poètes, qui ne font pas de vers, s'obstinent à prétendre qu'ils n'écrivent pas en prose.

La raison en est que, si ce ne sont pas des vers, ce n'est pas non plus de la prose. La prose, en effet, exigerait de la clarté ; et, généralement, on l'emploie pour dire quelque chose. Ce qui fait que ces vers, quoique n'étant pas des vers, sont tout de même de la poésie, c'est qu'on n'y comprend absolument rien. Si l'on y comprenait quoi que ce soit, ce serait en effet de la prose ; et c'est ce qu'il ne faut pas.

Un homme qui serait bien étonné, ce serait M. Jourdain, à qui, aujourd'hui, son professeur de philosophie devrait apprendre qu'on peut ne pas écrire en vers, sans pour cela s'exprimer en prose.

L'une des premières visites reçues par M. Fallières, après son installation à l'Elysée, fut la visite d'une délégation qui, à brûle-pourpoint, lui dit :

— Monsieur le Président, nous venons savoir quand vous commencez ?

— Quand je commence... quoi ? fit le Président.

— Mais vos tournées.

— Quelles tournées ?

— Vos voyages, si vous le préférez. Nous espérons que vous débuterez par Agen qui est le chef-lieu de votre département.

L'idée ne vint même pas à M. Fallières de répondre :

— Mais, mes amis, qui vous dit que je veux voyager, et pourquoi voulez-vous que je voyage ?

Ses visiteurs auraient cru qu'il était devenu fou.

Pour les Français, en effet, la fonction du chef de l'Etat, tout comme celle d'une étoile de première grandeur, consiste à faire des tournées en province ; et s'il en était un qui s'installât à demeure à l'Elysée, personne n'y comprendrait plus rien.

C'est une compréhension du rôle du premier magistrat, qui nous est particulière. On ne la retrouve dans aucun pays du monde, ni dans les républiques, où les présidents sont rarement en représentation, ni dans les monarchies, où les rois ne se dérangent qu'en des occasions tout à fait exceptionnelles

Les premiers de nos Présidents n'étaient pas encore ambulants. MM. Thiers et Grévy ne bougeaient point. Cela a commencé à Carnot, s'est développé avec Félix Faure et aujourd'hui l'on peut bien dire que les tournées sont devenues une des nécessités de la situation.

Ce n'est pas pour manquer de respect à la présidence, mais je suis bien obligé de remarquer que cela a coïncidé avec les exodes de la Comédie-Française tant déplorés par Claretie. Autrefois la Comédie-Française attendait les spectateurs à Paris. C'est du jour où elle s'est décidée à aller les chercher en province que l'Elysée a cru devoir en faire autant.

Je signale aux chercheurs de l'origine des choses cette singulière coïncidence. Ils en tireront sans doute les conclusions qu'elle comporte.

— Vous êtes, monsieur, protecteur de l'enfance?

— Pardon, monsieur, je ne suis qu'inspecteur des enfants assistés. Rien de plus. Les autres ne me regardent point. Qu'ils soient malheureux ou non, ce n'est pas mon affaire. Vous pouvez les battre, les priver de nourriture, les faire entrer dans des cages de bêtes fauves, ce n'est pas dans mes attributions.

— Quelle est votre mission?

— Ma mission consiste à remettre à nos pupilles, quand vient leur majorité, un livret de caisse d'épargne de 23 fr. 75. Pour cela, je dois dresser un compte de tutelle, le comparer avec les chiffres du trésorier-payeur général, lequel visera le rapport à soumettre au préfet, lequel à son tour convoquera un conseil de famille (dont, je n'ai pas besoin de vous le dire, tous les membres sont toujours absents), afin d'obtenir l'autorisation de remise. Cette remise aura lieu sur l'approbation du Comité départemental, et lorsque le préfet aura signé un arrêté à cet effet, dont avis sera donné au trésorier-payeur général.

Ce n'est pas tout. Un inspecteur général viendra s'assurer que toutes les formalités ci-dessus ont bien été remplies avant la remise des 23 fr. 75.

— Fichtre ! Voilà 23 fr. 75 qui vous auront donné bien du tintouin !

— On ne saurait, monsieur, prendre trop de précautions. Il en est de même quand nous voulons octroyer une paire de bas de laine à un enfant de six mois. Vous me croirez si vous voulez, monsieur, mais il y faut tant de papiers, de signatures, de propositions, de rapports, de combinaisons multipliées, qu'il n'est pas rare que l'enfant ait un an lorsqu'on lui remet ses bas.

— Mais alors, il ne peut plus les porter ?

— Non, monsieur. On en est quitte pour les rentrer au magasin. Et l'on recommence pour des bas plus grands.

— Cependant l'enfant recommence à grandir.

— C'est vrai, monsieur. Qu'y pouvons-nous ?

— Vous avez raison, c'est la nature qui est dans son tort. Elle devrait donner le bon exemple, et se soumettre aux habitudes de l'administration.

Carnets de printemps

A ce moment de l'année où le soleil se réveille et daigne venir voir ce qui se passe chez nous, je rêve avec ennui à la disparition de nos jardins, et il me semble que ce soleil doit devenir plus terne en s'apercevant que, chaque année, on lui en a enlevé quelques-uns.

C'est, ô soleil, ce que nous appelons les embellissements de Paris. Embellir une ville, c'est pour nous, avant toutes choses, je n'ai pas besoin de le dire, en démolir toutes les maisons pittoresques, en aligner toutes les rues, de manière à la transformer en damier, car chacun sait que la forme du damier est le dernier mot du progrès artistique ; c'est tout cela, et c'est aussi couper les arbres, supprimer les bosquets et les jardins, et remplacer fleurs et buissons par de belles maisons de rapport, en belles pierres de taille, qui font s'ébahir les amateurs de constructions, lesquels se félicitent d'être nés dans un siècle où la maçonnerie est si *conséquente*.

A quoi bon des jardins, surtout des jardins dits particuliers ? A la vérité, la verdure et le feuillage rendent service à tout le monde, même quand ils ne sont qu'une propriété individuelle ; mais n'avons-nous pas assez de nos tout petits squares, bien sablés, bien rangés, qui ont l'air d'être en carton, à ce point que certaines personnes, qui se couchent de bonne heure, croient qu'on les replie tous les soirs, qu'on les remet dans leur boîte, et qu'on les repose le matin? Ce sont jouets pour amuser les enfants, qui d'ailleurs ne s'y amusent guère, car des gardes rébarbatifs sont là pour les empêcher de se rouler sur le gazon, de creuser des trous et de rouler leur cerceau.

Mais c'est très propre. Oh! ce que c'est propre! On les époussette avec un soin extrême. Les arbustes y sont d'un raide, qui éloigne jusqu'aux petits oiseaux, qui les croient en fer-blanc. Comme les grandes personnes auraient honte de se promener dans ce joujou, elles n'ont d'autre ressource que de s'enfuir jusqu'à un endroit, qu'on s'obstine encore à appeler le Bois de Boulogne.

Mais il y a beau temps qu'il n'y a plus de bois à ce bois, pas plus qu'il n'y a de pré au Pré-Saint-Gervais. Il y a des routes, des maisons, des fils de fer, et des gardiens qui veillent sur la vertu des vierges folles.

C'est bien beau, la civilisation! Mais cela devient tout de même bien embêtant.

Un clou chasse l'autre. Un portrait aussi. Partout, dans les mairies, dans les administrations, dans les préfectures, dans les cabinets de fonctionnaires, le portrait Fallières a remplacé le portrait Loubet. C'est d'ailleurs, le matin, le même garçon de bureau qui l'époussette stoïquement.

— Mon Dieu ! oui, me disait un de ces derniers, qui était en train de placer le cadre, c'est comme les pièces de vin ; quand il y en a une de bue, on entame l'autre. Quelquefois, on ne s'en aperçoit pas. Qu'est-ce que cela peut faire, quand le vin est le même et que cela ne coûte pas plus cher !

Ce garçon voyait les choses en philosophe, ainsi qu'il est naturel dans son état, où l'on voit se succéder les gens en place avec la sérénité des vieux bourgeois de *Faust*, regardant passer les bateaux tout en vidant leur verre.

— Et qu'est-ce que vous allez faire du vieux ? lui demandai-je.

— Le vieux, on va le mettre à côté, tant qu'il y aura de la place. Quand il n'y en aura plus, on le mettra dans l'armoire.

Je me faisais l'effet d'Hamlet interrogeant le fossoyeur. Mais la philosophie du garçon n'allait pas jusque-là.

— Alors, lui dis-je, cela vous est égal ?

— Qu'est-ce que vous voulez que cela me fasse ? Ce ne sera jamais mon tour, n'est-il pas vrai ?

— Qui sait ?

Il me regarda, croyant avoir affaire à un fou.

— Est-ce que cela vous irait, ce métier-là ? repris-je.

— Il y a des fois. Et puis, il y a des fois où cela ne m'irait pas. Enfin, il n'y a pas de sot métier, comme on dit.

Le portrait était placé, il se recula pour mieux le voir, et me dit :

— Pourquoi est-ce qu'on les change, monsieur, puisque cela ne change rien ? Moi, tant que je fais l'ouvrage, on ne me change pas !

— Vous avez, mon ami, trop de bon sens pour parler politique.

Et je le quittai.

Dans une conversation récente, M. Loubet gémissait (en souriant, bien entendu) sur les souffrances que lui avait fait éprouver le protocole, pendant son séjour à l'Elysée, et sur les exigences du monsieur qui était chargé de veiller sur sa bonne tenue.

— Monsieur le Président, on ne se croise pas les jambes quand on cause avec un ambassadeur. Monsieur le Président, on n'attache pas sa serviette sous le menton. Monsieur le Président, ceci ; monsieur le Président, cela.

Il y a, dans un roman de Dickens, un gros banquier, qui s'est payé un intendant pour le rappeler aux convenances et lui refaire une bonne éducation. Depuis ce moment, le banquier mène une existence décolorée et vit sous l'impression d'une constante terreur. Il ne peut plus se moucher, éternuer, ôter ou mettre son chapeau, fredonner un petit air, s'asseoir, se lever, sans voir fixé sur lui l'œil sévère de l'intendant. Je crois qu'il en devient fou, ou qu'il fiche l'intendant à la porte, ce qui pour moi n'aurait pas été l'affaire d'une demi-journée.

Sancho, dans l'île de Barataria, eut une royauté non moins déplorable. C'est pourquoi il retourne avec délices à son village et à son âne, lequel ne faisait point de manières pour avoir du son.

Les plaintes de l'ancien Président ne laissent pas que de me rendre rêveur. Car enfin qu'est-ce qui l'empêchait d'envoyer promener le protocole et les protocolaires? Je ne pense pas qu'aucune puissance européenne nous eût déclaré la guerre pour cela.

Il eût été bien étonné, le révolutionnaire de 92, à qui l'on eût dit qu'après un siècle, la République étant définitivement établie en France, il y aurait encore dans un palais un monsieur soumis à une étiquette plus stricte que celle de la Cour de Louis XIV. Je dis : plus stricte, car Louis XIV recevait volontiers sur sa chaise percée, et je ne pense pas que M. Molard eût jamais toléré cette attitude plutôt relâchée.

Notre révolutionnaire eût probablement demandé ce que serait ce fonctionnaire, et à quoi il pourrait servir dans une République.

Et si on lui eût répondu qu'il ne servirait à rien, et que c'est ce qui ferait son éclat, il eût demandé pourquoi l'on aurait un fonctionnaire qui ne servirait à rien ?

Alors on lui eût répondu qu'il en demandait trop.

On se plaint de ne plus rire dans la maison de Molière.

C'est la faute des auteurs qui travaillent pour elle, et qui croiraient indigne de batifoler. Ce sont tous gens d'humeur farouche, qui ne voient que tracas dans la vie, et qui seraient les plus désolés du monde, s'ils oubliaient de faire passer sous nos yeux une seule de nos désolations, au lieu d'essayer de nous en consoler.

Il fut un temps où l'on allait au théâtre pour s'amuser. Aujourd'hui, l'on y va pour ressasser avec soin toutes les contrariétés de son existence, exagérées à plaisir par un monsieur qui vous retourne le fer dans vos plaies. Et mieux il le retourne, plus on le félicite. Ça c'est ce qu'on appelle l'observation. Quand il met à côté, on lui en veut, et on dit qu'il n'y entend rien.

Là où brille le talent de ces messieurs, c'est dans l'analyse du cocuage. La façon d'envisager ce mal, dont jadis on ne plaignait personne, a bien fourni, à mon compte, deux mille sept cinquante pièces depuis vingt-cinq ans. On l'a retourné et retourné dans tous les sens, et l'on en a extrait tant de larmes et de sanglots, qu'on croirait qu'il n'est pas de calamité pareille. Nous connaissons pourtant de fort honnêtes gens qui la prennent avec sérénité ; et nos pères, qui l'appréciaient à sa juste valeur, n'y trouvaient matière qu'à farces joyeuses.

C'est qu'ils ignoraient la psychologie. Oh ! la psychologie ! Les profondeurs de l'âme féminine ! L'énigme ! Les mystères de la passion ! Les crises ! Le pourquoi ! Le comment ! L'infiniment petit des cheveux coupés en quatre ! Il n'est fils de bonne mère ayant plume à la main, qui ne se mêle d'approfondir cette question, si nouvelle que personne n'y avait jamais songé : « Quand un homme et une femme se trouvent en présence, comment cela peut-il se faire qu'ils se sentent portés l'un vers l'autre ? Voilà qui est vraiment extraordinaire ! »

L'auteur du *Misanthrope*, qui se riait des *Belles Philis*, et leur préférait *Ma mie ô gué*, serait bien étonné de voir se prélasser ces préciosités dans son domicile. J'ai idée que, s'il revenait, il ouvrirait vite les fenêtres pour changer l'air, et qu'il dirait :

— Si, mes amis, si nous jouions une bonne petite drôlerie pour tenir nos auditeurs en santé !

Deux députés se sont traités de tous les noms. Ils se sont mis, comme on dit, plus bas que terre.

Après avoir échangé les plus sanglantes injures, ils ont échangé des témoins.

Ces derniers, hommes sages, après avoir examiné mûrement la situation, ont décidé que les épithètes de traître, de vendu, de jésuite, de mouchard, de fripouille et de rebut de l'humanité ne dépassant pas les limites de la courtoisie parlementaire, il n'y avait pas lieu à rencontre.

On ne saurait trop approuver ce jugement. Paul-Louis Courier écrivait déjà, il y a tantôt un siècle : « Ce monsieur m'appelle canaille et voleur ; cela signifie que nous ne sommes pas du même avis dans la question des sucres. » Depuis Courier, le progrès aidant, le langage dit parlementaire s'est augmenté des expressions les plus variées, et il ne saurait tirer à conséquence de subir toutes les invectives, alors qu'on est d'une opinion différente sur la plus insignifiante des résolutions.

On a dit quelquefois que de la discussion naissait la lumière. Ce qui naît de la discussion, ce n'est pas la lumière, c'est l'outrage. Vous allez bien le voir dans la prochaine campagne électorale. Si seulement le dixième des infamies débitées sur le compte des élus était vrai, les étrangers pourraient se demander ce que c'est que ce peuple qui compose son Parlement d'êtres tellement dégoûtants, que le plus honnête devrait être au bagne.

C'est une habitude à prendre. Elle est prise. Il est pourtant permis de se demander pourquoi les hommes se mettent tellement en colère les uns contre les autres dès qu'il s'agit de politique, c'est-à-dire de tout ce qu'il y a de plus incertain au monde, alors qu'en toute autre matière, sauf en musique, ils demeurent généralement polis et bien élevés.

Si l'Académie française n'avait pas perdu l'ha-

bitude de mettre au concours des questions intéressantes, elle ferait bien de songer à celle-ci :

« Indiquer les causes de la rage qui saisit les
hommes, lorsqu'ils discutent des choses auxquelles ils n'entendent rien, alors qu'ils gardent
leur calme, quand ils traitent des sujets qu'ils connaissent. »

Le nombre des personnes qui se plaignent du re-
censement démontrent que nous aimons de moins
en moins à ce qu'on s'occupe de nos petites affaires.

L'homme vertueux, disait-on autrefois, devrait
habiter une maison de verre. Il faut croire que la
vertu ne nous étouffe pas, car du diable si un seul
d'entre nous consentirait à accepter une pareille
habitation. La vertu n'a d'ailleurs rien à voir là-
dedans, attendu qu'il y a un tas de choses que, si
vertueux qu'on soit, grâce sans doute à d'indéraci-
nables préjugés, on n'aime pas à faire en public.

Le monsieur qui a été condamné dernièrement
pour avoir été pincé en train de regarder se dé-
shabiller une demoiselle à travers des persiennes,
aurait je crois vainement invoqué pour sa justi-
fication le conseil de cette maison de verre donné
aux personnes vertueuses. Ce qui prouve que les
philosophes sont parfois sujets à caution.

Les gens qui ont le moins à cacher sont tout de
même mécontents des questions qu'on leur adresse.
Remplir un papier ne leur est pas agréable. Ils ont
beau savoir qu'à la rigueur ils peuvent mentir à
leur aise, ils se méfient. Cette preuve est une in-

dication du succès qu'obtiendrait l'impôt sur le revenu, basé sur la déclaration. On aurait même pu, afin de s'en assurer, ajouter au questionnaire des recenseurs, ce dernier numéro :

« Dites le total de vos revenus. »

Ou je me trompe singulièrement, ou je puis assurer que la colonne de la réponse serait restée d'une éclatante blancheur, d'une blancheur aussi éclatante que celle où l'on eût demandé à une jeune vierge le nombre de ses péchés.

D'où l'on eût pu conclure qu'en France personne n'a de revenus. Quand le fisc se trouvera en présence de cette déclaration universelle, il sera littéralement stupéfait.

Les tribunaux perdent de plus en plus leur esprit farouche des anciens jours. Les petites dames y trônent en compagnie des vieux messieurs, et c'est un plaisir, même pour les criminels endurcis, de se sentir jugés par un aussi aimable aréopage. On échange des œillades ; on fait des bons mots. Parfois même, on se livre à des accès de fou rire qui gagnent jusqu'au greffier, comme dans la pièce de Courteline.

On a beau dire, c'est toujours agréable pour un condamné de se trouver dans un milieu joyeux. Les tribunaux sont les derniers salons où l'on s'amuse. C'est au point que j'ai entendu dire à un inculpé par un de ses amis :

— Vous allez comparaître jeudi. Vous avez de la chance. Vous n'allez pas vous embêter.

Fi des grincheux, qui regrettent les anciennes

coutumes et les juges solennels qui, prêtant du sérieux aux moindres choses, n'osaient seulement
pas assaisonner de quelques petites plaisanteries
parisiennes les années de bagne prévues par le
Code. Un peu de farce est un vrai réconfort.
Qu'est-ce que le criminel? Un malade. Or, tous
les médecins vous diront que lorsqu'on parvient à
faire rire le malade, il est à moitié guéri. Qu'il
soit seulement permis à l'accusé de taper sur le
ventre du juge en la trouvant bien bonne, et vous
le verrez rejoindre sa maison centrale en se tenant les côtes, pendant que les gendarmes se tor-
dront.

Telle sera la justice de l'avenir. On a fini par
comprendre que tout travail doit s'accomplir sans
ennui. Il faut aimer son labeur ; et, pour l'aimer,
il sied d'en bannir la tristesse. Encore un peu de
temps, et les arrêts seront accompagnés de musique bouffe. Il en coûtera peut-être quelques de-
niers de plus à l'Etat ; mais songez combien nous
pourrons nous enorgueillir de notre civilisation
quand, ayant à choisir entre la matinée des *Nouveautés* et celle du Palais de Justice, nous nous
déciderons pour celle-ci, en disant :

— C'est le procès de ce monsieur, qui a coupé sa
femme en morceaux. Il paraît que ce sera désopi-
lant !

Un ermite reçoit parfois des visites. On le consulte comme un vieux nécromancien.

C'est pourquoi je n'ai pas été étonné, quand
Panurge est venu frapper à ma porte. J'ai cru
tout d'abord que, mécontent de la sorcière, Panurge désirait connaître mon avis sur l'envie qui

lui avait pris de se marier, et je pensais qu'il choisissait bien mal son temps ; mais il n'en était rien. Panurge me confessa qu'il ne serait pas fâché d'être ministre.

— C'est, lui dis-je, une singulière idée. A l'époque où nous sommes, il n'y a guère que des coups à recevoir, et je croyais que vous aviez une sainte horreur des coups.

— Sans doute ; mais je n'aime pas me singulariser. Tous mes camarades ont été plus ou moins ministres ; et personne ne comprend que mon tour ne vienne jamais. On finit par croire que j'ai une tare, et chacun se dit : « Il faut qu'il y ait quelque chose là-dessous. Il n'est pas naturel que Panurge ne soit jamais ministre comme tout le monde. »

— Et en quoi puis-je vous servir ?

— En me disant comme il faut s'y prendre.

— Mais, mon ami, ne le savez-vous point ? Comment votre compère Bridoie ne vous l'a-t-il pas appris ? Il faut mettre son nom dans le chapeau.

— Quel chapeau ?

— Le chapeau d'où l'on tire les ministères. D'où sortez-vous ? Vous ne savez donc pas que, dès qu'il y a une crise, on fait circuler un chapeau. Ceux qui désirent être ministres mettent leurs noms dedans. Ensuite on tire au sort. Ceux qui ont de la chance ne sortent jamais.

— Il me semble que j'aimerais mieux sortir.

— Comme vous avez tort, mon pauvre Panurge ! Comprenez donc l'avantage qu'il y a à ne pas être ministre. N'étant point ministre, les gens penseront : « Ah ! si Panurge était ministre, les choses ne se passeraient pas comme cela. » Tandis que, si vous êtes ministre, vous risquez de n'être qu'une bête comme les autres.

— Il y a peut-être du vrai dans ce que vous dites.

— Panurge, croyez-moi, c'est toute la vérité. La meilleure façon de donner aux hommes l'opinion qu'on est apte à gouverner, c'est de ne jamais faire partie du gouvernement.

Nous avons tous connu un temps où, lorsqu'on se réunissait pour boire un coup ou deux, il ne venait à l'idée de personne d'envoyer ses compliments au ministère.

Cette habitude ne date que de quelques années. Elle a fleuri pendant toute la durée d'un cabinet. Un grand nombre de mois s'écoulèrent pendant lesquels aucun Français ne se serait permis de prendre un bock ou d'inviter un ami à dîner, sans transmettre ses vœux au gouvernement. Il m'est arrivé une fois d'assister à un dîner de mariage où, au dessert, la douce fiancée se leva pour demander qu'on rédigeât une adresse au président du conseil. Ce qui fut fait incontinent.

Cette grande fureur s'est apaisée, et cette mode commence à passer. Cependant, semblable à toutes les modes, il y a des retardataires qui la suivent. Ces jours derniers, dans un banquet, on fut fort embarrassé. On aurait bien voulu envoyer l'adresse traditionnelle au ministère. Malheureusement, il n'y en avait pas. Il y en aurait eu un, n'importe lequel eût fait l'affaire. Mais il n'y en avait pas. On s'en tira assez ingénieusement. On envoya la dépêche au Président de la République, en le priant de faire son ministère au plus vite. Car ce ne serait pas un plaisir de boire si l'on ne pouvait boire à la santé de son gouvernement.

Rien ne prouve mieux combien, dans le fond, malgré les apparences, ce pays est facilement gouvernable. La sagesse des nations dit que c'est dans le vin qu'on trouve la vérité. Or, le Français a le vin essentiellement gouvernemental. Quand il trinque, il est désarmé. C'est même pour cette raison que, pendant la période électorale, on ne cesse de trinquer. La France est changée en un vaste cabaret, et qui dit électeur dit buveur.

Qui a bu acclame.

Il est juste d'ajouter que cela ne change pas beaucoup le sort du candidat, chacun étant acclamé à tour de rôle ; mais quoi, il en est d'eux comme des gouvernements qui peuvent, lorsqu'ils ne sont plus, se consoler en songeant qu'il a tout de même été beaucoup bu à leur santé.

On vient encore de condamner un brave homme, qui s'était permis de guérir ses concitoyens sans autorisation.

Anatole a formé le projet de gagner de l'argent. Il achète des bouteilles de forme bizarre, les emplit d'eau claire de la rivière, y fait dissoudre un sel quelconque, afin de lui donner un mauvais goût, puis se gratte le nez, en se demandant à quelle maladie il pourra appliquer ce remède. Il choisit celle qui est à la mode pour le moment, neurasthénie, tuberculose, appendicite, il n'importe. Il lance des réclames sans nombre, pour vanter son produit, une spécialité. En peu d'années, s'il sait travailler, il se fait un revenu net de deux ou trois cent mille francs.

On ne reproche rien à Anatole. Anatole jouit

de la considération publique. On n'embête pas Anatole, et l'on a grandement raison, car plaie d'argent n'est pas mortelle, et depuis quand les malins n'auraient-ils pas le droit de s'enrichir aux dépens de la badauderie humaine ?

Cependant Barnabé, lui, est un pauvre diable. Il a cru s'apercevoir qu'en tournant le bras d'une certaine façon, il remettait les poignets en place. Il essaie sur un camarade et réussit très bien. A peine rentré chez lui, tout à son contentement, il reçoit la visite d'un agent, qui lui annonce qu'il va comparaître devant la justice de son pays, pour avoir raccommodé un membre, qui, en vertu du pacte social, avait le devoir de rester dérangé.

La colère des Juifs contre le Fils du charpentier, qui parcourait les champs en exerçant la médecine illégale, devrait nous paraître toute simple. Il est bien certain que, tout comme eux, nous l'aurions fourré en prison. A la vérité, nos mœurs s'étant adoucies, à l'heure qu'il est, nous ne le mettrions pas en croix, et nous contenterions de le passer à tabac. Mais notre indignation serait exactement de la même nature.

Or, voilà mon souci. Les hommes étant à peu près aussi bêtes en l'an 1906 qu'ils l'étaient en l'an 32, je me demande s'ils ne seront pas encore aussi bêtes en l'an 3780, qu'ils le sont en l'an 1906.

Je dénonce à qui de droit, et pour la seconde fois, une société de malfaiteurs.

Je ne sais pas où elle gît, je ne sais pas de qui elle se compose ; mais je sais qu'elle existe. On la connaît par ses forfaits.

Quand je suis accosté, sur le boulevard extérieur, par des malheureux qui me rouent de coups,
je ne les connais pas non plus ; je ne puis pourtant pas douter de leur existence.

De même, lorsque, dans un théâtre, ayant très
chaud, je sens tout soudain une brise glaciale
saisir mes jambes, me piquer le dos, me traverser de part en part, que je me mets à éternuer,
que j'entends éternuer mes voisins, que je rentre
au logis avec un gros rhume, et qu'il est porté à
ma connaissance qu'un de mes confrères est au
plus bas, je suis bien forcé de constater qu'il y a
des gens qui ont fait le coup, et que ces gens sont
des malfaiteurs.

Cette bande, composée vraisemblablement d'architectes, ayant, au lieu de casse-tête, un appareil de ventilation, a évidemment pour but, ou
de chasser les spectateurs des théâtres, ou d'augmenter la clientèle des médecins. Se sont-ils entendus avec ces derniers, et en touchent-ils la
forte somme ? C'est ce que l'instruction aura à
rechercher. En tout cas, je ne pense pas qu'il faille
rendre responsables les directeurs de théâtres qui,
en cette affaire comme en beaucoup d'autres, sont
plus bêtes que méchants, car il n'est pas de leur
intérêt de faire déserter leur salle, qui, à l'inverse
de la machine pneumatique, tue les gens en leur
donnant de l'air.

Il y a aération et aération. Il n'y a pas besoin
de faire partie d'un comité d'hygiène, et je crois
même qu'il y a besoin de n'en pas faire partie,
pour savoir qu'il ne faut aérer les pièces que
lorsqu'il n'y a plus personne dedans, et que rien
n'est plus dangereux qu'un courant d'air froid
sur une personne en sueur. J'ai donc raison d'appeler malfaiteurs les gens qui se livrent à cet ai-

mable exercice, et qui ne sauraient arguer de leur ignorance.

Je les dénonce à la fois au préfet de police, et aux auteurs dramatiques, qui sont les premiers intéressés à ce qu'on n'assassine pas leurs spectateurs.

P.-S. — On m'affirme que les architectes et la ventilation n'y sont pour rien, et que tout le mal vient de portes ouvertes en même temps sur la scène et au dehors. Alors qu'on les ferme! Le proverbe dit qu'il faut qu'une porte soit ouverte ou fermée. Je ne suis pas de son avis. Je pense qu'une porte doit être fermée, attendu que, si on l'ouvre, ce n'est pas la peine de l'avoir. Il suffit du trou.

Puisque j'en suis au théâtre, enregistrons quelques plaintes.

On se plaint assez amèrement de la longueur démesurée des entr'actes. Nous avons en effet assisté à des représentations, où, montre en main, les actes duraient vingt minutes, et les entr'actes trois quarts d'heure. Je sais bien que parfois les directeurs ont la réponse facile, et qu'ils vous disent très sérieusement :

— Vous vous plaignez que la mariée est trop belle, et vous êtes des monstres d'ingratitude. Vous devriez me remercier de tout ce que je vous épargne d'inepties. Au lieu de vous forcer à écouter ce qui n'en vaut pas la peine, je vous livre d'abondantes heures de loisir, que vous pouvez consacrer à une conversation vive et animée sur

les sujets qui vous sont le plus agréables. En outre, je rends service à tous les cabaretiers du voi-
sinage, lesquels, vous l'avouerez, méritent quelque
intérêt.

Ces raisons ont une incontestable valeur, et,
pour ma part, je n'ai rien à leur opposer. Mais je
constate à regret qu'il n'en est pas de même de la
majorité des spectateurs, à qui il est très difficile
de faire comprendre qu'ils doivent se tenir pour
contents de donner leur argent afin de causer entre eux des événements du jour. Ils ressemblent
à ces braves campagnards, qui, ayant payé leur
consommation, aimeraient mieux s'empoisonner en
la buvant que de la laisser pour compte au patron.

On se plaint non moins amèrement que jamais
les représentations ne commencent à l'heure indiquée sur l'affiche. Et l'on a bien raison. Quelle
rage de convoquer les gens pour huit heures, lorsqu'on sait qu'on ne commencera qu'à neuf heures
et demie! Cette manie a fait prendre aux gens
l'habitude de se dire : « Baste! nous avons bien
le temps! » En sorte qu'on arrive d'autant plus
tard que le spectacle retarde davantage.

Je ne connais qu'une exception ; c'est l'Opéra.
Or, du moment où l'Opéra le fait, tous les autres
théâtres pourraient le faire. Choisissez l'heure que
vous voudrez, mais, sacrebleu! qu'on sache à quoi
s'en tenir.

Si jamais il vous arrive de faire un mauvais
coup pour vous procurer une somme rondelette,
de grâce ne suivez pas l'exemple de tous ces en-

ragés, qui ne se sont pas plutôt emparés de l'argent qu'ils s'empressent de le dépenser à tort et à travers, de manière à ce que les passants se retournent et se disent :

— Mais qu'est-ce qu'il a donc à dépenser de l'argent comme cela ?

La police, qui sans cela se garderait bien d'intervenir, finit par entendre cette question et se voit obligée d'arrêter le criminel, qui, s'il eût montré plus de réserve, eût vraisemblablement filé des jours sans inquiétude, très peu troublés par des remords, avec lesquels les consciences modernes ont su trouver des arrangements.

Vous tous, qui voulez imiter les criminels, rappelez-vous que c'est par leurs beaux côtés qu'il faut ressembler à ceux qu'on imite. Or, le beau côté d'un criminel, c'est la façon dont il commet son crime ; en revanche, son mauvais côté, c'est la façon dont il se laisse prendre. Vous, montrez-vous plus pondérés ; mettez-moi de côté dans un lieu sûr, s'il en est, ce qu'on appelle le magot, puis allez vous promener nonchalamment, en disant à tout le monde que vous ne pouvez prendre un fiacre, faute de vingt-cinq sous.

Alors chacun se dira :

— Si cet homme avait fait le coup, il aurait évidemment vingt-cinq sous.

Vivez ainsi pendant quelques mois, et quand l'affaire sera oubliée et classée, ce qui ne saurait manquer, la police étant réduite à ses seules ressources, alors, pourvu que vous ne soyez pas suspect d'hostilité au gouvernement, vous pourrez feindre un gain à la loterie, à la Bourse ou au pari mutuel, et commencer en toute sécurité à jouir de la petite fortune, récompense de vos efforts, joints à votre prudence.

Je sais bien qu'il est fort désagréable de se donner du mal pour n'en être pas plus avancé, et le supplice de Tantale n'a rien de gracieux. Mais la patience, qui est utile à ceux qui se conduisent bien, est une vertu indispensable pour ceux qui ont renoncé aux autres. Patience et discrétion, telle doit être à notre époque la devise de tout criminel qui veut profiter de son travail.

Une douce manie du Conseil municipal de Paris, c'est de changer de temps en temps le nom des rues. Il est très fier de cette attribution, qu'il ne céderait pas pour un empire, et qu'il exerce imperturbablement.

A première vue, cela paraît inoffensif, et l'on se dit avec le capitaine que cela vaut mieux que d'aller au café. Quand on y réfléchit, on est tout de même agacé, et l'on se demande quel plaisir peuvent bien trouver nos édiles à nous embrouiller, en remplaçant de vieilles appellations pittoresques, auxquelles nous étions habitués, par des noms de notoriétés douteuses autant qu'éphémères.

Le premier inconvénient est qu'on ne se reconnaît plus dans Paris, et que les cochers ne savent plus où vous conduire. Le second est le trouble jeté dans les affaires commerciales. Le troisième, beaucoup plus grave à mon gré, c'est, avec l'effacement des souvenirs, la difficulté ajoutée sans raison aux recherches et aux curiosités de l'histoire.

C'est le diable, aujourd'hui, pour retrouver l'endroit où un fait s'est passé. Et pourquoi, je vous le demande? Quel intérêt y a-t-il à débaptiser une vieille rue et à lui fourrer une plaque qui laisse rêveur le passant qui la consulte? Il n'est pas rare, d'ailleurs, que cette plaque, ayant cessé de plaire,

7

soit quelque temps après remplacée par une autre.

Nos gloires sont tellement provisoires, que le plus sage serait peut-être d'y renoncer, et de se contenter de numéros, comme les Américains.

Pendant mon passage au Conseil municipal, je m'enorgueillis d'avoir empêché que la rue Bonaparte fût transformée en rue je ne sais plus qui. Je fis remarquer qu'à quelque parti qu'on appartînt, et je n'étais pas suspect, on ne pouvait nier qu'un certain général Bonaparte eût fait parler de lui dans notre histoire ; et j'ajoutai que les lauriers du Père Loriquet ne devaient pas exciter l'envie des républicains.

Je l'emportai. Entre nous, je crois que le gain de la cause fut dû aux plaintes d'un grand nombre de commerçants. Mais le résultat fut acquis ; et il y eut dans la nomenclature nouvelle une bêtise de moins. Il en reste encore assez pour satisfaire les plus exigeants.

Joseph Prudhomme n'est pas content. Le bon Joseph n'entend point la plaisanterie. C'est un homme qui prend tout au sérieux. Il croit, comme on dit, que c'est arrivé. Lorsque Chilpéric, dans l'opérette d'Hervé, s'excuse de couper des têtes en disant qu'il faut bien s'amuser un peu, Joseph déclare profondément regrettable que sur une scène française l'assassinat soit traité d'amusement. Et, lorsque je fais remarquer que les criminels se laissent prendre par manque de précautions, Joseph trouve abominable qu'on apprenne aux criminels à tirer bon parti de leurs crimes.

Calme-toi, doux Joseph. Je n'ai nulle intention d'enseigner leur métier aux assassins. Et surtout

garde-toi de t'imaginer que ces messieurs changeront rien à leurs mœurs. Un malfaiteur est rarement un être intelligent. Au fond, il n'y a rien
de plus bête qu'un crime. Et ce qui doit rassurer
les honnêtes gens, c'est qu'à défaut de vertu, on a
encore un intérêt véritable à ne pas s'en rendre
coupable.

Je confesse d'ailleurs qu'il y en a beaucoup cette
année; mais je ne crois pas que ce soient nos plaisanteries, plus ou moins spirituelles, qui causent
cette recrudescence. On a écrit là-dessus beaucoup
de petits et de gros ouvrages; et bien des congrès
se réunissent, qui retournent dans tous les sens
cette question de criminalité, sans la faire beaucoup avancer.

Je disserterais bien à mon tour, si j'en avais le
temps et l'espace; et peut-être Joseph Prudhomme
s'apercevrait-il alors que le conseiller des Apaches
est aussi brave homme que lui. Mais il est présumable que la recherche des effets et des causes n'en
serait pas plus fructueuse. On convient généralement que l'emploi de la gendarmerie est une solution insuffisante et qu'une bonne éducation vaudrait mieux qu'une bonne répression.

Malheureusement, s'il est à peu près établi que,
pour supprimer les crimes, ce qu'il y a de mieux,
c'est de faire des hommes incapables de les commettre, on n'a pas encore trouvé le moyen de s'y
prendre. Cela tient peut-être à ce qu'on change
trop souvent de procédés.

Tout n'est qu'heur et malheur. Au moment
même où nos jardiniers se mettent en grève, voici
que la Belgique nous invite à l'imiter, elle qui

vient de décider que toutes ses gares de chemins
de fer seraient désormais fleuries. Des commandes
de graines et de plantes sont déjà faites partout ; et
prochainement les vieilles Flandres auront pris
l'aspect d'un magnifique jardin.

Cette idée de fleurir les gares serait facilement
acceptée chez nous, où déjà l'on a pu remarquer le
goût qu'ont tous nos chefs de station pour le jar-
dinage. Je ne suis pas comme le Calchas de la
Belle Hélène, et ne trouverai jamais qu'il y ait
trop de fleurs. La décision des Belges me sourit
même au point que je l'étendrais volontiers à beaucoup d'autres endroits, auxquels ils n'ont point
songé, tels par exemple que nos mairies, nos palais
de justice et notre Parlement.

Je suis sûr que, si les députés siégeaient dans
une serre odoriférante, leurs mœurs en deviendraient plus douces, et qu'ils hésiteraient à se dire
des choses désagréables, de peur d'effaroucher les
roses. Je verrais sans déplaisir le président s'asseoir
entre deux pots de tubéreuses ; et, si le parfum trop
actif venait à endormir l'orateur, je vous demande
un peu qui s'en plaindrait.

Les Romains, qui étaient gens de goût, et dont
la décadence valait bien la nôtre, usaient beaucoup
des fleurs dans leurs festins, et en ornaient volontiers leurs édifices. Nos combats politiques ne ga-
gneraient-ils pas à n'être qu'un échange de bou-
quets, comme au carnaval de Nice ou de Rome ?

Quant à nos tribunaux, c'est à moitié fait déjà.
Du moment où les procès réunissent une telle assemblée d'élégantes et de mondaines, que, lorsqu'on
pénètre dans une salle d'audience, on croit s'être
trompé, et entrer dans le dernier endroit où l'on
danse, nul ne s'étonnerait que les présidents trans-
formassent le prétoire en parterre.

Et il serait à coup sûr du dernier galant qu'au

moment du réquisitoire une jolie bouquetière présentât à l'accusé une branche de lilas blanc, dont l'exquise fraîcheur lui permettrait de comparer la bonté de la nature avec la méchanceté des hommes.

Si les innocents sont quelquefois condamnés, la justice immanente nous offre parfois cette compensation, que les coupables sont acquittés. Ainsi tout s'égalise dans ce monde, que le docteur Pangloss se plaisait à appeler le meilleur des mondes.

Un journal de Marseille nous fait connaître que devant la cour d'assises a comparu un employé accusé d'avoir commis un certain nombre de faux au préjudice de son administration, en altérant, par des grattages ou des surcharges, les matrices et les ordonnances de dégrèvement. Les faits s'échelonnaient sur une durée de cinq années, et le montant des détournements opérés s'élevait à 27,000 francs. L'employé, ayant reconnu les faits, et tout avoué, a été acquitté.

Il est probable que cet accusé était tout à fait intéressant, et à Dieu ne plaise que, n'ayant pas assisté aux débats, je me permette de blâmer cet acquittement! Convenez pourtant que l'affaire, racontée d'une façon aussi sèche, n'est pas sans saveur. On se demande si cette indulgence est due aux aveux de l'accusé, si les jurés ont pensé qu'une habitude de cinq années méritait quelque respect, ou si les grattoirs, qu'on mêle imprudemment aux fournitures de bureaux, ne constituaient pas une de ces tentations permanentes, auxquelles il est difficile de résister. Je n'en sais rien. Ce que j'entends simplement retenir du fait dans sa simplicité, c'est que, pour des raisons quelconques, que je n'ai pas à apprécier, un homme, évidemment coupable, puisqu'il le reconnaît, a été renvoyé des fins de la plainte.

Dans un cas plus grave, il s'agissait d'infanticide, une bonne, qui avait serré son bébé dans le tiroir de sa commode, et avouait parfaitement s'en être débarrassée, sans même invoquer l'honneur de sa famille, car il y avait beaux jours qu'il n'en était plus question, fut également acquittée. Et, par une coïncidence bizarre, le même jour, dans une autre cour, on condamnait aux travaux forcés une autre fille, accusée du même crime, mais qui, elle, s'en défendait de toutes ses forces.

Vous me direz que c'est bien fait, et que c'est pour apprendre aux gens à ne pas contrarier les parquets. Moi, je persiste à croire qu'il y a là un équilibre providenciel, et que, pour tenir la balance égale et rassurer nos consciences, il sied, lorsqu'on a puni un certain nombre d'innocents, d'épargner le même nombre de coupables.

Depuis l'année 1871, la population de la France a augmenté de 3 millions; celle de l'Allemagne de 20.

En supposant que la progression reste la même, en 1950, l'Allemagne comptera 95 millions d'habitants (je ne sais pas où elle les logera), et la France 41. Cependant, en Russie, il y en aura 170 millions, en Autriche 65, en Angleterre 62, en Italie 50. La France ne sera plus qu'au sixième rang.

Au point de vue patriotique, étant donné que les guerres se feront de plus en plus par grandes masses, cela est excessivement fâcheux ; car on sait que c'est surtout pour les faire tuer, que les nations tiennent à avoir beaucoup d'enfants.

Au point de vue humain, cela est tout différent. Sans être malthusien, vous pouvez vous imaginer ce que sera l'humanité dans plusieurs siècles, si elle continue à suivre si vaillamment le conseil du Créateur : « Croissez et multipliez. »

La terre ne s'agrandit pas. Si l'on admet d'un côté la suppression des grandes guerres et des grands massacres, de l'autre une victoire définitive de la science sur les épidémies, en même temps qu'un accroissement continu du nombre des naissances, il est permis de prévoir une époque où la terre ne suffira plus à contenir, ni surtout à alimenter ses habitants. Vous me direz que nous n'y serons plus, ce qui est fort juste ; et vous ajouterez que d'ici là les chimistes auront trouvé le moyen de renouveler le miracle de la multiplication des pains, en nourrissant des multitudes avec une petite boulette de papier mâché, ce qui est encore fort juste, quoique peu amusant. Il n'en reste pas moins que cet encombrement sera très curieux, et je m'étonne que les romanciers, qui volontiers nous décrivent le monde de l'avenir, n'aient pas encore inventé quelque récit sur ce siècle lointain, où les hommes se serreront les uns contre les autres, comme harengs dans un baquet.

Peut-être alors aura-t-on la possibilité d'aller dans la lune, qui, dit-on, est inhabitée, ce qui nous permettra de nous agrandir. Je plains cette pauvre lune, elle, si tranquille jusqu'ici, et j'espère encore pour son repos qu'une pareille calamité lui sera épargnée. Mais alors, quoi ?

Nous avons, comme au temps de l'Aristote de Molière, une question des chapeaux. Aristote, cette fois, n'a pas dit' que nous nous couvrions tous deux, mais que nous nous découvrions tous deux.

Il s'agit des dames. Au théâtre, le sexe faible est le sexe fort. Il a le droit de rester couvert. L'autre pas. Si le masculin gardait son chapeau sur sa tête, ce serait d'abord une rumeur, puis des cris : « Chapeau ! Chapeau ! » et finalement un passage à tabac sérieux du récalcitrant. Pour le féminin, lui, il arbore fièrement des coiffures qui ont deux mètres de haut et trois de large, et derrière lesquelles, abrité comme dans un berceau, le spectateur peut se livrer tranquillement à des suppositions sur ce qui se passe sur la scène, car il n'en verra jamais rien.

Il va sans dire que, si ce spectateur s'avisait de protester, il serait traité de goujat et d'homme qui n'entend rien aux règles de la plus simple galanterie.

Emus par cette situation, qui se prolonge d'autant plus que se prolonge en même temps la hauteur des chapeaux, car plus on se plaint, plus ceux-ci grandissent, et l'on peut prévoir le moment où les femmes emporteront leur jardin sur leur tête, des malheureux, n'écoutant que leur courage, ont levé l'étendard de la révolte, moins haut pourtant que les chapeaux, et ont décidé qu'à l'avenir eux aussi resteraient couverts au théâtre.

Je ferai remarquer à ces héros que cela ne les avancera pas beaucoup, car empêcher les autres de voir ne fait pas qu'on en voie mieux soi-même.

Sans compter que je prévois de véritables massacres, des soulèvements terribles, où les infortunés chapeaux masculins seront réduits en bouillie, à l'unique joie des chapeliers, car il n'est si fâcheux événement qui ne satisfasse quelque créature. Je prévois bien des désastres, suivis d'une débâcle finale.

Qu'est-ce qui empêcherait, puisque nos femmes s'obstinent à ne se point vouloir décoiffer, de réserver pour leur usage exclusif les derniers fauteuils, en mettant les spectateurs mâles en avant? L'inconvénient sera de séparer les conjoints. Je ne vois pourtant pas d'autre solution.

Un de nos confrères se demandait pourquoi il était si difficile de faire comprendre aux gens qui, pour une raison ou une autre, ne veulent plus travailler, qu'ils n'ont pas le droit d'empêcher les autres de faire ce qu'ils ne veulent plus faire eux-mêmes.

C'est une grosse question que soulève là notre confrère. Si grosse, qu'elle a une portée générale, et dépasse de beaucoup des incidents quelconques. C'est tout simplement la question insoluble de la liberté.

L'homme est ainsi fait, que, pour lui, la liberté ne consiste pas à faire ce qui lui plaît, mais à forcer les autres à faire ce qui lui plaît à lui. Là-dessus il est irréductible, et dirait volontiers comme l'enfant : « Ça serait un peu fort qu'à présent je ne fusse pas libre de battre mon petit frère ! »

La liberté, c'est de commander quelque chose.

Je connais quelques originaux, qui ont consacré les trois quarts de leur vie à essayer d'introduire dans les cerveaux cette idée simple, que la liberté, c'est de n'être pas commandé ; les malheureux ne sont parvenus qu'à se faire conspuer, et traiter de suppôts de la tyrannie.

Car il n'est pire tyrannie que de nous empêcher de battre notre petit frère. Je ne peux pas me considérer comme vraiment libre, si l'on m'enlève la liberté de vous forcer non seulement à vivre, mais à penser comme moi. Il faut que ma foi soit la vôtre, et, si je n'en ai pas, il faut que vous n'en ayez pas davantage. A cette seule condition, je me sentirai vraiment libre.

Les originaux dont je parle ont beau insinuer, avec toutes sortes d'égards, qu'à côté de votre liberté, il y a aussi la liberté de celui que vous opprimez, ou tout au moins que vous contrariez, on les regarde avec de grands yeux étonnés, et en haussant les épaules.

Et les plus indulgents, ceux qui ne se fâchent pas tout rouge, se contentent de dire avec pitié :

— C'est tout de même malheureux de ne pas comprendre que le plus sacré des droits de l'homme, c'est d'imposer son avis à celui qui ne le partage pas.

Notre ami Edouard, ex-Parisien, devenu roi d'Angleterre, ayant cherché ce qui pouvait illustrer son règne, a eu l'idée d'en finir avec l'odieux costume contemporain. Il vient de décréter la mort de l'habit noir.

Hélas ! Sire, les rois peuvent beaucoup de

choses, mais il ne faut pas cependant leur demander l'impossible. Vous pouvez, ô mon capitaine, brûler Hambourg, couvrir l'océan de vos
navires, étendre la domination britannique jusqu'aux extrémités du monde, prendre l'Afrique,
l'Asie, et toutes les îles découvertes ou à découvrir ; mais tu ne prendras pas l'habit noir aux
fils du XIX⁰ siècle.

Songez, prince, que l'habit dit « queue de mo-
rue » date de la Révolution française, que pendant plus de cent ans il a régné, en compagnie
de son éminent ami, le tuyau de poêle, qu'il a
fait plus de conquêtes que votre nation elle-même,
que les Japonais ont renoncé pour lui à leurs soie-
ries, comprenant bien qu'on ne peut pas se dire
tout à fait civilisé, si l'on n'endosse le symbole
de la laideur humaine, et qu'il n'est pas jusqu'aux
derniers sauvages des archipels les plus étranges
qui ne se réjouissent de mettre cet habit sur leurs
épaules. Renoncer à cet habit, ô tyrans, voilà ce
que vous ne pourrez jamais exiger de vos peuples.

Quelques-uns l'ont essayé. Non d'en changer la
forme ; un aussi sacrilège projet n'aurait pas tra-
versé leurs esprits ; mais d'en modifier la couleur.
Vaine entreprise. L'habit rouge n'a pas plus tôt
fait son apparition, qu'il a été obligé de s'enfuir,
sous l'appellation funeste de costume de carnaval.
Car tout ce qui n'est pas habit noir est carnaval ;
et ce mot suffit pour exécuter sommairement ce
qui sort du convenu, de l'habituel, du réglé.

Aussi croyez que nul ne vous obéira. Votre bon
goût peut être choqué, comme celui du baron de
la nouvelle pièce de Donnay, par le spectacle af-
fligeant que donne dans nos soirées l'aspect de
nos femmes élégantes, mêlées au cercle sinistre et
monotone des hommes, uniformément hideux ;

mais on ne détruit pas l'indestructible ; et s'attaquer à l'habit noir est une profanation, qui con-
duirait vite son auteur à une excommunication
laïque. Or, on sait qu'aujourd'hui celle-ci ne le
cède pas à l'autre en conséquences redoutables.

Expliquez-moi pourquoi la semaine sainte a été
choisie, de toute éternité, pour faire une foire aux
jambons.

Je pense que cela doit dater du temps où il y
avait un carême, et où les gens songeaient une
fois par an à faire pénitence de leurs péchés en se
privant d'aliments gras. On leur étalait des jambons, à la fois pour augmenter leur mérite, en
leur faisant voir ce à quoi ils n'avaient pas le
droit de toucher, et aussi pour leur donner du
courage par la vue de la récompense promise pour
la prochaine fête de Pâques.

Autrefois cette foire aux jambons réjouissait la
partie Est de Paris, tandis que la partie Ouest
allait se promener à Longchamp, où l'on exposait
les toilettes de la nouvelle saison. Cette dernière
cérémonie a complètement disparu, ce qui vraisemblablement est dû à ce qu'il n'y a plus de nouvelle saison, toutes les saisons ayant été réduites
en une seule par la Providence, qui a fini par
s'apercevoir combien il était inutile de changer.

Seule la foire aux jambons a persisté, et elle
s'est fait accompagner d'une autre foire, qu'on appelle la foire à la ferraille. Ici le mystère s'épais-
sit. Pourquoi le jambon a-t-il attiré la ferraille,
et quel rapport y a-t-il entre la chair du porc et
les vieux morceaux de fonte? En quoi la semaine

de la Passion est-elle intéressée aux fourneaux démodés et aux outils qui ont cessé de plaire ? Seule peut-être se justifierait, grâce au Calvaire, la présence des clous rouillés.

Mais il serait vain d'approfondir les causes. En dépit des savants, nous voyons autour de nous beaucoup d'effets qui n'en ont point. Et, de même que j'entends parfois dire aux médecins : « La preuve que votre science est inutile, c'est que vous n'avez pas seulement pu encore guérir les cors aux pieds », de même je suis tenté de crier à tous ceux qui veulent débrouiller les comment et les pourquoi de la création :

« Je vous croirai, lorsque vous aurez éclairci la cruelle énigme de la présence simultanée de la vieille ferraille et des jambons roses, précisément sur la partie Est de la ville, et pas ailleurs, précisément aujourd'hui, et pas hier, ni demain. »

C'est un des mille problèmes, qui sont livrés aux disputes des hommes, sans qu'il puisse jamais leur être donné une solution satisfaisante.

J'ai connu un préfet à qui il arriva une aventure bizarre.

Ce préfet avait un ami au cabinet du ministre de l'Intérieur. Et cet ami avait la manie du téléphone. La téléphonomanie est, comme chacun sait, une des soixante-treize maladies dont les nouvelles découvertes ont gratifié l'espèce humaine. Oh ! que nos pères furent heureux !

Quoi qu'il en soit, cet ami avait la rage d'appeler le préfet au téléphone. A propos de tout ; surtout à propos de rien. A toute heure du jour,

et même de nuit, notre préfet était hélé au fond
de son jardin, où il adorait se promener, car que
diable voulez-vous que fasse un préfet, sinon se
promener au fond de son jardin?

— Vite! vite! Communication du cabinet de
l'Intérieur!

Et le préfet de courir à se donner une pleu-
résie.

— Allo! allo! C'est vous, Nicolas? — Ça va
bien? — Et vous? — Pas mal. — Et autrement?
C'est tout ce que vous avez à me dire? — C'est
tout.

Un jour, que ce manège avait recommencé six
fois, le préfet, exaspéré, envoya au diable le sep-
tième appel, et dit à son domestique : « Réponds
pour moi le mot de Cambronne. »

Ce qui fut fait. Or, cette fois, c'était le ministre lui-même qui se mettait en communication
avec son agent. Je vous laisse à imaginer le nez
que fit l'Excellence, en s'entendant, avant toute
conversation, apostropher de cette étrange manière. L'affaire eut les suites qu'elle ne pouvait
pas ne pas comporter, et le préfet, rendu à ses
chères études, put réfléchir au danger de faire emploi du téléphone sans s'être assuré de la personne qui est dedans.

Ceci vous est conté tout simplement pour vous
démontrer qu'il faut se méfier des décisions qu'on
prend à la suite de longs mécontentements. Il arrive que la seule fois où l'on se fâche se trouve
précisément celle où l'on n'eût pas dû se fâcher.
C'est pourquoi, bien qu'ayant été le premier à signaler le ridicule abus de la statuomanie, une autre des soixante-treize maladies, je ne pense pas
qu'il soit sage de refuser indistinctement dans l'a-
venir, et sans même y regarder, toute place à tout
monument.

Qui sait si, après tant de mauvais accueillis, celui que vous repousserez ne sera pas le bon ?

Voici un petit fait dont a été témoin un de mes correspondants :

Dans un bureau du Mont-de-Piété, une brave vieille femme présentait, pour faire un dégagement, une pièce de cinq francs, que le caissier refusa, comme fausse.

Comme la vieille femme insistait, le caissier plaça la pièce dans l'encoignure d'une porte, la brisa en deux, et rendit les morceaux à la vieille, qui s'en alla en sanglotant.

Les réflexions qui me sont soumises à ce sujet me semblent justes.

L'Etat a seul le droit de battre monnaie, il est armé pour poursuivre les faux monnayeurs. Il est responsable de la monnaie qui circule. En saine logique, comme fait la Banque pour les faux billets, ne doit-il pas restituer la valeur de la fausse monnaie ? De quel droit me prive-t-il de mon bien, en confisquant simplement ou en brisant les pièces fausses ? Qu'est-ce qui prouve que je suis le faussaire, ou son complice par mauvaise foi ?

Cette vieille femme, à démi sourde et aveugle, était évidemment de bonne foi. Elle a été trompée de par la négligence de l'Etat. Son droit absolu était de se défaire de cette pièce, la seule peut-être qu'elle possédât. L'Etat, en l'en empêchant, outrepasse ses droits. Elle n'était pas complice du faussaire, mais l'Etat se fait complice du voleur. Car, dans tout cela, il y a une volée, la vieille.

Comment faire ? je viens de l'indiquer : ce que

fait la Banque, qui rembourse les billets faux avant de les anéantir. Poursuivez avec la dernière sévérité tous ceux qui font circuler des pièces fausses, sachant qu'elles sont fausses, mais qu'il soit permis à ceux qui ont été trompés de remettre ces fausses pièces à l'Etat, qui les remplacera par de bonnes.

Avec le système actuel, les filous se tirent toujours d'affaires, ce sont les innocents et les pauvres diables qui écopent. Vous me direz qu'il en est ainsi pour bien d'autres affaires, et que si on les voulait toutes citer, on n'aurait pas fini de crier.

C'est exact. Aussi je n'ai pas fini.

Mes questions indiscrètes ont fait travailler les savants.

L'un d'eux me communique le résultat de ses recherches.

Selon lui, ce seraient les Juifs qui auraient inventé de vendre du jambon aux chrétiens à la fin du carême. Ils en sont bien capables. Ce qui me semble plus fantaisiste, c'est l'explication que me donne mon savant pour la ferraille.

Les chrétiens, aussi imbéciles que les Juifs sont malins, voyant venir le beau temps, auraient cru que c'était à jamais fini de l'hiver, et qu'ils n'auraient plus besoin de leurs fourneaux. Ils se seraient empressés de les échanger pour des jambons. De là le marché de la ferraille.

Malheureusement pour mon savant, le fourneau n'est pas fait pour se chauffer, mais pour cuire les aliments. Il est donc aussi utile en été qu'en hiver.

C'est même en raison de cette utilité bien constatée que le terme de fourneau est devenu un véritable compliment, que vous adressent volontiers les cochers, lorsqu'ils ont manqué de vous écraser.

Les relations de la ferraille avec le jambon ne me paraissent donc pas suffisamment justifiées par cette supposition, et l'Académie fera bien de remettre la question à l'étude.

La recherche de ces causes n'a d'ailleurs, je le reconnais, qu'un pur intérêt de curiosité, et n'a pas l'importance qui s'attache à celle des causes de l'éruption du Vésuve. Et encore cette importance n'est-elle qu'une question de curiosité, car il paraît impossible de jamais pouvoir prévenir ces catastrophes.

Tout ce qu'ont trouvé nos savants, c'est de conseiller aux gens d'habiter le plus loin possible des volcans. Et les gens n'en feront rien, étant semblables à ces chrétiens supposés, qui n'imaginaient pas que le froid pût revenir.

Et puis le vin du pays est si bon ! Il est prouvé que les cendres forment un terrain admirable pour la vigne et les légumes.

Singulière loi de la nature, qui a besoin du mal pour produire le bien, et qui ne cesse de tirer la vie de la mort !

Si tous les corps d'états se mettent en grève les uns après les autres, si tous les services publics en font autant, nous reviendrons simplement à cet état sauvage que d'aucuns ont appelé l'âge d'or, et où chacun se confectionnera sa petite popotte selon sa force et ses moyens.

Il sera curieux qu'après avoir fait le tour du cycle nous nous retrouvions tous au point où nous étions avant de l'avoir commencé.

La marche de l'humanité, au lieu d'être une marche en avant comme elle le croit (et en avant vers quoi?), ne serait-elle qu'une marche en rond, semblable à celle qu'on voit faire à une fourmi autour d'une boule? Remarquez que tout est rond dans la nature, et pourquoi la forme de tous les astres ne serait-elle pas aussi la forme du progrès?

Je vois des gens qui s'épouvantent, qui se lamentent et qui disent que ce n'était pas la peine de s'être mis en chemin si c'est pour revenir au point de départ. Je ne suis pas de leur avis. C'est toujours la peine de se mettre en chemin, car le plaisir, ce n'est pas d'arriver quelque part, c'est de faire route pour y aller.

Depuis qu'on a inventé ces moyens rapides de locomotion qui vous transportent d'un trait où vous avez l'intention de parvenir, les voyages ont perdu tout leur attrait. Il en est de même de la marche de l'humanité. Son intérêt n'est pas d'arriver, puisqu'elle ne peut arriver que dans un endroit tout pareil à celui d'où elle vient ; son intérêt, c'est de n'en rien savoir et de voir du pays.

Le sage est celui qui ne s'inquiète pas et qui jouit de la perspective. Déjà, du temps de Joseph Prudhomme, le char de l'Etat naviguait sur un volcan ; et ce genre de navigation devient de plus en plus dangereux depuis que les volcans se mettent à donner à leur tour des signes non douteux de leur mécontentement.

Cependant, une pensée doit nous rasséréner : c'est que les volcans auront beau faire rage, le char de l'Etat continuera tout de même à naviguer.

Les personnes qui s'étonnent de voir les militaires se mettre aussi aisément au courant de la tâche des facteurs, auraient été bien autrement stupéfaites, si elles avaient vu, dans un département que je n'ai pas besoin de nommer, mais qu'il me suffit d'indiquer comme étant entouré d'eau, un brave facteur rural qui ne savait ni lire, ni écrire.

Vous me demanderez comment il s'y prenait pour distribuer les lettres. Rien n'était plus simple. Il ouvrait sa boîte devant les gens qui y prenaient ce qui était à leur adresse. C'est même ce procédé qui fit découvrir son insuffisance, attendu qu'un jour, comme un habitant qui puisait prenait cinq ou six plis, notre facteur se fâcha, et lui cria qu'il en emportait trop, et qu'il fallait en laisser pour les autres.

Ce joli spécimen du favoritisme électoral eut son pendant dans un autre pays, où, me trouvant dans un café, en mal d'élection, je fis demander le tambour de ville. On me présenta un homme qui baragouinait des sons étranges et n'entendait rien de ce qu'on lui disait.

— Mais il est sourd? m'écriais-je.

— Il est mieux que cela, me répondit-on avec sérénité. C'est un pauvre diable sans ressources. Il est sourd et muet. Nous en avons fait un crieur public !

On conviendra que cet emploi était pour lui plus difficile à tenir que celui de facteur pour un militaire. Il s'en acquittait pourtant tant bien que mal.

Ceci soit dit pour démontrer combien on a tort

de se croire indispensable dans ce monde, et comme il sied d'y regarder à plusieurs fois avant de sacrifier une place, que tant d'autres sont prêts à occuper. Je suis sûr que les facteurs qui viennent d'être révoqués avaient longtemps sollicité leur admission avant de l'obtenir. Les voilà aujourd'hui bien avancés. Que vont-ils devenir?

Ce sont de braves gens, j'en suis sûr, et leurs réclamations étaient sans doute fort légitimes. Mais quoi? Ils n'empêcheront jamais le public de se faire ce raisonnement :

— Pourquoi réclamer avec tant d'instances une place que vous trouvez abominable dès qu'on vous l'a accordée?

Les Romains avaient une époque, qu'ils appelaient les Saturnales.

Pendant cette époque, il n'y avait plus de police d'aucune sorte. Tous les citoyens pouvaient s'injurier à leur aise, et se mettre tout nus, si cela leur faisait plaisir.

Nous avons, nous, quelque chose d'analogue dans ce que nous appelons la période électorale. Sauf la nudité, qui est toujours défendue, pour ne pas contrarier M. Bérenger, tout est permis. C'est l'orgie des invectives. Cela commence *piano*, comme l'air de la *Calomnie*, d'abord quelques petites affiches, quelques réunions anodines ; puis *rinforzando*. Le temps passe, les jours s'écoulent ; par centaines, par milliers, les affiches couvrent les murs ; par centaines, par milliers, les gens se rassemblent dans des salles, dans des granges, dans des cafés, et se vengent d'avance des suffrages qu'ils vont donner

en chargeant leurs futurs élus des épithètes les
plus déshonorantes, dont les plus modestes sont
celles de « vendus », de « voleurs » et de « rebut
de l'humanité ».

Des coups s'échangent. Toutes les villes sont en
rumeur. On compte dix fois plus de papiers mul-
ticolores, plus de renfoncements, plus de rires et
de cris que pendant le carnaval le plus animé.
C'est le temps fixé pour la folie. Toute la rage qui
s'était accumulée au fond des cœurs déborde dans
l'étendue. C'est une éruption, comme celle du Vésuve, avec cette différence que la lave ne fertilise
pas le terrain, mais avec cette ressemblance,
qu'une même pluie de cendres amoncelle les té-
nèbres et qu'on n'y voit pas clair en plein midi.

Plus la fête se prolonge, moins on s'amuse. La
consigne est de s'embêter les uns les autres. Tous
les regards sont courroucés, tous les poings se lèvent menaçants ; le pays entier est transformé en
une vaste maison d'aliénés, pleine de clameurs et
de gesticulations insensées.

La fameuse phrase : « L'homme s'agite, et Dieu
le mène », ne serait pas de mise ici ; car, si
l'homme s'agite effroyablement, c'est d'une si in-
cohérente façon, que j'ai peine à croire qu'il soit
mené par un Dieu.

On sait combien me sont chers les médecins et
les juges. Les uns et les autres sont toujours prêts
à fournir matière à ceux qui veulent rire. Ce sont
gens qui, malgré leurs fonctions funèbres, n'en-
gendrent point la mélancolie ; et, tout comme au
temps de nos maîtres Rabelais et Molière, il n'est

que de se tourner vers eux pour se faire une pinte de bon sang.

La cloche d'un couvent de carmes avait, dit-on, une vertu prolifique, ce qui rend M. Combes bien coupable vis-à-vis de M. Piot. Médecins et juges ont aussi, comme moines, une vertu, la vertu hilarante. C'est en quoi ils sont utiles au genre humain ; et criminels sont ceux qui les voudraient supprimer, car, s'ils disparaissaient, ils emporteraient avec eux tout ce qui reste de gaieté dans le monde.

Ils sont uniques pour trouver dans les événements les plus déplorables un côté agréable et plaisant. A qui de nous, par exemple, s'il n'est pas médecin, serait-il venu à l'idée de recommander la catastrophe du Vésuve comme un bienfait de la Providence, qui introduit ainsi très bruyamment un nouveau remède dans le Codex ? La cendre, provenant de l'éruption, ne sert pas seulement à nettoyer les dents ; il paraît qu'elle guérit tous les maux : précieuse dans l'anémie, elle est admirable pour les cors aux pieds ! Il suffit de la faire dissoudre dans un peu d'eau, pour obtenir des résultats miraculeux. Attendez-vous, d'ici peu de temps, à voir circuler des boîtes contenant cette cendre extraordinaire, que vous pourrez vous procurer dans toutes les pharmacies.

La Providence a voulu, elle aussi, avoir sa spécialité. Mais, si c'est pour se procurer de l'argent, je lui conseille de se méfier des intermédiaires, qui lui ont déjà ravi le plus clair du revenu de ses eaux minérales.

Il est en outre regrettable que, pour introduire chez nous un nouveau remède, il ait fallu tant de tintamarre et tant de dévastation. « Mais quoi ? disent les médecins, nous ne pouvons pas demander aux dieux de s'y prendre aussi doucement que nous. Ces gaillards-là sont si forts, que, lorsqu'ils veulent vous faire une caresse, ils commencent par vous assommer. »

Et, du moment où les médecins le disent, il le faut croire.

« Tout diminue », dit-on à propos du timbre à deux sous. Tel n'est pas l'avis de ma cuisinière, qui trouve que tout augmente.

Il est vrai que notre correspondance, nos transports, nos vêtements, nos journaux, et surtout notre argent diminuent de valeur chaque jour. En revanche, nous payons un pigeon trois fois ce qu'il coûtait il y a quarante ans ; le prix du loyer a quadruplé, et quand on met une bûche au feu, c'est comme si l'on y mettait un billet de banque.

Il n'est donc pas exact de dire que de plus en plus, la production augmentant, les choses sont meilleur marché. Cela est vrai pour le superflu, mais c'est le contraire qui est, vrai pour le nécessaire. Nous pouvons nous procurer une dentelle à meilleur compte qu'autrefois, mais tout ce que nous consommons est beaucoup plus cher, et l'on voit venir le moment où il n'y aura plus que les millionnaires qui pourront se permettre de coucher ailleurs que sous les ponts.

L'humanité ne tardera pas à se trouver dans la situation du roi Midas, qui avait beaucoup d'or, mais qui n'avait point de carottes. On donnera pour rien un ticket pour le Havre au malheureux qui n'aura pas mangé depuis trois jours et qui réclamera vainement une sardine au-dessus de ses moyens. Et déjà nous voyons s'ouvrir de nombreuses bibliothèques gratuites pour des gens dont l'appétit est loin d'être satisfait, et à qui l'on offre la lecture des Pandectes en guise de saucisson.

Comment, toutes choses diminuant de prix, la vie coûte tout de même beaucoup plus cher, c'est ce qu'expliquent admirablement les économistes, qui nous prouvent à force de statistiques que nous devons nous considérer comme très heureux de cet incontestable progrès.

D'ici à un siècle, les hommes seront abondamment pourvus de tout ce dont ils pourraient se passer, et leur vie sera délicieuse. Seulement, ils n'auront plus de quoi vivre.

Il serait, paraît-il, question de restaurer le théâtre antique d'Orange.

A ce mot : *restaurer*, tous les artistes ont frémi. La prière, en effet, que tous les hommes de goût adressent à ceux qui sont chargés de nos monuments, c'est de les préserver de la restauration. Restaurer est en effet devenu synonyme de détruire ; et, quand nous entendons dire qu'on va restaurer un édifice, nous nous écrions immédiatement : « Allons, bon ! Encore une merveille qui va disparaître ! »

Un monument antique doit être consolidé, s'il menace ruine, jamais restauré. Point de construction neuve. J'approuve de tout mon cœur M. Gabriel Boissy, qui vient de nous adresser un plaidoyer contre la résolution du Conseil municipal d'Orange, qui voudrait qu'on autorisât une loterie pour remettre à neuf cette admirable enceinte, afin d'en faire une scène plus commode pour les futures représentations.

Devant ces idées, prétendues pratiques, on songe malgré soi à la Poule aux œufs d'or. Les Romains contemporains n'en font pas d'autre ; ils ont réparé le Colysée, et je crois, Dieu me pardonne, qu'en ce moment ils réparent le Forum. Je ne serais pas étonné, si, profitant de l'éruption du Vésuve, on ne songeait pas un de ces matins à réparer Pompéi.

Mais, malheureux, comme le dit fort bien l'auteur du plaidoyer, c'est la ruine émouvante du théâtre antique qu'on va voir, et, si vous en faites un théâtre neuf, vous n'aurez plus personne !

On dira sans doute que le style sera respecté, que l'aspect sera le même, que nous avons des architectes capables de le réédifier tel que le connaissaient les anciens. C'est toujours là ce qu'on dit quand on commence, et, lorsque c'est fini, on s'aperçoit que ce n'est pas du tout cela. Et vous auriez beau avoir plus que du talent, du génie, il manquera toujours à l'œuvre ce je ne sais quoi, qui est le prestige du temps, cette évocation du passé, qui est le charme des vieux murs, et qui fait errer devant nos rêves toutes les ombres glorieuses sur le sol même que leurs corps ont foulé.

Au premier coup de pioche, tous les songes s'envoleront et il ne restera plus que des pierres.

Nul n'est prophète en son pays ; ou, s'il y prophétise, cela ne dure pas très longtemps. J'ai remarqué, depuis bien des années, et d'autres l'avaient remarqué avant moi, que la passion la plus commune aux hommes, c'est l'envie. Ceux-là

mêmes qui ont élevé quelqu'un, ne l'ont pas plus
tôt fait, qu'ils en sont jaloux et qu'ils le dénigrent.
Ils se vengent, en travaillant contre lui, des soins
qu'ils ont pris pour le faire réussir. On ne proscrit
pas seulement Aristide parce qu'il est juste, mais
parce qu'il est Aristide, c'est-à-dire l'homme qu'on
honorait hier, et que par conséquent on déteste
aujourd'hui.

Quant aux services rendus, on a dit que, lorsqu'on faisait obtenir une place à un quémandeur,
on faisait dix mécontents et un ingrat. C'est très
juste ; mais ce qu'on a oublié d'ajouter, c'est que
le mécontentement s'apaise, tandis que l'ingratitude ne fait que croître et enlaidir. Un bienfait
n'est jamais perdu, cela est certain, car il retombe
toujours sur la tête du bienfaiteur. On n'a pas idée
de ce que les hommes en veulent à celui qui les a
obligés. Il semble que chacun voie dans ce fait
une supériorité outrageante, et se dise : « A-t-on
jamais vu un outre-cuidant comme cela, qui s'est
permis de me faire du bien ! Il ne le portera pas en
paradis ! »

Il faut se garder d'être serviable, si l'on ne veut
pas se créer d'irréconciliables inimitiés. Promettre
beaucoup est excellent, ne jamais tenir est meilleur. Le jour où vous tenez ce que vous avez promis, vous êtes perdu.

Ces vérités aussi anciennes que le monde, sont
bonnes à redire pendant les périodes électorales.
Elles donnent l'explication de bien des situations,
qui, à première vue, paraissent bizarres. Elles sont
pourtant d'une parfaite simplicité. L'homme a
deux haines dans le cœur : la haine de tout esprit
qui lui paraît supérieur au sien, et la haine de son
bienfaiteur. Ces haines sont sourdes à l'ordinaire ;
mais, dès que s'offre une occasion de les satisfaire,
elles font explosion.

C'est pourquoi lesdites périodes électorales fournissent au penseur un des plus répugnants spectacles qu'il lui soit donné de contempler.

Il y a quarante ans, une vieille tante, à moi, venue pour la première fois à Paris, fut rencontrée, assise sur un banc, aux Champs-Elysées ; et, comme on lui demandait ce qu'elle faisait là, elle répondit :

— J'attends que les voitures aient fini de passer.

Que dirait, aujourd'hui, ma vieille tante, si elle était obligée de traverser une des rues de notre capitale ? Il est infiniment plus dangereux de se promener dans Paris, que d'explorer le Sahara. Si l'on est à pied, on risque à tout moment de finir comme l'infortuné Curie, sous les roues d'un véhicule quelconque. Si l'on est soi-même dans le véhicule, le danger est pareil. Après avoir été lancé de coin en coin dans la voiture, comme une salade dans son panier, car c'est ainsi maintenant qu'on roule dans Paris, il vous arrive d'être projeté, les jambes en l'air sur la chaussée, où un tramway se trouve juste à point pour vous écraser. Ce mouvement endiablé, cette agglomération enragée (quand on pense que Boileau se plaignait !) finiront par rendre fous ceux qui pourront sauver leur vie.

En attendant, on roule, cahoté plus qu'en aucun chemin creux, ballotté, secoué, emporté de-ci, de-là, dans une frénésie, qui est peut-être de la félicité, mais qui n'est certainement pas du confort ; et je pense que, si quelqu'un nous regarde du haut de l'Empyrée, il doit se demander ce que nous avons à rouler et à nous bouleverser comme cela.

Oh! les bons lourds chevaux de fiacre de mon enfance, ces braves chevaux qui effrayaient déjà ma tante, et qui pourtant mettaient une heure un quart à nous mener du Panthéon à la Madeleine, sous le fouet bienveillant d'un cocher paternel! Quelle hâte à notre époque nous avons d'arriver quelque part, comme si l'on n'arrivait pas toujours assez tôt à l'endroit qui nous attend tous!

Le progrès continuant, puisque c'est cela le progrès, il faudra aviser au moyen d'avoir deux villes l'une au-dessus de l'autre. On marchera dans l'une, on roulera dans l'autre. C'est l'unique procédé qui nous permettra de garder nos savants. Car voyez-vous d'ici le distrait, qui avait pris le derrière d'un cabriolet pour un tableau noir, et qui le suivait en courant, pour achever son équation? Il n'eût pas été loin sans se heurter à une solution inattendue du problème.

— Qu'est-ce qu'un candidat?

— Un candidat, c'est un homme qui est devenu le rebut du genre humain. Naguère, il était à peu près comme un autre; passé à l'état de candidat, il est semblable au lépreux du moyen âge ou à celui qu'on attachait au pilori, et sur qui tous les passants pouvaient jeter impunément des pierres ou des crachats. Un candidat a violé toutes les lois de la probité; un candidat a déshonoré sa famille; un candidat a mérité dix fois le bagne, que sa bonne fortune lui a seule épargné. Hier, c'était une honnête personne; candidat, il se heurte à des regards farouches, et se glisse le long des murs, de peur qu'on ne l'appelle larron. Être candidat, c'est être en proie à toutes les ignominies. Cette situation est très appréciée. On en rencontre beaucoup.

— Tous les goûts sont dans la nature. Cependant, votre définition, qui est exacte, ne s'applique guère qu'aux candidats à la députation. Lorsqu'à la Chambre, par exemple, on procède à la nomination de la commission du budget, je n'ai jamais vu quelqu'un se lever pour dire : « Messieurs, vous ne pouvez pas choisir celui-ci, attendu que sa tante a fait parler d'elle quand elle était demoiselle... » Non, on se contente de donner une idée sur la finance, et l'on n'insulte personne.

— Cela tient probablement à ce qu'étant tous bandits, les députés ne sauraient rien se reprocher mutuellement.

— Que voulez-vous dire ?

— Suivez bien mon raisonnement. Tous les députés, n'est-ce pas, ont été candidats ? Par conséquent, tous ont subi le traitement que je vous indiquais. Tous ont été convaincus des pires forfaits, et il n'y a qu'à ouvrir des journaux ou à lire de vieilles affiches pour s'assurer qu'à côté d'eux Mandrin pourrait passer pour un saint homme. D'où il suit que la Chambre ne peut être composée que de grédins qualifiés.

— Et c'est pourtant à ces grédins qu'on confie le soin de gérer les affaires publiques !

— Que voulez-vous ? Les malheureux sont tellement flétris qu'ils ne sont plus bons à autre chose.

Ceux qui sont curieux de statistique passeront un bon moment en lisant le compte rendu des travaux de la Chambre.

Ils y verront, entre autres choses intéressantes, que la dernière Chambre a été saisie, par l'initiative du gouvernement, de 1,123 projets de loi ; par l'initiative du Sénat, de 86 propositions de loi ; par l'initiative de ses membres, de 1,222 propositions de loi, ce qui fait un total de 2,431.

Si l'honorable M. Piot a raison de gémir sur le manque d'empressement que nous mettons en France à augmenter le nombre de nos successeurs, il lui serait difficile de se livrer aux mêmes lamentations relativement à nos lois. Il est possible que dans un siècle la population de la France ait décru au point que nos arrière-petits-fils ne seront plus qu'une poignée. Mais, la quantité des lois ayant subi une progression constante, il y en aura alors à peu près autant que d'individus. Chacun aura la sienne.

Nous sommes un' pays législatif par excellence. Cela tient à l'atavisme, et nous vient des Romains. Sur toutes choses, grandes ou petites, nous faisons des lois. Rien ne prouve mieux que cet amour immodéré de la législation combien nous sommes propres à être gouvernés et administrés, et combien par conséquent nous sommes éloignés des théories de l'anarchie.

Plus nous progressons, plus nous nous écartons de ta bonne abbaye de Thélème, ô mon vieux Rabelais ; de cette douce abbaye, au fronton de laquelle étaient écrits ces mots : « Fais ce que voudras. » Aucun de nous ne fait ce qu'il veut. Tous font ce que veut la majorité, c'est-à-dire la moitié plus un.

Jamais il ne serait venu à l'idée des anciens d'établir, à l'état permanent, une assemblée chargée de rédiger toujours, toujours de nouvelles lois, comme un boulanger est chargé quotidiennement de fabriquer toujours, toujours de nouveau pain, avec cette différence que le pain consommé est remplacé, tandis que la loi ancienne continue à sévir avec la loi nouvelle. Les anciens se contentaient des lois qu'ils avaient, du moins pour un bout de temps.

Le progrès pour nous, c'est la réglementation ; et nous ne serons heureux que lorsque tous nos pas, tous nos vœux, toutes nos pensées, tous nos actes seront dirigés selon la formule. Enfin, crierons-nous, nous sommes libres !

Je ne sais pas si vous avez connu un homme, qui se promenait jadis dans les rues, du temps où il était encore permis aux saltimbanques d'y vendre des crayons et aux marchands de savon de vous dégraisser le col sur les quais. Cet homme était surnommé l'homme-orchestre. Il jouait d'une douzaine d'instruments à la fois, avec ses mains, avec ses jambes, avec son dos ; tout cela, cymbales, grosse caisse, flageolet, que sais-je, vibrait à la fois dans une musique échevelée. Cet étourdissant entraînait derrière lui une meute de gamins.

J'ai pensé l'autre jour, en parcourant une petite feuille à l'usage des élections, que mon vieil homme-orchestre avait fait comme tout le monde, et renoncé aux carrières libérales pour se consacrer à la politique. Encore, lui, aurait-il eu une excuse, son emploi ayant été supprimé. En effet, il était question dans la susdite feuille d'un candidat, qu'on traitait à la première colonne de communard anarchiste, à la troisième de calotin, à la cinquième de bonapartiste. Les autres opinions politiques lui étaient également attribuées dans les colonnes suivantes. C'était évidemment le candidat-orchestre ; il jouait de tout selon la volonté et le goût des personnes.

Je vis bien qu'il n'y avait là qu'un procédé de polémique, de cette polémique si pleine de bonne foi, qui caractérise les relations du peuple le plus poli de la terre. Mais je me pris à penser comme la rage de posséder un siège peut rendre les gens maladroits. Il me semble qu'en prêtant toutes les opinions à son adversaire, on engage tout le monde à voter pour lui, chacun devant y trouver son compte. Les lecteurs qu'horripile la troisième colonne se rabattront sur la cinquième et réciproquement.

C'est ainsi que souvent l'on sert celui à qui l'on prétend nuire. Tout se compense, ici-bas, et Azaïs avait raison. Les plus injuriés sont souvent ceux qui décrochent la timbale. Ce qui prouve que les électeurs ont parfois quelque bon sens ; car il est bien rare qu'un homme très vilipendé ne soit pas un brave homme.

Je demandais un jour à un soldat qui avait fait le tour du monde quelques renseignements sur ses impressions. Il ne put me parler que de la façon dont on était traité dans les cafés, et de la valeur des consommations.

Une autre fois, je causais de Caen avec un voyageur de commerce, qui visitait cette ville tous les six mois depuis dix-sept ans. Il n'était jamais entré dans une église.

Les trois quarts des humains qui roulent autour

de l'hémisphère ne rapportent absolument rien
de leur tournée, et sont tout aussi avancés que
s'ils n'avaient pas quitté la rue Copeau.

Parmi les hommes qui, absorbés par d'autres
soucis, n'ont pas le temps de considérer le pays
où ils se trouvent, il faut mettre en première ligne
les candidats à la députation. Ceux-là peuvent
parcourir les pays les plus pittoresques, sans qu'il
leur soit permis de se douter des magnificences
qui les entourent. J'en connais un qui fut pris en
pitié, parce que, traversant une région couverte
de neige, et fixant ses yeux sur les pics étince-
lants, il interrompit une conversation sur les
chances comparées des partis par cette exclama-
tion intempestive : « Que cela est admirable ! »

On le regarda non sans dédain ; et quelqu'un
dit :

— Décidément, vous ne serez jamais qu'un artiste !

On sait qu'un artiste est un être de qualité inférieure, qui n'entend rien ni à l'existence des
autres, ni à la sienne, et qui se soucie immodé-
rément de billevesées absolument étrangères à la
vie sociale, telles que clair de lune, effets de ro-
chers, ou sentimentalités bêtes.

L'homme qui rabrouait mon candidat avait raison. Il faut faire ce qu'on fait, et non autre chose.
Mon soldat aurait pu me répondre : « Si l'on m'a
envoyé au Cambodge, ce n'est pas pour en contempler les temples. » Et de son côté mon commis
voyageur aurait pu me dire : « Je voyage pour
placer des étoffes, non pour me pâmer devant des
cathédrales. »

La politique n'est pas moins pratique, et il est
certain que rêver aux étoiles ne peut que nuire à
son exercice. Renan a bien dit : « Tout cela est
indifférent à Sirius. » On peut ajouter : « Dans

9

cent ans, qui songera à tout cela? » Mais nous
vivons sur la terre, et nous y vivons maintenant.
Qu'avons-nous à faire des choses immortelles?

Qui n'a pas été perquisitionné?

Quelques jeunes gens, peut-être ; mais l'âge
leur viendra où ils seront soumis, comme tous les
Français, à ce droit de l'homme qui est l'une des
plus précieuses conquêtes de nos nombreuses révolutions.

A une heure quelconque, le plus souvent ma-
tinale, trois ou quatre messieurs, fort polis, se
présentent chez vous, et vous demandent l'autorisation de fouiller dans toutes vos armoires. Il va
sans dire que cette autorisation n'est que de pure
forme ; car, vous ne la donneriez pas, que ces
messieurs n'en fouilleraient que davantage.

Ils s'enquêtent de toutes vos clés, ouvrent tous
vos tiroirs, lisent toutes vos lettres intimes, prennent et emportent tous les papiers à leur conve-
nance, et s'en vont en vous souhaitant longue et
heureuse vie.

Si la fantaisie en passe par la tête d'un juge,
vous pouvez recevoir une visite semblable demain
matin ; car tous les citoyens sont régis par les
mêmes lois, sans aucune distinction de situation
ni de fortune. Or, la violation du domicile est
inscrite dans nos codes, et, comme nous habitons
un pays de liberté (oh! Dieu, oui), et que la liberté consiste à obéir aux lois, nous nous sentons
d'autant plus libres qu'on fouille davantage dans
nos affaires.

Il n'y a pas d'exemple qu'une perquisition ait

amené une découverte quelconque, à moins qu'on
ne considère comme une découverte une missive
sans orthographe de la petite Sidonie, ou une lettre de reproche d'un tailleur impayé. Mais il est
tout à fait inutile qu'une perquisition serve à
quelque chose. Elle embête le perquisitionné, et
conserve le prestige de la justice. Cela suffit.

Vous me direz qu'elle embête aussi les perqui-
sitionneurs ; mais embêter autrui est d'une telle
douceur, que, pour la goûter, on consent volontiers à s'embêter soi-même. Embêtez-vous les uns
les autres, telle est la loi des sociétés civilisées.
Demandez plutôt aux cochers pourquoi ils aiment
tant à vous cahoter, puisque, ce faisant, ils se
cahotent autant que vous.

Quant au prestige, rien ne l'agrandit plus
qu'une opération non justifiée ; et c'est en étant
désagréable aux gens sans raison qu'on obtient
d'eux le plus profond respect.

L'éternelle question qui consiste à plus demander à l'impôt en demandant moins aux contribuables, est plus que jamais à l'ordre du jour ;
et le dernier mot sur ce grave sujet n'a pas été dit
par Joseph Prudhomme.

Résoudre cette quadrature du cercle est la préoccupation constante de tout candidat qui se respecte ; et, comme elle est d'ailleurs insoluble, on
se contente d'en répéter infatigablement les deux
termes.

Sur dix professions de foi, il y en a huit qui
annoncent de nouvelles dépenses, et toutes les huit
se terminent par l'engagement formel de n'avoir

recours à aucune nouvelle ressource. Faisons des
économies, mais dépensons davantage.

Ce qui est très curieux, c'est que personne n'a
l'air de croire que ce soit impossible. Tout le
monde accepte la formule avec un aimable enthousiasme. Rien ne paraît plus simple que de
donner de l'argent sans en recevoir.

Si pourtant un citoyen indiscret pousse la curiosité jusqu'à s'informer des pourquoi et des comment (il y a des gens qui veulent toujours tout
savoir), il s'attire une réponse semblable à celle
que fit un jour un électeur à qui l'on disait :

— Vous demandez une pension. Seriez-vous
assez bon pour nous dire où nous prendrons l'argent pour vous la donner ?

— Où vous voudrez, répondit l'électeur, cela
m'est parfaitement égal, pourvu que ce ne soit pas
dans ma poche.

Un jour, celui qui écrit ces lignes reçut la visite d'un beau gars, robuste, splendide, dans l'é-
panouissement de ses vingt-cinq ans.

— Je voudrais, me dit-il, servir mon pays, et
avoir un petit emploi de l'État.

— Vous avez des titres ?

— J'ai fait mon service militaire.

— Tout le monde le fait, puisque tout le monde
est obligé de le faire. Etes-vous gradé ?

— Nenni.

— Alors, vous désireriez ?

— Mon Dieu, un petit bureau de tabac !

Voilà qui est bien français. Tous les Français
touchent de l'argent de l'État, lequel ne peut en
avoir que s'il en touche de tous les Français,
quelle pétition de principe, et comment nous tirer
de là ?

On ne s'en tire pas. On se contente de regarder

les nuages, dans l'espoir qu'un de ces matins il en
pleuvra des perles.

— Ça, des élections? dit Gaudissart. Allons
donc! C'est à peine si dans ma circonscription on
a échangé une demi-douzaine de gifles. Vous me
direz qu'il y en a d'autres, où l'on s'est cogné assez
agréablement. Vous me direz aussi que les injures
ont plu dans les journaux. Sans doute c'est quelque chose ; mais qu'est-ce que cela à côté de ce
que nous faisions nous autres? Ah! citoyen, tout
dégénère. J'ai été dans des réunions, où les gens
écoutent parler un monsieur sans lui sauter dessus,
quand ils ne sont pas de son avis. C'est dégoûtant,
ma parole d'honneur.

— Que voulez-vous, mon pauvre Gaudissart?
Chaque Foi s'en va l'une après l'autre. Aujour-
d'hui, l'on commence à n'avoir plus de Foi aux
gifles.

— Plus de Foi aux gifles! mais alors qu'est-ce
qui nous restera? C'est la dernière des décadences.
Ah! j'ai bien vu ce qu'il en était, quand toutes ces
manifestations ont raté. Nous sommes à une époque
où personne n'ose plus cogner. On dirait vraiment
qu'on n'aime plus ça.

— Il y a encore quelques amateurs.

— Si peu. Et pourtant, il n'est tel pour porter
bonheur, qu'un gnon intelligemment reçu. Moi
qui vous parle, je ne faisais pas élire mes candidats
autrement. Il y en a un qui s'était présenté dix-
sept fois sans pouvoir arriver. Suis mon conseil,
mon bon, lui ai-je dit ; fais-toi donner un coup de
pied où tu sais. Tu verras que cela te réussira.

Cela n'a pas manqué ; il a reçu le coup de pied, et il a été élu à une forte majorité. C'est que nous savions faire de la politique, nous autres.

— Je vous croyais, Gaudissart, un homme pacifique.

— Oui, monsieur, je suis pour la paix entre les peuples. Je ne toucherais pas à un Prussien du bout du doigt. Quant à un compatriote, c'est différent ; s'il me contrarie, je l'écrabouille. Qu'est-ce que c'est que la politique, si ce n'est pas cela?

— Au fait, qu'est-ce que cela pourrait bien être que la politique, si ce n'était pas cela.

Je me suis fait deux fois l'effet de Napoléon. Que celui qui n'a jamais été assez bête pour se faire l'effet de Napoléon me jette la première pierre !

La première fois, j'étais Napoléon à Moscou. A la vérité, il n'y avait pas plus de Moscou qu'il n'y avait de Napoléon. Mais, de même qu'au milieu de la guerre, et à d'effroyables distances, le grand empereur se préoccupait des destinées de la Comédie-Française, de même un pauvre diable de journaliste, lancé comme une balle au milieu de la mêlée politique, se surprenait à divaguer sur la question des chapeaux, et autres futilités du boulevard parisien.

La seconde fois, c'était l'image de Napoléon, arrêté chez la vieille. Vous savez, la vieille paysanne, qui circule, tandis que, solitaire et mélancolique, il se chauffe devant la grande cheminée, pleine de bourrées. Cette fois, il n'y avait toujours pas Napoléon ; mais il y avait la cheminée, et la vieille, et un homme éreinté.

Et l'homme éreinté se parlait à lui-même, tout en considérant la vieille, qui alimentait une soupe aux courges.

— Il est, se disait-il, certain que les hommes se donnent beaucoup de mal, sans trop savoir pourquoi. Napoléon, que je représente ici, songeait peut-être, tout comme moi, qu'il serait beaucoup mieux auprès de son propre feu ; mais il se gardait de le dire, parce qu'il fallait qu'il bouleversât le monde. Moi, je ne le dis pas davantage ; et pourtant je ne bouleverse rien du tout. Nous sommes ainsi un bon nombre en France, qui nous chauffons les pieds où nous pouvons, et qui allons chercher bien loin un tas d'injures et d'inepties, que nous trouverions fort aisément sans sortir de chez nous. Combien savent pourquoi ils sont là plutôt qu'ailleurs, et si le genre humain se portera mieux, parce qu'ils se seront portés plus mal ? Tout n'est qu'aventure et caprice de la destinée.

Ainsi rêvassait l'homme éreinté à côté de la bonne vieille, qui entretenait sa soupe aux courges, sans penser à rien, ce qui est peut-être le seul moyen de penser juste.

Il viendra évidemment un temps (et ce temps est prochain) où tous les animaux, sauf ceux qui sont domestiques, auront disparu de la terre. Déjà beaucoup d'espèces ont été supprimées : on ne trouve plus guère de lions que dans les ménageries ; les éléphants deviennent de plus en plus rares

en Asie et en Afrique, où les hommes, avec la bêtise qui les caractérise, pour avoir un peu plus d'i-
voire aujourd'hui, détruisent la possibilité d'en
avoir demain. Tels ils ont été quand ils coupaient
les forêts, qu'à cette heure on sent la nécessité de
reconstituer.

On chercherait vainement un loup en France ;
on ne trouverait plus que des louvetiers. Je viens
de voir passer le cadavre d'un des derniers sangliers ; on sait qu'il est accordé des primes à ceux
qui les tuent. C'est pourtant bon à manger, le sanglier, et plus d'un gourmand se plaindra le jour
où ils auront été exterminés tous.

L'homme fait tout avec excès ; il passe sa vie
à démolir et à reconstruire ; et c'est ce qu'il appelle le progrès. Il emploie une part de son existence à accumuler des sottises, et l'autre part à
essayer de les réparer ; il n'y arrive pas toujours.
On l'a vu supprimer des animaux qu'il s'imaginait nuisibles, et qu'il apprenait, après coup, lui
être bien utiles. N'est-ce pas ce qu'il a failli arriver pour les taupes ? Et voyez les petits oiseaux ;
on en a tant tué que, nous étant aperçu des services
qu'ils nous rendaient, nous avons dû faire une loi
pour protéger ceux qui restent.

L'homme ressemblera toujours à celui qui avait
une poule aux œufs d'or. J'estime, pour ma part,
et tous les charcutiers devraient être de mon avis,
que tout en modérant le nombre des sangliers, il
ne faudrait pas viser à priver à tout jamais nos
descendants des hures et des filets, qui sont morceaux de choix.

Quant aux grands fauves des autres continents,
je conviens qu'il doit être fort désagréable d'en
rencontrer un en sortant de chez soi ; mais, lorsqu'il n'en restera plus sous le ciel, il me semble
tout de même qu'il nous manquera quelque chose.

Le besoin créant l'organe, il ne fait doute pour personne qu'il ne s'établisse prochainement une grande agence électorale, semblable aux agences matrimoniales.

On vous procurera là, moyennant finances, un siège au Parlement, tout comme on procure une dot aux jeunes gens titrés, et un placement avantageux aux jeunes demoiselles ayant tache.

Ce sera un véritable progrès. L'agence en effet fournira tout ; elle aura une équipe pour les voyages, des orateurs variés selon les réunions et les pays, voire même des phonographes pour reproduire le même discours dans des assemblées différentes. On traitera à forfait ; ce sera naturellement beaucoup plus cher, si l'on est élu ; mais je ne sais pas si l'on n'y trouvera pas encore une économie, l'électeur enchérissant tous les jours, grâce à la loi de l'offre et de la demande, et étant devenu véritablement hors de prix.

Tout cela ne vaudra pas sans doute le fameux tirage au sort de notre ami le juge Bridoir. Mais on ne peut pas tout faire d'un seul coup, ni atteindre aussi vite à la perfection. Évidemment le jour où l'on tirera les députés au sort est fort souhaitable, et arrivera. Seulement ce ne sera qu'après divers essais infructueux qu'on adoptera définitivement cette formule si simple et si pratique. Il faut se tromper plus d'une fois avant de mettre le doigt sur la vérité. Le bon Dieu lui-même est sujet à erreur, puisque ayant fait ce méchant ouvrage, qui s'appelle l'homme, il a été obligé de le jeter sur la terre, pour travailler à quelque chose de mieux.

Or, ne croyez pas que, lorsqu'on consultera les dés, au lieu de consulter les électeurs, le pays sera plus mal représenté. Un jour, un faux médecin, ne sachant quoi écrire sur son ordonnance, traça des signés hétéroclites et bizarres. Non seulement le pharmacien donna tout de même quelque chose, mais ce quelque chose guérit le malade.

C'est ainsi que le hasard fut admirable, là où la science eût sans doute été impuissante.

Un monsieur, du haut d'une tribune, vient de lancer son verre d'eau sucrée à la tête de son auditoire.

Bien que ce geste ne soit indiqué dans aucun des traités sur la matière, qu'il n'en soit parlé, à ma connaissance, dans le *De oratore*, que ni Quintilien ni Cicéron n'en aient soufflé mot, je pense qu'il doit être rangé au nombre des arguments tranchant *ad hominem*.

S'emparer du premier objet qu'on trouve sous sa main pour faire pénétrer de force sa pensée dans le cerveau d'auditeurs rebelles n'est pas sans précédent. La nouveauté est dans le verre d'eau sucrée, qui, avec les habitudes parlementaires que vous connaissez, risque de passer du Forum au Sénat et d'être employé désormais au sein de nos assemblées délibérantes.

Tout argument bien exposé a sa valeur. On a vu, l'an dernier, dans la Chambre hongroise, un député sauter à la tribune et, relevant les basques de son habit, étaler devant ses collègues ce que la Mouquette s'obstinait à considérer comme un *ul-*

timatum. Je placerais volontiers ce geste-ci parmi les arguments stupéfiants. Quoique plus inoffensif que l'autre, il peut tout de même à l'occasion produire son petit effet ; il plaira à certains hommes politiques pour qui la nature a été généreuse à cet endroit ou, pour parler plus congrûment, à cet envers.

Ces genres d'éloquence ne sont pas méprisables. Courbet disait que la poésie était partout, même dans les objets qui, au premier abord, en paraissent le plus dépourvus ; et Manet ajoutait que, pourvu qu'on obtînt un effet, tous les moyens étaient bons pour y arriver.

Or, l'effet d'un verre d'eau sucrée jeté à la tête des gens n'est pas niable. C'est une onomatopée d'une certaine puissance, d'une puissance peut-être trop grande, car, et c'est là la seule objection qu'on puisse lui faire, l'eau sucrée arrosera quelquefois les adversaires, tandis que les morceaux de verre iront ensanglanter le nez des amis.

Mais où est le raisonnement qui n'a jamais porté à faux ?

« Le bonheur, dit Joseph de Maistre, est comme l'oiseau vert, qui se laisse approcher, et puis qui fait un petit saut. »

Bien que d'être député ne fasse pas le bonheur, ce dont ne tardent pas à s'apercevoir les élus, l'élection peut être aussi comparée à cet oiseau vert, et le petit saut s'appelle ballottage.

Vous croyez y être : V'lan, vous n'y êtes pas ;

et tout est à recommencer. Double dépense, laquelle n'est jamais mince ; double fatigue, et Dieu sait à quelles inventions on a recours pour que le malheureux ballotté n'ait pas un moment de repos. L'auteur de cette torture rappelle celui qui avait trouvé le moyen d'empêcher de dormir les suppliciés.

Ce sinistre ballottage est, la plupart du temps, incompréhensible. On cherche vainement pourquoi des hommes qui savent n'avoir pas la moindre chance d'arriver se présentent tout de même et pourquoi ils trouvent des électeurs, qui, en déposant leur bulletin, savent parfaitement qu'il ne servira à rien. Les uns et les autres ne feraient-ils pas mieux de s'entendre auparavant ?

Mais les électeurs ne sont pas tous fâchés de ce second tour, qui souvent les dérange. Quelques-uns y trouvent profit. Il n'en est pas de même des candidats. J'en ai connu un qui avait obtenu 59 voix. Pourquoi s'était-il présenté ? Et le malheureux se maintint. Espérait-il un miracle ?

Ces candidats sont pareils à cet enfant qui, un jour, pénétrant dans un omnibus avec sa grand'mère, égaya toutes les personnes présentes en refusant de s'asseoir à la place que lui désignait cette dernière et criant avec rage : « Je ne m'y mettrai pas, tu entends ! » Il fallut bien qu'il s'y mît, puisqu'il n'y en avait pas d'autre.

Faire contre mauvaise fortune bon cœur est une maxime qu'on ne saurait trop enseigner dans nos écoles. Et encore est-ce bien une mauvaise fortune ? Les hommes se trompent souvent dans leurs désirs, et le sort leur est parfois d'autant plus favorable qu'il se refuse à les satisfaire. Qui sait si vous ne vous seriez pas cassé le cou sur cette route et s'il n'est pas heureux que la voiture soit partie sans vous ?

Il y a un an, il n'était question que du péril jaune. C'est une mode qui a passé. Nous avons maintenant d'autres soucis.

Aussi serait-il fort mal venu, celui qui, ne se réjouissant pas outre mesure de l'entrée des Chinois dans nos écoles militaires, tiendrait à nos contemporains ce langage, dénué d'artifice :

— Vous êtes, mes amis, admirables d'inconscience. Vous n'avez pas eu de cesse que vous n'ayez transformé le Japon, en qui vous ne voyiez autrefois qu'un fabricant de porcelaine, en un peuple tellement supérieur dans l'art de la guerre, qu'il a stupéfait le monde par son audace et ses victoires. Cependant vous armiez vos Annamites, et leur appreniez l'exercice à l'européenne. Vous voici maintenant occupés à civiliser les Chinois, c'est-à-dire à leur donner le goût et la science des batailles, eux qui jusqu'ici passaient pacifiquement leur temps à se couper la tête, à s'écorcher vifs, à s'ouvrir le ventre, et autres récréations fraternelles.

« Vous arriverez certainement, en y consacrant tous vos efforts, à rendre extrêmement belliqueuses ces immenses populations d'Extrême-Orient, arrachées à leur antique torpeur. Et, chose curieuse non moins que comique, en même temps que vous leur communiquez l'esprit militaire, vous-mêmes le perdez. C'est à croire qu'il n'y en a pas pour tout le monde, et que, nous débarrassant de notre part en leur faveur, il n'en reste plus pour nous.

« Ce qui arrivera dès lors n'est pas difficile à prévoir. Lorsque les races jaunes seront devenues militaristes à outrance, grâce à nous, qui ne le serons plus du tout, la terre aura tout bonnement fait la cabriole, et nous aurons pris la place les uns des autres. Ce sera l'Occident qui fera de la porcelaine et qui s'entr'écorchera ; et ce sera l'Orient qui fichera des raclées à l'Occident. A la vérité, ce sera exactement la même chose, sauf que celui qui était dessus se trouvera dessous, et réciproquement.

« En attendant, il est assez amusant de voir ceux qui sont chargés de l'instruction apprendre à nos enfants à détester la guerre, et aux Chinois à la faire. On a beau dire, l'homme est un drôle de corps, et l'on ne s'ennuie jamais à l'étudier. »

On m'appellera tant qu'on voudra *laudator temporis acti*, ce qui, traduit pour ceux qui n'entendent point le latin, signifie : prôneur du temps passé; je cherche en vain notre vieille gaieté française.

Autrefois, quand nous étions petits, il n'y avait pas d'époque où elle se donnât plus libre carrière que l'époque des élections. Aujourd'hui, l'on porte ses bulletins dans l'urne, comme on porterait le diable en terre. Nous prenons tout au sérieux, même la politique. Je ne m'étonne plus qu'on ait tant d'horreur de la guerre; nous ne la ferions plus en chantant comme nos pères, mais en pleurant comme des veaux.

Vous souvenez-vous, mes contemporains, de Bertron, le candidat humain? Ce Bertron était le

précurseur d'Hervé, mais il était plus gai. Il rê-
vait la pacification universelle, et pour cela se
présentait dans toutes les circonscriptions, car
dans ce temps-là on n'avait pas eu la fâcheuse
idée d'interdire aux gens de se présenter où il
leur plaît.

Et Gagne, qui égala un instant Victor Hugo
en célébrité? Le vieux père Gagne, qui un jour
s'avisa de faire une manifestation à lui tout seul,
place de la Concorde, et qui y réussit ; Gagne,
qui brillait par l'idée ingénieuse d'unir tous les
Français en réunissant tous les gouvernements.
Il nous gratifiait d'un triumvirat, qui à ce mo-
ment-là était composé d'un Bourbon, d'un d'Or-
léans et d'un Bonaparte, mais qui restait ouvert à
toute autre bonne volonté. On en riait beaucoup de
ce Gagne ; et pourtant il faut croire que son idée
n'était pas si folle, puisque nous l'avons parfois
réalisée dans la composition de nos ministères, où
les partis les plus opposés n'en ont pas moins fait
bon ménage.

Ce qui, par exemple, n'a pas été réalisé, et ce
qui ne le sera jamais, c'est le vœu du monsieur,
qui, à chaque élection, placardait dans tout Paris
une large bande, sur laquelle étaient inscrits ces
simples mots : « *Plus d'avocats.* » On n'a jamais
su le nom de ce mystérieux ennemi de la baso-
che ; mais il était tenace, comme tous les gens
qui ont une idée fixe.

J'ai plaint souvent ce pauvre fou, qui s'atta-
quait à ce qu'il y a de plus indestructible dans ce
monde. L'avocat survivra à toutes les ruines ; et
dans la vallée de Josaphat, quand la grande trom-
pette sonnera, croyez qu'il se trouvera encore un
avocat pour déposer des conclusions avant le jugement.

Il prit un jour à Renan l'envie d'être député. Les grands hommes ont aussi leurs faiblesses.

Naturellement, il se mit à faire des réunions. Les réunions sont une condition indispensable. Quand on veut être député, il faut faire des réunions. Nul ne sait pourquoi ; mais c'est une nécessité à laquelle nul ne saurait se dérober. Est-ce que pour être fort de la Halle il ne faut pas passer un examen, où l'on vous dicte une narration sur la mort de Henri IV ? Foin de ceux qui veulent chercher une explication à toutes choses !

Donc Renan fit des réunions. Chose curieuse, il y réussit assez, bien qu'il parlât avec finesse et esprit. Cependant une interruption vint tout gâter.

— Parlez-nous de Madagascar ! cria un jour un assistant.

Ce cri, il y a quelques années, n'aurait pas paru extraordinaire. Mais, à l'époque dont il s'agit, personne ne songeait à Madagascar, et autant aurait valu demander à un orateur de parler des Maldives, ou de l'île de Monte-Cristo.

Légèrement interloqué, Renan ne répondit pas, et continua son discours.

Mais de temps en temps l'assistant répétait :

— Avec tout cela, il ne nous parle pas de Madagascar.

— C'est vrai, confirmèrent ses voisins, qu'il n'ose pas s'expliquer sur Madagascar.

— Cela l'embarrasse.

— Évidemment.

Et, à la sortie, chacun se disait :

— Voilà qui est bel et bon ; mais il n'a pas répondu à la question qu'on lui posait.

Dans une autre réunion, le même homme revint, qui de nouveau, et hors de propos, pria Renan de parler de Madagascar.

— Mais pourquoi voulez-vous que je vous parle de Madagascar? demanda Renan.

Ces paroles déchaînèrent une tempête. Il fut démontré que Renan se refusait aux explications ; et sa candidature baissa tellement dans l'estime publique, qu'il fut obligé de la retirer.

Quand on lui demandait depuis s'il n'avait pas songé à tirer au clair le sens de l'interruption, il répondait en souriant :

— Je pense que c'était un brave homme, qui avait des affaires là-bas, et qui n'aurait pas été fâché d'avoir quelques renseignements. Personnellement, il ne songeait pas à mal.

Je reçois une lettre d'une mère, qui m'expose le cas suivant :

Cette mère a deux filles, dont la première a été reçue à l'examen des postes. Voyant des aptitudes à la seconde, elle lui fait quitter son atelier, suivre des cours, passer son examen médical ; la jeune fille est admise à se présenter, mais elle échoue. On lui fait continuer ses études en vue d'un autre concours ; elle se rend quatre fois par semaine au cours ; elle étudie tous les jours, pendant deux mois ; puis voilà qu'à un nouvel examen médical, on lui trouve une hanche un peu plus haute que l'autre. Voilà tous les projets par terre, tout le travail inutile, et tous les sacrifices des parents en pure perte.

Sans méconnaître la nécessité d'un examen mé-

dical, la mère demande s'il ne serait pas possible
de faire subir cet examen préalablement, c'est-à-
dire avant que la famille, qui n'est généralement
pas riche, se soit imposé les susdits sacrifices, et
s'il n'est pas cruel d'entretenir un espoir, qui s'é-
croule subitement, par une raison absolument
étrangère aux études, et que nul ne pouvait prévoir.

Elle me rappelle cette aspirante, qui, il y a environ deux ans, prise de désespoir dans une situation pareille, s'est jetée par la fenêtre.

Il y a du vrai dans cette réclamation. On comprend que l'administration recherche tous les
moyens d'élimination possibles. Étant donné le
nombre toujours croissant des candidates, elle est
littéralement débordée. Je me demande même si
le hasard ne joue pas un grand rôle dans ces concours, où des milliers de jeunes filles doivent présenter des compositions bien peu différentes les
unes des autres. Trouver un motif quelconque
pour en rejeter une, c'est laisser place à une autre.

Il n'en est pas moins vrai qu'il serait charita-
ble de chercher un moyen de pratiquer ces élimi-
nations le plus tôt possibles. Quand les carrières
sont encombrées, il est bon d'en détourner le plus
grand nombre. Encore faut-il le faire assez à
temps pour ne pas désoler à jamais de pauvres
êtres, qui demeurent stupéfaits devant leurs espérances mortes et leur avenir brisé.

Il m'est impossible d'y tenir plus longtemps ;
c'est plus fort que moi : il faut que j'éclate.

Pourquoi tous les Français s'obstinent-ils à
mettre le mot *automobile* au genre féminin ?

On m'assure que l'Académie s'était décidée pour le masculin ; mais, si ce n'est l'Académie, c'est à coup sûr le bon sens.

La seule raison qu'on donne est que l'automobile est une voiture. Mais le fiacre, le landau, le carrosse sont aussi des voitures. Et l'omnibus donc ! Pourquoi vous moquez-vous des bonnes femmes, qui disent : « Cette omnibus est jolie », puisque vous dites, vous : « Cette automobile est belle » ?

Ce motif ne tient donc pas debout. Ceux de l'opinion adverse, de l'opinion masculine, sont beaucoup plus solides.

Les Latins avaient un genre, qu'ils appelaient le genre neutre, où ils fourraient généralement les nouveaux mots, représentant des objets inanimés. Ce genre n'existant pas chez nous, c'est d'ordinaire le genre masculin qui reçoit les mots insexués.

En outre, tous nos mots commençant par auto sont masculins : automate, autocrate, automédon, etc. Il en est de même de la terminaison : mobile. On dit : un mobile, et non une mobile.

Tout milite donc en faveur du masculin. Pourquoi tout le monde s'est-il précipité de l'autre côté ? Je n'en sais rien ; mais c'est un fait, et l'on rit au nez des rares dissidents qui s'expriment conformément à la raison.

En serait-il, en matière de langage, comme en matière de politique, et faudrait-il, pour rester dans les principes, se séparer toujours de la majorité ?

Pour moi, décidé à défendre jusqu'au bout le drapeau de la logique, je continuerai à mettre au masculin ce qui à mon sens doit être au masculin !

Et, s'il n'en reste qu'un, je serai celui-là.

Dans un pays, beaucoup moins voisin de la Lune que le nôtre, il s'est passé le petit fait que voici, fait qui n'aurait évidemment pu se passer chez nous, car on sait combien nos mœurs électorales sont pures, qu'ici la vénalité est inconnue, et que les voix des électeurs ne sont jamais achetées par personne.

Il n'en est pas de même dans ce pays moins voisin de la Lune, où il surgit une violente dispute, sur le marché aux votes, entre deux citoyens, dont l'un n'avait reçu que trente francs, lorsque l'autre en avait touché cinquante.

Ils allaient en venir aux coups, lorsqu'on leur suggéra d'aller en conciliation devant le juge de paix de l'endroit, et d'exposer là leur litige.

Le digne magistrat donna la parole aux parties.

— Monsieur le juge, dit l'un, nous vivons dans un pays d'égalité. Toutes les voix y sont estimées à la même valeur, et celle du plus grand génie n'y est pas plus cotée que celle du dernier ignorant. Une fois les bulletins dans l'urne, on ne les reconnaît pas les uns des autres. Il n'est donc pas juste que leur prix soit différent. Quand on achète des petits pâtés, on ne paye pas l'un plus cher que l'autre.

— Celui-ci parle bien, pensa le juge.

Mais il pria le second de répliquer.

— Il est vrai, répliqua-t-il, qu'entre les petits pâtés il ne saurait exister aucune différence de valeur. Mais qui peut empêcher un homme généreux de faire un cadeau à la marchande? Quiconque prétend donner trois sous de ce qui n'en vaut que deux en est bien le maître ; et il serait plaisant qu'on le forçât ou à reprendre son sou ou à le partager avec un autre. Cet homme n'a-t-il pas reçu le prix convenu ? De quoi se plaint-il ?

Le juge fut perplexe. Le cas était embarrassant. Cependant, il décida en ces termes :

— Messieurs, dit-il, il est fort regrettable qu'il n'y ait pas une Bourse des voix, comme il y a une Bourse des autres valeurs. Ces différends ne se produiraient pas. En attendant la création de cette institution, laquelle ne saurait tarder, voici ce que je vous conseille : chacun de vous gardera trente francs, et les vingt francs supplémentaires seront employés au cabaret, en vue de la propagande ordinaire...

Ce jugement ne satisfit aucune des parties, mais il fut fortement goûté du cabaretier, qui, d'ailleurs, était un parent du juge.

S'il est vrai qu'il faille rechercher les causes premières, et que, par exemple, lorsqu'un anarchiste jette une bombe, on doive s'en prendre tout d'abord au journaliste qui l'a excité par ses écrits, il me semble qu'une des causes premières les plus incontestables, c'est l'invention des procédés pour fabriquer la bombe ; car, si l'on peut dire assez justement que si l'anarchiste n'avait pas lu d'articles subversifs, il n'aurait pas songé à exécuter son crime, on peut dire plus justement encore que, s'il n'avait pu avoir la bombe, il ne l'aurait pas jetée.

Le grand responsable est donc le chimiste qui, de quelque côté qu'on le considère, peut être proclamé l'ennemi du genre humain.

La Providence qui, ainsi qu'on sait, veille sur toutes choses, sauf sur les élections, dont elle se désintéresse à l'ordinaire, ayant prévu le temps où les guerres et les pestes disparaîtraient du monde, s'est demandé par quels moyens de destruction elle pourrait les remplacer, et, toujours prévoyante, a créé la chimie.

Grâce à la chimie, le genre humain est appelé à périr de mort lente ou rapide. Il a le choix, ainsi que Don Ruy Gomez avait la délicatesse de l'offrir à Hernani. La dynamite et les multiples combinaisons enfantées par la science lui permettent de sauter en bloc, ou, tout au moins, par morceaux considérables. Ce genre de décès correspond au poignard. S'il préfère le poison, moins rapide, mais plus douloureux, la chimie se met encore à son service.

Elle a pris soin, en effet, de renouveler toute notre alimentation de telle sorte que tout ce que nous consommons, liquide ou solide, porte préjudice à notre santé. La nature est remplacée en tout, et si désavantageusement que la maladie d'estomac est devenue l'état général des peuples dits civilisés. Tout est frelaté, jusqu'aux œufs à la coque, et de tout ce que nous absorbons, il n'est pas un atome qui ne porte en soi et ne nous communique un germe morbide.

Admirons donc les vues du Très-Haut, et soyons assurés que les hommes ne seront jamais trop nombreux sur la terre. La chimie se charge des coupes indispensables.

De tout temps les hommes ont aimé à faire un autre métier que le leur, et ont mis leur gloire en un travail qui ne leur était pas imposé.

C'est ainsi que de grands poètes aimaient mieux être félicités sur leurs dessins que sur leurs vers, et plus d'un concierge consulté jouera volontiers du flageolet plutôt que de tirer le cordon. C'est pourquoi il ne faut pas s'étonner, si, quand on forme un ministère, le danseur choisit d'ordinaire la marine et le chimiste les affaires étrangères.

Il ne faut donc pas s'étonner davantage que les avocats aient un Salon. On doit s'en étonner d'autant moins qu'il y a des salons partout. Je ne crois pas que, depuis le commencement du monde, il y ait jamais eu une époque qui ait compté autant de peintres, et autant d'expositions de tableaux. C'est au point qu'on se demande où l'on peut bien fourrer tout ça ; et l'on n'est pas sans inquiétude sur ce qui se passera, quand l'Amérique, regorgeant à son tour, ne pourra plus servir de déversoir à l'encombrement de nos productions artistiques.

Après avoir partagé ces productions en écoles aussi nombreuses que les étoiles du ciel ou que les partis politiques, le besoin s'est fait sentir d'une nouvelle classification.

Tout le monde se mêlant de peinture, on divise maintenant les Salons en corps d'état. Nous avons celui des avocats ; nous aurons prochainement celui des médecins, puis celui des parfumeurs, ceux aussi des ébénistes. Il y a déjà longtemps que nous avons le Salon des employés de commerce. Nous attendons avec impatience celui des députés.

Beaucoup d'entre eux, en effet, dessinent agréablement, et ce ne sera pas un des moindres attraits du Palais-Bourbon, que l'exposition dans la salle des Pas-Perdus des œuvres d'art dues aux loisirs parlementaires.

Cette exhibition existe d'ailleurs dans les autres maisons d'aliénés, où, dès l'antichambre, on montre aux visiteurs les ouvrages des pensionnaires.

Quand un lieutenant est nommé capitaine, on le félicite, et cela est tout naturel ; quand un receveur de l'enregistrement passe d'une classe à une autre, on le congratule, et c'est dans l'ordre. Toutes les fois, en un mot, que, dans une carrière il y a avancement, l'événement vaut la peine qu'on s'en préoccupe.

Un seul état fait exception à cette règle : c'est l'état de député. Tandis que dans tous les autres, on garde sa fonction, ou on la laisse pour une plus haute, celle-ci se perd régulièrement tous les quatre ans ; et tous les quatre ans chaque aspirant est condamné à recommencer son travail préparatoire, au milieu des pleurs et des grincements de dents, dans l'unique but de rester ce qu'il était la veille.

Et s'il réussit, c'est-à-dire s'il est élu, ses amis regardent la chose comme une victoire, et lui adressent leurs compliments empressés : « Monsieur le député, que je suis donc content de vous savoir député ! » Et cela se renouvelle tous les quatre ans. C'est comme si un vieil officier était obligé tous les quatre ans de repasser ses examens, et qu'à chaque fois on lui dît : « Monsieur le capitaine, que je suis donc content de vous savoir capitaine ! »

Il n'y a pas d'autre état où le seul fait de rester à la même place soit considéré comme un succès. C'est ce qui rend le métier si singulier. Après trente ans d'exercice, on n'y est pas plus avancé que le premier jour.

La légende de l'infortuné Sisyphe s'impose. Comme le condamné antique roulait son rocher, qui retombait toujours, le malheureux parlementaire a beau rouler son élection, elle retombe à date fixe, et le voilà forcé de gravir de nouveau la montagne, à travers les mêmes imprécations, les mêmes huées, et les mêmes difficultés qu'au début.

Sisyphe ne pouvait pas faire autrement ; c'est son excuse. Mais je me suis toujours étonné que le député, qui, lui, peut faire autrement, ne s'asseye pas un beau jour sur sa pierre, en disant : « A la fin, j'en ai tout de même assez ! »

Chose curieuse, les plus vieux sont les plus tenaces ; et il en est très peu qui aspirent à ce compliment, préférable à l'ancien :

« Monsieur le député, que je suis donc content de ne plus vous savoir député ! »

Un propriétaire parisien vient de faire remise à ses locataires de leur terme du mois de juillet prochain. Son excuse est qu'il est mort. Cette munificence ne portera donc préjudice qu'à ses héritiers.

Je me suis étonné souvent que les gens qui ont la bizarre idée de rédiger des testaments, afin de permettre aux notaires de mener bonne vie, et qui semblent par conséquent se préoccuper de ce qui se passera alors qu'ils n'y seront plus, n'aient pas, comme ce propriétaire, l'envie de faire bénir leur mémoire sans qu'il leur en coûte rien. Il n'en est pas de même de ceux qui disent : « Après moi la fin du monde ! » Mais ceux-là ne font pas de testament.

Cet événement n'en a pas moins paru singulier. Les rapports entre propriétaires et locataires étant, surtout à Paris, généralement tendus, et une certaine fraîcheur régnant dans leurs relations, ce cas de tendresse évidente a alimenté de nombreuses conversations. La masse, tout en approuvant le défunt, l'a traité d'original.

C'est très probablement le nom qui lui restera dans l'histoire. On le mettra dans les almanachs, à côté de la vieille demoiselle qui lègue une pension à ses chats, ou de la brave dame qui voulut qu'à son enterrement on chantât les refrains de la *Belle Hélène*. C'est ainsi qu'il vivra dans le souvenir des hommes.

Dans cette galerie des originaux figurent d'ailleurs tous les bienfaiteurs de l'humanité. On dirait que les hommes se rendent compte que, pour songer à leur faire du bien, il faut être un peu fou. C'est toujours avec stupéfaction qu'ils apprennent un acte de générosité. « Voilà un monsieur qui pense aux autres, disent-ils ; quel drôle de corps ! »

La rareté de ces drôles de corps n'excite pas à les imiter. Nous n'aimons pas à nous singulariser. C'est comme pour la mode ; nous aurions honte de ne pas nous habiller comme tout le monde. C'est pourquoi nous serions décontenancés, si l'on nous surprenait à faire une bonne action. Nous nous en cachons avec soin. Aussi voyez comme ce propriétaire s'est empressé de ne pas survivre à la sienne. Jamais de son vivant il n'eût osé agir de la sorte ; une fois mort, il est tranquille ; il n'aura plus à rougir devant personne.

Un candidat, qui a été tellement ballotté qu'il a fini par se trouver les quatre fers en l'air, autrement dit par n'être pas élu, me disait, entre deux bocks consolateurs :

« Vous me croirez si vous voulez, mais je ne

suis pas fâché de ma campagne ; j'ai découvert une
commune modèle, une commune comme il n'y en
a pas deux en France. A la vérité, cette commune
ne m'a pas donné une voix ; mais elle m'a donné
mieux que cela, elle m'a donné l'exemple d'une
vertu si rare, qu'on la peut dire unique.

« Lors de la visite traditionnelle que les candidats ont coutume de faire aux localités, le maire
de celle-là, prévenu, m'attendait tout seul :

« — Monsieur, me dit-il, il est tout à fait inutile
de vous arrêter ici. Cela même peut vous être nuisible. Nous ne sommes pas comme les autres ; nous
n'aimons pas les gens qui viennent nous faire des
boniments dans des salles, pour nous extirper nos
suffrages. Nous savons ce que nous avons à faire et
nous n'avons besoin de personne. Plus on nous
sollicite, moins on obtient. Ne comptez donc pas
sur une réunion, car il n'y viendra pas un chat.

« Et il ajouta :

« — Il y a quatre ans, nous avons voté pour vous,
parce que nous ne vous avions jamais vu. Nous
nous disions : En voilà un au moins qui ne cherche
pas à s'imposer ; ce doit être le meilleur. Nous nous
étions trompés, puisque vous voilà. C'est tant pis
pour vous. Cela ne vous fera pas grand bien.

« Il prophétisait juste.

« O commune idéale, jamais tu ne sortiras de
mon souvenir ! Commune où il m'a été défendu de
pérorer, où les gens ont refusé d'encombrer les
cafés et de se payer, comme on dit à Paris, la
tête du malheureux quémandeur de votes ; commune admirable, aussi sobre que sensée, je te
bénis ! Je te reverrai longtemps dans mes rêves,
avec ton torrent au bas de ta montagne, ta fraîche
cascade, et le brave homme chez qui j'ai pris tranquillement une tasse de lait, oubliant un instant
que j'étais venu pour autre chose !

« Pensez-vous maintenant que je n'ai pas perdu mon temps ? J'ai vu ce que personne n'a jamais vu, ce que probablement personne ne reverra plus jamais : le pays où s'est réfugié le peu de bon sens qui survit encore en ce monde. »

Les Méridionaux sont connus pour leurs extravagantes plaisanteries, et pour leur aplomb énorme. On abonde en anecdotes sur leur compte.

Pourtant, de toutes les farces qu'on leur prête, on oublie la plus forte et la plus durable : celle d'avoir inventé le Midi.

Ils ont fait croire à l'univers entier, qui le croit encore, qu'il y a un Midi, c'est-à-dire un pays où le soleil est plus chaud qu'ailleurs, et où il n'y a pas d'hiver. Et l'univers, bien obéissant, l'a cru à tel point, que tous les ans il se fait un exode de gens, qui, prenant le train, sont convaincus qu'ils vont respirer sous un ciel plus doux.

L'expérience ne les instruit même pas. Il est si pénible de convenir qu'on s'est trompé. Aussi voyez-vous nos voyageurs, se couvrant de fourrures, grelottant sous une bise impitoyable, continuer à se persuader à eux-mêmes qu'ils habitent un pays fortuné. La légende est établie ; nul n'oserait la discuter ; d'ailleurs les Méridionaux sont là, si vous grommeliez, pour vous rappeler au respect de la tradition.

J'ai entendu parfois les Parisiens s'étonner de trouver les Méridionaux beaucoup moins frileux qu'eux-mêmes. Quand il gèle chez nous à pierre fendre, les Méridionaux qui sont à Paris paraissent les seuls à ne pas s'en apercevoir, et ne mettent même pas de manteau. C'est extraordinaire comme ils supportent le froid mieux que nous, s'écrie-t-on. Or, cela tient tout simplement à l'habitude qu'ils en ont.

Jamais vous ne ferez avouer à un Méridional qu'il ne fait pas chaud chez lui. Pour nous le bien démontrer, il se met en bras de chemise, ouvre ses fenêtres, ne fait pas de feu, et lave à grande eau son appartement. En sorte que vous y gelez encore davantage. Si vous persistez à frissonner et à claquer des dents, il vous fait admirer des oliviers, des palmiers, des orangers, et vous dit victorieusement :

— S'il ne faisait pas chaud, vous ne verriez pas tout ça.

Car, chose plus étonnante, les plantes elles-mêmes ont été roulées par les Méridionaux. Ils les ont convaincues tout comme nous ; et l'on voit tous ces arbres pousser, produire des fleurs et des fruits, comme si vraiment ils se trouvaient à leur aise.

Tant est grande la puissance de l'imagination, même sur les végétaux !

Nous avons, à la façon romaine, des rois sous notre domination. Tel ce roi du Cambodge, qui vint nous voir, accompagné de cinquante jolies filles.

Ces jolies filles doivent être des danseuses, semblables à celles qui ont déjà fait la joie de nos expositions. Elles ont dû, paraît-il, se couper les cheveux à la mort du feu roi.

Ce signe de deuil remonte, comme on sait, à la

plus haute antiquité. De tout temps, quand les hommes ont voulu montrer qu'ils avaient beaucoup de chagrin, ils se sont coupé les cheveux, et ils ont déchiré leurs vêtements. Cette dernière marque d'affliction n'était pas pour déplaire aux tailleurs. Quant à l'autre, elle ne pourrait plus guère être employée chez nous pour le sexe masculin, ce dernier étant uniformément chauve.

Beaucoup plus soigneux de nos effets que les anciens, et ne pouvant sacrifier notre chevelure absente, nous dûmes avoir recours à d'autres procédés pour témoigner de notre désespoir, car le point n'est pas d'être désespéré, c'est de le montrer au monde. Si nous étions tout seuls, nous ne songerions nullement à mettre un crêpe.

Maintenant, pourquoi tenons-nous à ce que les autres croient que nous avons du chagrin, voilà ce que je ne me charge pas de vous expliquer. D'autant moins que cela doit leur être absolument indifférent.

Nos deuils continuent d'ailleurs à être réglés suivant des formules, ainsi qu'au Cambodge, et partout. Nos tristesses doivent commencer tel jour et finir tel autre. Nous avons d'abord la grande tristesse, qui dure un certain temps ; puis la demi-tristesse, qui souffre quelques plaisirs ; enfin le petit bout de tristesse, qui se porte en clair, et que suit le retour à toutes les joies.

Le protocole cambodgien a exigé que les petites danseuses ne laissassent repousser leurs cheveux qu'après l'incinération du petit père Norodom. Une fois incinéré, fin des soucis et des larmes. Notre protocole est le même. Un mari qui pleure sa femme, une femme qui pleure son mari le doivent faire jusqu'au moment convenu. L'heure sonnée, ohé ! ohé ! et vive la bagatelle !

Il faut de l'ordre en toutes choses.

Je viens de visiter les ruines d'un temple romain que, dans le pays, on appelle le *restant*.

Je pensais que ce mot signifiait : reste. Mais point. L'étymologie est beaucoup plus drôle.

A une époque, on avait restauré ce temple. Puis on avait voulu constater cette restauration par une inscription lapidaire. Cette inscription devait être en latin, car je vous demande un peu quelle valeur aurait une inscription qui ne serait pas en latin ; elle devait, en outre, se composer d'abréviations, selon la mode antique.

Malheureusement, le pays manquait de latinistes. Bien qu'on n'eût pas encore créé l'enseignement moderne, la langue latine avait été peu cultivée. On put encore tracer la première syllabe du mot : restauration, c'est-à-dire : *rest ;* puis celle du mot *anno*, c'est-à-dire *an ;* mais quand il fallut indiquer l'année, on se perdit dans des millésime, undécime et autres barbarismes, d'où il ne fut possible de sortir qu'en les remplaçant par un trou, comme Geoffroy, dans la *Grammaire*, remplaçait les mots difficiles par un pâté. Le trou ne faisait d'ailleurs qu'ajouter au caractère ancien de l'édifice. Toujours est-il qu'il ne resta de visible que les syllabes *rest* et *an*, et le peuple s'habitua à appeler le monument le *restant*.

Cette anecdote, qui éclairait, par hasard, un terme jusque-là obscur, m'est contée par un archéologue, qui est en même temps un ermite.

Je pense que c'est le dernier ermite de France. Son ermitage est situé au faîte d'une montagne, d'où l'on embrasse un étincelant horizon de rocs et de neiges. Il vit là, seul, avec des livres, ne descend jamais dans la plaine, se nourrit des légumes de son petit jardin, et m'a demandé si nous étions toujours sous le même gouvernement.

Il n'a d'ailleurs pas attendu ma réponse et s'est empressé d'ajouter :

— Vous allez me prendre pour un sot, car je devrais savoir que les Français n'ont jamais changé et ne changeront jamais de gouvernement.

J'admirai comme, loin de la compagnie des hommes, on peut conserver la lucidité de son esprit. Jamais un membre du Parlement, qui est pourtant l'élite de la nation (?), n'aurait pu en dire autant.

Il y a encore trop de pittoresque en France. C'est une chose à laquelle il sied de mettre bon ordre. Rassurez-vous : on y avise.

Voici par exemple la source de Fontaine-l'Evêque, dans un coin perdu du département du Var. C'est une merveille, qui rappelle à la fois la fontaine de Vaucluse et les chutes du Rhin, avec cet avantage que, plus ignorée, elle n'est pas encombrée d'hôteliers et de marchands de ronds de serviette. C'est presque un désert ; un moulin, une ferme. Loin de tout. Le site est ravissant ; on voudrait y finir ses jours. Je ne m'étonne pas que les anciens évêques de Riez l'eussent choisi pour leur demeure d'été.

Il ne reste plus rien de leur château, ni du monastère qui s'était établi là autrefois, preuve de la beauté du paysage, car, partout où il y eût un mo-

nastère, la nature est admirable. D'une grotte si-
tuée sur le penchant d'un coteau s'échappe à
grand fracas une énorme masse d'eau écumante,
qui se précipite sur des roches couvertes de
mousse, encadrées de lierre ; des arbres étendent
leur feuillage sur cette perpétuelle tempête ; l'eau
vertigineuse et blanche se roule, s'enlace, s'en-
chevêtre, et disparaît pour reparaître dans des
canaux glacés, où elle prend la teinte verte, qui
donnera son nom au Verdon, qu'elle alimente.
Puis partout, à droite, à gauche de petits filets
d'eau, des sources supplémentaires, des gouttes
fraîches glissant de toutes les mousses, filtrant de
toutes les pierres. Oh! le joli déjeuner qu'on fait
là, à côté de l'eau limpide, qui chante autour des
bouteilles, en compagnie de chèvres gourmandes,
de poules, d'oies, de canards, de coqs, sans qu'un
passant vous trouble, sans que le bruit imbécile
que font les hommes vous fasse descendre de vos
rêves à la plate réalité !

Vous ne pensez pas que cela pût durer? Soyez
contents ; cela ne durera pas. Cela est sur le point
de disparaître. L'industrie, qui guettait, va s'emparer de ces beautés, et, comme on dit, les utiliser, ce qui signifie : les détruire. Si ce n'est pas
encore fait à l'heure où j'écris, c'est parce que
deux départements se les disputent et sont en
conflit. Heureux procès, qui nous permet de jouir
quelque temps encore de cette poésie et de cette
splendeur ! Cependant tout a une fin, même les
procès ; et c'est pourquoi de beaux bâtiments d'u-
sine vont prochainement s'élever là, comme partout, nous annonçant l'ère définitive, où, enfin
débarrassée de tout ce qui faisait son charme, la
terre, selon la prédiction de Musset,

Comme un gros potiron roulera dans les cieux.

Notre édilité est pareille à ces bonnes ménagères, qui, pendant votre absence, mettent, comme elles le disent, tout en ordre. Votre table avait un encombrement pittoresque ; des livres, des brochures traînaient sur les fauteuils ; des journaux partout où ils n'avaient que faire ; çà et là, des tableaux, des gravures, des objets d'art ; un fouillis inextricable, dans lequel, comme Xavier de Maistre, on pouvait faire d'incessantes découvertes ; les souvenirs ; la vie. Et tel coussin qui n'avait pas de raison d'être sur ce meuble vous rappelait une heure d'amoureux entretien.

Tout maintenant est rangé. Les choses auxquelles vous teniez le plus ont disparu, et vous ne les reverrez plus. Mais une froide régularité a succédé au tohu-bohu de la fantaisie. Les écrits, les brouillons ont été jetés au feu ; mais le papier blanc est admirablement blanc. On se mirerait dans les boîtes ; les meubles sont corrects ; les livres sont alignés ; des registres tout neufs vous sollicitent de ne jamais les ouvrir, de peur de les abîmer. On a mis de l'ordre chez vous, et transformé une chambre de poète ou d'artiste en un bureau de limonadier.

C'est à ce résultat que nos édiles ont consacré tous leurs soins. Encore un effort, et ils auront complètement nettoyé la Cité. L'alignement, ce dernier mot du progrès de la Béotie, y régnera en vainqueur, et la vieille cathédrale, enfin mise au point, pourra être utilisée, selon le vœu d'un de mes confrères, comme gare centrale du Métropolitain.

En détruisant quelques vitraux, on obtiendra un jour suffisant pour la distribution des billets.

Supprimer définitivement les sous-préfectures? Vous en parlez bien à votre aise. Savez-vous que cela est gros de conséquences?

Il y a d'abord la géographie. Qu'est-ce que nous allons faire de la géographie? Quand nous interrogeons un enfant sur la géographie, que lui demandons-nous, sinon le nom des départements, des préfectures et des sous-préfectures? S'il n'y a plus de sous-préfectures, qu'est-ce que vous voulez que cet enfant vous réponde?

Puis, la suppression des sous-préfectures entraînera la suppression des sous-préfets. Voilà bien des gens réduits à l'hôpital. Un sous-préfet, c'est incapable de faire autre chose. Cela n'a pas reçu l'instruction nécessaire. Tout au plus, cela pourrait-il être député, poste pour lequel il y a encore moins besoin d'études.

Si c'était à la fin d'une législature qu'on eût procédé à cette mesure révolutionnaire, on eût pu, en effet, voter une bonne loi, proclamant les sous-préfets députés de leurs arrondissements, sans que les électeurs eussent besoin de se déranger, ce qui aurait satisfait les uns et les autres. Mais la législature va seulement commencer. Où donc caser les sous-préfets?

Les Finances sont encombrées. On a distribué tant de médailles de marchands de quatre-saisons, que ceux-ci ne font plus leurs affaires. Quelques-uns, qui ont de la voix, pourront aller chanter dans les cours; cependant, c'est un état où, grâce à la mauvaise volonté des concierges, on gagne bien péniblement sa vie.

Il y aurait un moyen suprême. On pourrait, dans le nouveau cahier des charges de l'Opéra, qui va être rédigé cette année, inscrire un article obligeant la direction à engager comme figurants tous les sous-préfets disponibles. Ce serait même un avantage pour le théâtre, pour qui cette figuration nouvelle constituerait une véritable attraction. Tous les provinciaux se précipiteraient pour voir leurs anciens sous-préfets en costume égyptien, formant la garde d'honneur de la célèbre Aïda.

Vous voyez que je fais ce que je peux. Je cherche. En vérité, l'embarras ne sera pas mince.

Une femme est accusée d'avoir empoisonné son mari ; le mari, qui n'est pas aussi empoisonné que cela, puisqu'il vit encore, crie de toutes ses forces que cela n'est pas vrai. Cela ne fait rien ; on n'en arrête et l'on n'en juge pas moins la femme.

Voilà grande rage de justice. On n'en avait pas vu de telle depuis Perrin-Dandin. On dirait que nos juges se plaisent à juger ceux dont on ne se plaint pas, tandis qu'ils laissent parfaitement tranquilles de véritables assassins, tel que celui qui a égorgé le vieux et la vieille de Méry, et sur lequel on ne mettra jamais la main, puisqu'il a l'indélicatesse de ne pas se dénoncer lui-même.

Car enfin, il me semble que cette affaire est surtout l'affaire de la victime. S'il lui plaît d'être empoisonné, à cet homme, en quoi est-ce que cela vous regarde ? Des goûts et des couleurs, on ne saurait disputer. Allez-vous maintenant nous enlever jusqu'à cette liberté de nous faire empoisonner, si cela nous convient? Dans ce cas, il vous faudra fermer tous les restaurants.

Ces juges, qui sont, pour la plupart, mariés, ou qui le seront un jour ou l'autre, ont sans doute été mus par le bruit qui a couru l'an dernier que presque tous les maris mouraient empoisonnés par leur moitié, que rien n'était plus aisé que ce crime à accomplir, même et surtout en voyage, et qu'une femme qui veut se débarrasser de son époux adoré est toujours à même de le faire. Un monsieur a écrit, à ce propos, qu'il avait vu l'archevêque de Paris, lequel lui avait révélé, sous le sceau du secret, que, dans son diocèse, il ne mourait pas deux maris sur trois de leur belle mort, et que, s'il savait ce qui s'avoue dans les confessionnaux, jamais il ne consentirait à prendre femme.

Nous autres, vieux Parisiens, nous savons ce que parler veut dire, nous avons simplement conclu que ce monsieur voulait nous détourner du mariage, et nous lui en avons su gré. Mais les juges de province ont sans doute pris plus au sérieux cette allégation et se sont dit que, puisqu'à peu près toutes les femmes empoisonnaient leurs maris, ils ne risquaient guère de se tromper en condamnant celle qu'ils tenaient.

Il n'en est pas moins plaisant qu'ils soient tout justement tombés sur un cas où le mari est consentant. Il en est tant d'autres qui ne seraient pas de cette humeur! Mais ceux-ci sont des empoisonnés pour de bon, et font généralement défaut aux débats.

J'aime les présidents de cours d'assises. Tout au contraire de leurs confrères des tribunaux cor-

rectionnels, qui sont gens rogues, désagréables,
bourrus, et qui vous distribuent des mois-de
prison sans y mettre la moindre amabilité, gens
incapables de dorer les pilules, et de vous faire
avaler les amendes, comme si ce fussent pains
mollets, les présidents de cours d'assises sont choisis avec soin parmi nos plus charmants humoristes,
et ils s'entendent si délicieusement à égayer une
salle, qu'une condamnation à mort y semble une
invitation à dîner.

Il n'en est pas un qui ne mêle à ses interroga-
toires des réflexions amusantes, et qui ne les
émaille de traits spirituels. Tel notre président
de Bordeaux, avec sa théorie, peut-être pas très
neuve, mais toujours instructive, sur le rôle des
vieux amis dans les ménages. « Les maris, a-t-il
dit, ne se défient pas assez des vieux amis ; ce
sont toujours ceux-là qui leur prennent leur
femme. » Volontiers, si on l'en eût prié, eût-il
cité quelques anecdotes à l'appui de son dire ; mais
l'auditoire l'en tint quitte, et se déclara suffisamment renseigné. Chacun convint avoir affaire à
un homme qui connaissait bien la matière.

Les maris, qui devaient être nombreux dans la
salle, parurent tous très joyeux de cette saillie,
car on sait que les infortunes conjugales ont le
don de réjouir tous ceux qu'elles n'atteignent pas,
ou, ce qui revient au même, qui ne s'en croient
pas atteints. Tous avaient sans doute de vieux
amis ; car qui n'a pas son vieil ami ? Mais le vieil
ami qu'on a est toujours bon. Ce sont les vieux
amis des autres qui ne valent rien.

Ainsi cette leçon, comme toutes les leçons, n'ins-
truisit personne. Je ne pense pas qu'en sa qualité
d'homme d'esprit, notre président en ait été
étonné. Nous autres, vieux philosophes, nous savons très bien que les vérités que nous lançons ne

sont jamais d'aucun profit pour qui que ce soit. Nous n'ignorons pas que nul ne se les applique personnellement, et qu'elles ressemblent par conséquent à ce bon grain, dont il est question dans l'Évangile, et qui tombe sur le roc stérile, où il ne germe pas.

Ce qui, soit dit entre nous, est fort heureux. Car les hommes auraient une vie insupportable, si chacun d'eux ne se trouvait pas à son goût, et ne se pensait pas très différent du prochain.

Il n'est pas un mari, qui, en quittant l'audience, n'ait approuvé la diatribe contre les vieux amis, et n'ait invité le sien à dîner pour le lendemain.

Carnels d'été

Bien que peu curieux, je voudrais qu'on me définît la pudeur.

La pudeur, jusqu'à présent, me paraît particulièrement dépendre de l'endroit où l'on se trouve.

C'est ainsi que, devant une grande étendue d'eau, comme l'Océan, la pudeur disparaît. Telle personne, qui rougirait si vous la surpreniez à sa toilette, se déshabille devant tout le monde, sans y voir le moindre inconvénient. Et chacun sait que, si les gens s'avisaient de se promener sur le boulevard dans le costume primitif des bains de mer, il n'y aurait pas assez d'agents de police pour les jeter dans des cachots, et l'honorable M. Bérenger en ferait une maladie mortelle.

Nous venons d'avoir une nouvelle preuve de cette relativité des lois de la pudeur. Dans l'école de plein air qui s'installe à Saint-Cloud, pour permettre l'étude du nu dans le paysage, on m'affirme que le règlement, séparant les jeunes filles des jeunes hommes, ne donne aux premières droit qu'aux modèles féminins, et aux seconds qu'aux modèles masculins.

Or, comme dans tous les ateliers, aussi bien dans les ateliers officiels que dans les autres, les modèles des deux sexes comparaissent devant tous

les élèves indistinctement, nous devons en conclure que ce qui constitue l'impudeur, c'est la
verdure. Etre tout nu sur un parquet, rien de
plus innocent ; être tout nu sur le gazon, cela fait
frémir, et ne saurait se tolérer. Dorine elle-même
serait émue par la vue de Tartufe dans un bos-
quet.

Et voyez comme il est difficile de s'y reconnaître. Tantôt c'est le plein air qui permet le désha-
billage, comme aux bains de mer, et tantôt c'est
le plein air qui le défend, comme à Saint-Cloud.
Il n'y a pas même de logique dans les distinctions.

Cependant voici nos artistes singulièrement
empêtrés. Les garçons pourront nous donner des
Silènes ; mais les Vénus leur seront interdites.
En revanche, ces dames composeront autant de
Dianes qu'elles voudront ; mais il faut qu'elles
renoncent aux Hercules.

Pourquoi s'arrêter là ? Pourquoi ne pas obliger les deux sexes à n'exposer dans les Salons
que ce qui les concerne ? Enfin nous verrions luire
ce règne de la vertu gratuite, obligatoire et laïque, que nous attendons depuis si longtemps.

Il y a longtemps que, pour ma part, j'avais
l'idée que l'appendicite était une de ces maladies
à la mode, que les médecins inventent tous les
trente ans, et qui disparaissent pour faire place à
une autre, alors qu'elles ont épuisé la crédulité
publique. Je n'ai donc pas été étonné d'apprendre
qu'un professeur émérite, M. Dieulafoy, venait de
constater qu'on opérait un tas de gens qui, à la

vérité, mouraient de l'opération, ce qui est un résultat appréciable, mais ne seraient certainement pas morts d'une maladie qu'ils n'avaient pas.

La chirurgie a fait des progrès énormes, cela est incontestable. Ce qui reste à savoir, c'est si ces progrès nous sont aussi utiles qu'on le prétend. Le chirurgien est un homme tellement amoureux de son art qu'il cherche à l'exercer partout. Il ne rêve que de vous ouvrir ou de vous couper quelque chose. Vous n'avez pas plutôt un bouton sur le nez, qu'il vous propose de vous priver de cet appendice inutile. C'est comme la servante de Molière, qui vous supprimerait le bras gauche, pour que le droit s'en portât mieux.

Nous connaissons tous un certain nombre de personnes qui ont succombé à cette opération courante de l'appendicite. En revanche, je pourrais vous en citer quelques-unes, très rares, qui s'y sont refusées, et qui vivent fort bien aujourd'hui. Je sais bien que, lorsque la personne succombe, le chirurgien dit que la cause est qu'on s'y est pris trop tard. Tel le docteur Sangrado pour les saignées. J'estime que, dans ce cas, il valait toujours autant de ne pas la faire. « Dans le doute, abstiens-toi », dit le proverbe. Moi, je m'abstiens.

Ce qui est certain, c'est que nos pères ignoraient cette nécessité chirurgicale ; et la nouveauté de ce mal qui, aujourd'hui, atteint tout le monde, lorsqu'il était autrefois inconnu, aurait dû nous inspirer des soupçons, s'il pouvait y avoir quelque raison dans la mode.

Croyez qu'on ne s'arrêtera pas là et que bientôt, suivant les conseils d'un praticien qui essaie de nous faire comprendre que notre estomac n'est qu'un organe embarrassant, on nous l'enlèvera avec une habileté prestigieuse.

Peut-être est-il regrettable que les opérations ne

fassent plus souffrir. Quelque agréable que ce soit d'expirer sans souffrance, il est préférable de ne pas expirer du tout.

Des dégradations ont été signalées au groupe de la *Danse*, de Carpeaux, ainsi qu'à des décorations de Baudry, au foyer de l'Opéra. Là dessus on s'est imaginé de rentrer tous les objets d'art dans les musées.

Il est certain que le meilleur moyen de les préserver est de les mettre sous clef. Si l'on avait songé à enfermer ainsi le Parthénon, jamais les Anglais n'auraient pu en emporter les morceaux. Malheureusement, il semble que le Parthénon, ainsi que les autres ouvrages artistiques, soient faits pour être vus, si on ne les voit pas, il n'est pas nécessaire de les avoir.

Mais quoi? On les verra, à certaines heures, dans les musées. J'entends. Seulement ils n'avaient pas été faits pour cela. Dans une rue des plus curieuses de la vieille ville de Bourges, il y avait, il y a quelques années, une maison ancienne, dont la porte était une merveille. Naturellement, sous le prétexte d'alignement, la maison fut démolie. Cependant on sauva la porte, qui fut mise au musée. Je vous demande un peu ce qu'une porte peut faire au musée?

Cette tendance à tout fourrer dans des musées est absolument déplorable. Nous ressemblons de plus en plus à des collectionneurs, qui fourrent toutes leurs affaires au grenier, où ils ne montent jamais. Quand nous aurons démuni toutes nos villes des quelques chefs-d'œuvre qui leur restent encore, la promenade y sera des plus agréables.

« Mon guide, dira le voyageur, m'indiquait ici une belle fontaine. — Si monsieur veut la voir, lui répondra-t-on, elle se trouve maintenant dans les caves du Trocadéro, où on l'a serrée, pour que personne n'y touche. — Ah! c'est donc cela qu'hier, comme je passais devant l'Arc-de-Triomphe, je n'ai plus vu la *Marseillaise*, de Rude. — Non, monsieur, on l'a transportée dans un endroit clos, parce que les gamins auraient pu lui jeter des pierres. »

Nos cités alors seront ornées par imagination, comme ces mises en scène du vieux Shakespeare, alors que sur le théâtre vide, on se bornait à écrire en grosses lettres : « Ceci est un palais, ici il y a une colonne. »

Mais on ne voyait que des planches.

Nous avions déjà le théâtre en plein air : nous allons bientôt avoir la justice rendue en plein vent.

Cela a commencé dans l'île de Robinson, devant Billancourt, où un tribunal s'est réuni sous les frais ombrages. Les avocats ont plaidé; la sentence a été rendue, et pas un merle n'a sifflé, l'éducation des oiseaux ayant été très soignée, depuis un certain temps.

Si le beau temps continue, nous pourrons assister à des audiences analogues. Quelques personnes m'ont affirmé avoir rencontré des huissiers qui exploraient le bois de Meudon ; ces personnes ont même été légèrement effrayées, car on n'aime pas beaucoup rencontrer un huissier au coin d'un bois. Mais ces messieurs les ont vite rassurées, en leur apprenant qu'ils étaient à la recherche d'un rond-point à l'usage de la cinquième chambre correctionnelle.

De son côté, le directeur d'un établissement de bains froids aurait reçu des propositions de la Cour d'appel, qui désirerait disposer de son installation pendant la durée des fortes chaleurs. Les juges siégeraient dans l'eau, en simple caleçon. Le public serait admis comme à l'ordinaire, sauf ces dames, pour qui l'on craindrait l'aspect tentateur des magistrats déshabillés.

Nous ne saurions qu'approuver ce retour à la nature. Il est bon que les anciennes forêts, après avoir abrité les crimes, comme la forêt de Bondy, donnent asile au châtiment. Les « Apaches » pourraient même être jugés sur les lieux où ils ont exercé leur profession, ce qui ne manquerait pas d'ajouter à leurs remords. Quant aux procès civils, qui sait si le vent dans le feuillage n'ouvrirait pas l'esprit des jurisconsultes, et ne leur permettrait pas de voir enfin clair dans ce galimatias triple, qu'on appelle le Droit ?

Je ne propose pas le même essai de villégiature pour la Chambre des députés, les parlementaires n'ayant plus assez de prestige pour risquer le peu qui leur en reste. Il serait tout à fait fâcheux, pour le bon renom de la Chambre, si elle tenait ses séances au Pré-Catelan, d'entendre dans une noce le garçon d'honneur dire à la mariée :

— On aurait dû nous prévenir qu'il y avait ici des pochards.

Il paraît que nous ne sommes pas les seuls empoisonnés, et que les Américains, hommes libres, le sont encore plus que nous.

Sans doute le mal de l'un ne guérit pas celui de l'autre ; mais on n'est tout de même pas fâché d'apprendre, lorsqu'on a de l'ennui, qu'il y a des gens qui ne sont pas plus heureux que vous.

Donc, en Amérique, pays par excellence des conserves, les industriels ne se gênent nullement pour mettre en boîte des viandes putréfiées, et, afin de faire disparaître l'odeur *sui generis*, ils ont l'attention délicate de les injecter de produits chimiques vénéneux. Il faut bien se conformer à la susceptibilité des personnes, et rien n'est plus louable que de se préoccuper ainsi de ménager les odorats exigeants.

C'est le Président des Etats-Unis lui-même qui signale aux représentants de son pays, en la blâmant, cette façon bien moderne de faire ses affaires. Les honorables industriels, qui cherchent avant tout la prospérité de leurs maisons, s'indignent naturellement que le gouvernement se mêle de choses qui ne le regardent point, et se demandent où l'on va, si l'on veut maintenant entraver le commerce, et empêcher les citoyens de gagner honnêtement leur vie.

J'ai entendu souvent pousser ce cri du cœur. Rien n'est plus difficile, dans tous les pays du monde, que de faire comprendre à un homme établi que tous les moyens ne sont pas bons pour faire fortune, et qu'il y a une autre probité que celle qui consiste à payer ses traites à l'échéance. Faire honneur à sa signature, certainement c'est quelque chose ; mais c'est quelque chose aussi de ne pas voler et assassiner ses contemporains.

J'estime, pour ma part, que le premier devoir de tous les Congrès, aussi bien du Congrès américain que de tous les Parlements, devrait être de veiller à la santé publique. C'est pourtant, en général, ce dont les gouvernements s'occupent le moins.

Sans doute il est utile d'avoir des routes, des écoles, des justices de paix et des commissaires de police ; mais il n'est pas sans utilité non plus de manger des aliments sains.

Cependant, pour y avoir songé, le président Roosevelt paraît un homme au-dessus du commun, et il aura une page dans l'histoire.

Le mariage, légèrement fantaisiste, qu'on nous conte avoir eu lieu par surprise dans une sacristie de Montmartre, a rappelé l'attention sur des articles du Code, que chacun croyait virtuellement abrogés par la loi de séparation, et qui, paraît-il, ne le sont pas du tout.

Ces articles sont ceux qui interdisent aux ministres des cultes de marier les gens, sans être assurés que ceux-ci ont déjà contracté mariage devant l'officier de l'état civil, et qui, en cas d'infraction, condamnent les délinquants à des peines variées.

Ces articles ont beau n'être pas abrogés, ils me semblent parfaitement inapplicables dans un régime de liberté.

Le mariage religieux est en effet un sacrement, tout comme le baptême, l'eucharistie, l'extrême-onction, etc. Or, la disposition des sacrements est affaire de culte et ne regarde pas l'Etat. De même qu'on trouverait singulier que la loi exigeât certaines conditions d'une dévote qui veut se confesser ou qu'elle empêchât le prêtre de baptiser un enfant, dans le cas où la naissance n'aurait pas été déclarée à la mairie, il est de même souverainement ridicule de mêler la législation civile à la cérémonie religieuse du mariage.

Si l'on veut être séparé, il faut se séparer réellement, c'est-à-dire ne plus s'occuper l'un de l'autre et rester chacun chez soi. Que la loi ne reconnaisse pas le mariage religieux, qu'elle n'en tienne aucun compte, que ce mariage n'ait aucun effet civil, rien de mieux ; mais c'est précisément parce que la loi ne le reconnaît pas, qu'elle ne saurait s'en occuper, ni lui imposer des conditions ; car lui imposer des conditions, c'est le reconnaître.

Un enfant de huit ans comprendrait cela. A la vérité, ce n'est pas une raison pour que les législateurs le comprennent.

Cependant, même chez nous, le ridicule a des bornes ; et l'on ne saurait en même temps déclarer que des gens ne sont point mariés, et poursuivre un monsieur pour les avoir mariés.

Je me suis laissé dire que, lorsque florissait l'inquisition, un amateur ingénieux avait inventé une sorte de machine roulante, où l'on enfermait le condamné. On choisissait pour ce supplice un jour de forte chaleur. L'infortuné était ainsi roulé, le plus rapidement possible, du matin au soir, par un soleil torride et au milieu d'une poussière accablante, sans qu'on lui permît de sortir de sa prison mobile.

Les plus farouches inquisiteurs ne tardèrent pas à renoncer à cette torture, qui avait pour résultat de rendre complètement idiot celui qui la subissait.

Nous l'avons rétabli en notre siècle, sous le nom de train rapide. La différence est qu'au lieu de l'envisager comme un châtiment terrible, nous payons très cher pour nous la procurer, ce qui n'a pas lieu de surprendre ceux qui n'hésitent pas à donner quatre sous pour avoir le mal de mer, dans les fêtes publiques. La ressemblance est que le résultat est identique, et qu'on sort de là-dedans absolument idiot.

On ne m'ôtera jamais de l'idée, et j'en demande pardon aux partisans du progrès, qui sont persuadés que parce qu'ils vivent en 1906, ils sont plus intelligents que ceux qui vivaient en 1816, on ne m'ôtera jamais de l'idée, dis-je, que la dégénérescence de l'espèce humaine, laquelle ne fait doute que pour les aveugles, ne soit due principalement à l'invention des chemins de fer. Je ne crois pas que l'homme ait été créé dans l'unique but de rouler désespérément pendant toute sa vie d'un bout de son globe à l'autre ; et je me représente volontiers le bon Dieu de Béranger, mettant le nez à la fenêtre, voyant les humains en éternel mouvement, frottant ses lunettes et se disant :

« Qu'est-ce qu'ils ont donc à rouler comme ça ? Si c'est par moi qu'ils roulent de la sorte, je veux bien que le diable m'emporte. »

Il faut bien reconnaître, mon bon Dieu, qu'il y a un peu de votre faute. Si vous nous aviez laissés dans le paradis, où nous mangions si tranquillement des pommes, nous ne passerions pas notre temps à en chercher un autre, ce qui, je l'avoue, est fort bête, puisque nous sommes certains d'avance que nous ne le trouverons jamais.

— Mon Dieu ! disait un citoyen de la libre Amérique au milieu d'un groupe qui s'était formé pendant un entr'acte du *Clos*, et qui parlait politique (car que feraient des Français à l'Opéra-Comique s'ils ne parlaient politique?), mon Dieu! disait mon Américain, vous avez grand tort d'attacher tant d'importance à vos élections. Il vous arrive ce qui est arrivé chez nous ; vous en êtes venus à ce tournant du régime où l'on achète un électeur pour quinze francs. Mais cela est courant chez nous et nous ne nous en portons pas plus mal. Il est vrai que nous avons eu soin, préalablement, de priver nos Chambres de toute autorité. Comme elles ne peuvent absolument rien, il n'y a aucun inconvénient à ce que chacun y paye son siège, comme vous payez votre chaise à la messe, mais ce n'est pas vous qui la dites. Du moment où elles sont inoffensives, peu importe de qui elles sont composées. A la vérité, personne n'en sait rien, et c'est le dernier de nos soucis.

« Croyez-moi, c'est de ce côté qu'il faut chercher le remède qui vous préoccupe. Car il serait insensé de vous imaginer que vous arrêterez jamais la corruption électorale, qui ne fera que croître et embellir. D'ailleurs, pourquoi voulez-vous empêcher un brave citoyen de gagner quinze francs? Ce brave citoyen vous dit, non sans raison : « Les autres me promettent le bonheur pour « la fin de mes jours ; mais celui-ci donne quinze « francs tout de suite, et un bon tiens vaut mieux « que deux tu l'auras. » Vous dites que ce n'est pas là exprimer une opinion politique. Sans nul doute. Mais qui vous dit que ce brave citoyen ait une opinion politique?

« Vos Chambres finissent naturellement par être l'émanation de ceux qui les élisent, c'est-à-dire par mettre leurs petits intérêts privés fort au-dessus des affaires publiques, auxquelles elles n'entendent goutte, le plus sage serait de faire comme chez nous, et de les occuper à de petits jeux de société, qui n'ont aucune influence sur la marche du gouvernement.

« Vous y viendrez fatalement, si vous ne voulez pas continuer à vivre dans le gâchis. Je sais bien qu'à la longue on se fait à tous les genres de vie. »

Un modeste commerçant fait une commande de 154 francs à un fournisseur. Selon l'usage, cette commande est réglée à quatre-vingt-dix jours.

Le jour de l'échéance, fin février, un employé de la Banque de France vient présenter une traite de 184 francs. Le commerçant refuse de la payer. On lui laisse une fiche. Il va chez son fournisseur. Le fournisseur est absent. Le soir, le représentant d'un huissier vient de nouveau réclamer les 184 francs. Le commerçant ne paye pas davantage, et envoie à son fournisseur une lettre recommandée, dans laquelle il lui expose sa réclamation, et lui dit que les 154 francs qu'il lui doit sont à sa disposition. Pas de réponse du fournisseur. En revanche, le 5 mai, l'huissier réclame une somme de 219 fr. 60.

Dans l'intervalle, en effet, il y avait eu une assignation devant le tribunal de commerce. Absent à son tour à cette époque, le commerçant avait été condamné par défaut. Suit la saisie, puis la déclaration de faillite, prononcée bien que l'erreur fût reconnue, puisqu'elle est basée sur le non-paiement d'une traite de 154 francs, laquelle n'a jamais été présentée.

Tel est le fait que me soumets un pauvre diable, et au pauvre diable je réponds :

— Votre cas est semblable à beaucoup d'autres. La plus belle source d'iniquités qui existe au monde s'appelle la justice. C'est au point que, sans être anarchistes, beaucoup de gens se sont demandé si la suppression pure et simple des tribunaux et des lois ne serait pas pour l'humanité un avantage appréciable. Quand on veut juger des institutions, il faut mettre dans chaque plateau de la balance le nombre des maux et des biens qui lui sont dus. Or, si cette statistique sincère était possible, j'estime que la quantité de mésaventures procurées par la procédure aux honnêtes gens l'emporterait de beaucoup sur ses infimes services. Certainement il y aura toujours des dupes et des volés ; mais, comme trois fois sur quatre, quand la procédure s'en mêle, le volé l'est un peu plus que devant, je ne serais pas fâché de savoir quel intérêt nous avons à maintenir des garanties qui, le plus souvent, ne garantissent aux battus que le paiement de l'amende.

« J'ai déjà demandé cela souvent ; mais on ne m'a jamais répondu. »

L'inauguration sévit sur notre malheureux pays avec une intensité toujours croissante.

Cette maladie, comme l'appendicite, est spéciale à notre époque. Vous consulterez en vain les vieux auteurs ; nulle part vous n'en trouverez mention. Nos pères élevaient bien quelques édifices intéressants, quoique évidemment moins admirables que les nôtres ; il leur arrivait parfois aussi de dresser dans un carrefour une fontaine assez agréable ; mais jamais il ne leur venait à l'idée de convoquer leurs contemporains pour pérorer devant et en expliquer les vertus. Au moins l'histoire n'en a gardé aucune trace.

Le mal a fait tant de progrès, qu'il est devenu, aujourd'hui, malaisé de s'en préserver. C'est ici qu'il convient de rendre hommage à la presse, qui nous rend le signalé service de nous prévenir quotidiennement du danger. Sans elle, que deviendrions-nous avec les soixante-deux inaugurations qui auront lieu la semaine prochaine ? Nous ne saurions laquelle ne pas entendre. Heureusement, la presse est là, qui insère des notes ainsi conçues :

« Mardi, à trois heures, sur telle place, inauguration si impatiemment attendue de la statue du célèbre X... Une douzaine de discours seront prononcés. »

Croyez qu'il y aura même le treizième par-dessus le marché, comme lorsque les femmes de mon pays vendent leurs poires.

Voilà qui est bien. Chacun sait à quoi s'en tenir, et l'on en est quitte pour éviter de passer dans le quartier, à cette heure-là.

Cette épidémie, ainsi que toutes les autres d'ailleurs, n'a pu être expliquée d'une façon satisfaisante. Car enfin, disent les savants, de deux choses l'une, ou l'homme qu'on inaugure est parfaitement inconnu, et nous n'avons pas besoin qu'on parle de lui ; ou il est illustre, et nous savons d'avance tout ce que vous pouvez nous en dire.

Ajoutons que l'inauguration ne s'applique pas seulement aux statues. On inaugure également des bureaux de poste et des marchés aux grains. C'est une forme assez commune de l'inauguration en province.

Les progrès de cette bizarre maladie ne paraissent pas devoir être prochainement arrêtés.

De même qu'on a élevé un palais, consacré à la fois à l'exposition des œuvres d'art et au concours hippique, assemblage assez bizarre, de même, pour persévérer dans cette association devant laquelle les siècles futurs resteront hébétés, c'est le lendemain même du jour où l'on a couronné le cheval qui a le mieux couru qui a été choisi pour couronner également les artistes les plus méritants, en décernant le prix national et en attribuant les bourses de voyage.

La logique l'exigeait. C'est pourquoi, hier matin, au lever de l'aurore, j'entends, vers neuf heures du matin, vous auriez pu voir un certain nombre de messieurs pénétrer dans le Grand Palais, et, après avoir examiné assez superficiellement les œuvres, s'asseoir autour d'une grande table, et déposer des bulletins dans une boîte, qualifiée d'urne, tout comme faisaient, le mois dernier, les bons électeurs, d'un bout à l'autre de la France.

Car déposer un papier dans une urne est une des occupations les plus chères aux pays civilisés ; et je connais dans ce conseil supérieur des Beaux-Arts, car c'est de lui qu'il s'agit, plusieurs membres de l'Institut ou autres assemblées, qui avaient hâte d'en finir, étant appelés dans un autre endroit, où ils devaient recommencer à voter.

Le philosophe ancien définissait l'homme de son temps : « Un animal à deux pieds et sans plumes. » Il ajouterait, pour l'homme du nôtre : « Un animal qui vote. » Car nous passons à voter à peu près toutes les heures que nous ne consacrons pas à dormir et à nous amuser. Vous me direz qu'il y a tout de même des gens qui travaillent ; mais ceux-là n'ont aucune autorité..

Si maintenant vous voulez connaître l'utilité du vote, je me permettrai de vous conter une petite anecdote, qui date de l'époque où j'étais conseiller municipal à Paris.

Nous avions eu à élire, pour quelque emploi, une demi-douzaine de personnes du sexe aimable. Beaucoup de candidates avaient des titres ; il y en avait une qui n'en avait aucun, mais qui s'était recommandée à tout le monde en disant : « Qu'est-ce que cela vous fait de m'ajouter aux autres ? Cela n'a pas d'importance. »

Elle passa la première à l'unanimité. Personne ne la connaissait.

J'ai peur, grand prince Sisowath, que vous ne vous fourvoyiez un peu. Vous voulez, dites-vous, lancer vos sujets sur la route du progrès, et vous assurez avoir commencé en instituant sur votre territoire, il y a quelques jours à peine, la propriété individuelle, qui n'y existait pas.

Vous vous êtes trop pressé, grand roi, et vous n'aurez pas passé une semaine en France que vous reconnaîtrez la gaffe que vous avez faite. Vous êtes vieux jeu ; vous ressemblez à ces gens qui s'imaginent que la *Marseillaise* est un chant républicain. Malheureux que vous êtes, vous prenez pour un progrès de remplacer la propriété collective par la propriété individuelle ! Qu'allez-vous penser, quand vous allez reconnaître que tous

nos efforts, à nous, tendent à remplacer la propriété individuelle par la propriété collective?

Où donc est le progrès? disais-je, infortuné... ...
Les progrès, ô mon dieu! Vous me l'aviez donné.

Evidemment, vous allez répéter ces vers, si on
vous les a appris, et vous frapper la poitrine en
pensant que la civilisation n'est pas du tout ce
que vous aviez imaginé.

« Ainsi, allez-vous dire, tandis que je crois bien
faire en imitant les Occidentaux, j'apprends que
ceux-ci croient bien faire en nous imitant. Est-ce
que par hasard le progrès ne consisterait pour les
hommes qu'à se tourner de temps en temps d'un
côté sur l'autre? »

Si cette réflexion vous vient, ô Majesté, n'en
faites plus d'autres ; car j'ai idée que du premier
coup vous aurez rencontré la vérité. Ce que nous
appelons le progrès ressemble à l'agitation d'un
malade, qui, ne se trouvant pas bien, éprouve le
besoin de changer de position. Quand vous aurez
pris nos institutions et que vous nous aurez donné
les vôtres, nous serons tous contents.

Seulement, nous ne tarderons pas à nous apercevoir que nous ne sommes mieux ni les uns ni
les autres, et tout sera à recommencer.

Un seigneur de la suite du roi Sisowath, lequel,
étant de sa suite, l'a naturellement précédé dans
nos murs, me disait, dans un français qui ne le
cède en rien en élégance à celui de notre président du conseil :

— Sa Majesté va beaucoup regretter de n'avoir pas retardé son voyage. Je m'aperçois, en effet, que votre ville est en réparations. Nous aurions mieux fait d'attendre que ces réparations fussent terminées.

— Hélas ! lui dis-je avec une intimité que justifiait une connaissance d'une demi-heure, sachez qu'alors Sa Majesté aurait ressemblé à une vieille demoiselle, qui s'était assise sur le côté droit des Champs-Elysées, en attendant pour traverser que les voitures fussent toutes passées. Paris est une ville qu'on répare toujours, et qu'on ne termine jamais ; et nous mourrons les uns et les autres, ainsi que d'ailleurs nous avons vécu, sans jamais avoir pu réaliser ce rêve d'habiter une ville qui ne fût plus en construction ni en démolition. La vérité est que nous sommes domiciliés dans un chantier.

— Cela ne doit pourtant pas être très agréable, parla le bon sens par la bouche du seigneur.

— Je vous demande pardon, répondis-je. Nous en avons tellement pris l'habitude que nous ne saurions imaginer une cité où l'on ne serait pas exposé à tomber dans des trous béants, et où l'on ne passerait pas le temps à démolir et à réédifier les maisons. C'est notre humeur. J'ai eu un ami qui avait ce même goût dans son privé. Il a passé toute sa vie à déménager. Dès qu'il s'était installé, il se préoccupait de se transporter ailleurs.

— Voilà, fit-il, qui est curieux. Nous autres, hommes simples, nous pensions qu'on n'est jamais mieux à son aise que dans une habitation achevée. Vous, au contraire, vous ne vous plaisez qu'en des bâtiments non bâtis. Et vous êtes sûr qu'il ne viendra pas un jour où votre ville sera finie?

— Oh ! seigneur, que dites-vous là ? Autant vaudrait croire à la venue d'un jour où nous trouverions nos lois à notre goût, et où nous ne convoquerions plus des maçons, qu'on appelle des députés, pour nous en fabriquer d'autres.

— On apprend, résuma le Cambodgien, beaucoup de choses en voyageant.

Je me disais aussi :

« Il est étrange qu'on n'entende pas parler de congrès. Voici pourtant la saison des roses et des lys, l'époque où toutes les voix de la nature et de la société, jointes à celles des agences, invitent les envieux de déambulation à opérer leur petit voyage à l'étranger. C'est le temps des congrès, ces inventions mirifiques, qui permettent de voir du pays, sans bourse délier, de parcourir les villes, d'en visiter les monuments, d'y entrer même pour boire du champagne et dévorer des gâteaux secs, qu'on ne solde qu'en remerciements. Il n'est pas possible que les congrès aient été oubliés cette année. »

Je respire en apprenant qu'on en organise un monstre, un sans précédent, un congrès londonien où se réuniront des parlementaires de toutes les parties du monde pour proclamer enfin la fraternité universelle, et accessoirement assister à une représentation d'une féérie de l'Alhambra.

Il se prononcera dans toutes les langues des discours imposants qui tourneront tous autour de cette idée mère :

« La guerre est un mal ; la paix est un bien. Il faut préférer le bien au mal et par conséquent préférer la paix à la guerre. »

Cette vérité, qui n'a été que très récemment découverte grâce aux progrès de la science, qu'on ne pourra plus accuser d'avoir fait banqueroute, sera solennellement annoncée au monde stupéfait qui n'en croira pas ses oreilles.

« Comment, se dira-t-on, il serait vrai que la paix soit préférable à la guerre et qu'il vaille mieux garder son ventre à l'aise que de se le faire trouer par un éclat d'obus ? Jamais jusqu'à ce jour, on ne nous avait dit quelque chose d'aussi extraordinaire. Ce que c'est pourtant que d'avoir étudié ! Tous les hommes d'élite de toutes les nations ont pourtant fini par trouver ça. »

Ayant dit, ces hommes d'élite s'en iront réaliser la fraternité des peuples en des bars variés où de jeunes blondes leur serviront le porter et le whisky.

Après quoi l'on fera tout de même bien de garder sa poudre sèche, comme disait notre bon frère de Berlin.

Quel que soit le sujet qui tombe sous ma plume, il m'attire une nombreuse correspondance. Blâmé par les uns, loué par les autres, je puis me rendre compte de la variété des jugements humains, et j'en arrive volontiers à la conclusion du sceptique Ponce Pilate : *Quid est veritas ?* Qu'est-ce que la vérité ?

Cependant, lorsque je prends la liberté grande de parler des abus de la justice, non seulement le nombre des lettres augmente, mais c'est comme une plainte universelle. Je me fais l'effet, toutes proportions gardées, du Dante se promenant dans l'enfer, d'où s'élèvent de toutes parts des gémissements, auxquels, ainsi que le Dante, je ne puis malheureusement répondre que par des soupirs.

Que de gens ruinés par des arrêts de cour, et par les frais de justice, qui, semblables aux impôts, s'élèvent d'autant plus qu'on proclame leur diminution! Il existe évidemment pour les contribuables et les justiciables, ce qui est tout un, une méchante fée, laquelle a pour fonction de transformer tout dégrèvement en augmentation, en sorte que sans savoir comment cela s'est fait, l'annonce qu'on va payer moins coïncide toujours avec l'arrivée d'un papier qui vous réclame davantage.

La plupart de ceux qui m'écrivent me demandent comment il se fait que ce qui intéresse tout le pays, paraît intéresser si peu ses représentants que ces derniers ne s'en occupent jamais. Je leur répondrai d'abord qu'on ne peut pas tout faire et que les représentants étant occupés à nous préparer un paradis terrestre dont les portes ne manqueront pas de s'ouvrir en l'an 3340 ne sauraient abaisser leurs esprits jusqu'à traiter des détails insignifiants de notre vie courante.

Je leur répéterai en outre que, grâce à la méchante fée, les législateurs ont la main si malheureuse qu'il vaut encore mieux qu'ils ne s'occupent de rien. Et si jamais, ce qui d'ailleurs est très invraisemblable, vous entendez dire qu'il est question de rendre la justice gratuite, tremblez, car c'est alors qu'elle vous coûtera les yeux de la tête.

Va-t-on enfin pouvoir faire le tour de la terre en long, après l'avoir fait en large?

C'est la question qu'on se pose depuis longtemps, et que de hardis explorateurs vont essayer de résoudre en ballon.

En supposant que ce ballon puisse passer, il reste à savoir si ceux qui le dirigeront ne seront pas complètement gelés, et si, en tant que gelés, ils pourront faire des observations profitables.

Car le pôle ressemble à cette montagne des *Mille et une Nuits*, où les excursionnistes étaient soudain transformés en pierres, et ne bougeaient plus. Les voyageurs qui s'aventurent dans ces régions y deviennent de simples blocs de glace, qui se mêlent aux autres sans plus donner signe de vie.

Mais cela n'arrête pas les audacieux fils de Japet, qui, dans leur soif de tout connaître, veulent absolument pénétrer et décrire ce dernier mystère de la terre.

Quand j'étais petit, il en restait encore deux ou trois, de ces mystères, entre autres l'intérieur de l'Afrique, qu'une grande tache blanche marquait sur nos atlas géographiques. À présent, on a parcouru toutes ces contrées, et l'on a découvert qu'elles ne renfermaient rien de plus extraordinaire que les autres. Peut-être en sera-t-il de même des pôles, qui ne nous montreront rien, sinon que, les ayant franchis, on se trouvera de l'autre côté.

Quand la petite fille a une poupée, elle n'a pas de cesse qu'elle ne l'ait ouverte, pour voir ce qu'il y a dedans. Il y a tout bonnement du son. Inspiré par cette même curiosité, l'homme a fini par explorer les moindres recoins de son astre. Maintenant il sait tout. Et il faut bien avouer que sa science ne vaut pas les contes, qui jadis l'éblouissaient par le kaléidoscope de leurs fantasmagories. L'imagination est tellement supérieure à la réalité, que nous devons regarder comme une vraie chance de ne pouvoir monter aux étoiles.

Quelle déception, si, au lieu des mondes rêvés, nous ne trouvions plus que des chandelles !

Je viens de lire un livre sur Jérusalem, livre qui ne m'a rien appris, mais qui apprendrait peut-être à beaucoup de gens qui l'ignorent, que ces abominables Turcs entendent d'une façon bien bizarre la liberté de conscience.

On sait combien ils ont de mépris, en leur qualité de mahométans, pour ceux qu'ils appellent des chiens de chrétiens. Ils doivent donc, tout autant au moins que nos libre-penseurs, être froissés et indignés des superstitions des Églises. Or, non seulement ils tolèrent toutes les processions, et autres manifestations extérieures des cultes, mais ils envoient des troupes pour les protéger, et les faire respecter.

Rien ne prouve mieux combien ils sont barbares. Nous avons, nous, une bien autre compréhension de la liberté. Ce que nous entendons, nous, par la liberté, c'est l'interdiction de tout ce qui nous déplaît. Et nous ne nous sentons vraiment libres que lorsque nous prenons des mesures contre la liberté des autres.

Au temps où la *Marseillaise* était encore un chant révolutionnaire, car vous n'ignorez pas, qu'aujourd'hui, c'est un hymne de rétrogrades, je me souviens qu'un brave homme, bien Français, me disait :

— Oh! Monsieur, comme vous avez raison de défendre la liberté! Je suis tout comme vous. La liberté, je ne connais que ça. Aussi, je ne comprends pas qu'on laisse les gens chanter la *Marseillaise* dans les rues. On me prive de la liberté de ne pas l'entendre.

Cette réflexion date de loin. Mon homme, s'il vit encore, sera prochainement satisfait. Car je ne doute pas que la *Marseillaise* ne soit un jour interdite. Seulement, à son grand étonnement, ce ne sera plus comme chant révolutionnaire, mais comme chant clérical. Tout arrive ; et plus cela change, plus c'est la même chose, sauf que c'est tout le contraire.

Voilà pourquoi ces Turcs sont des arriérés. Nous seuls sommes dans le mouvement. Car nous avons donné au mot de liberté son vrai sens. Les anciens pensaient que la liberté c'était le pouvoir de faire ce qu'on veut. Profonde erreur. La liberté, c'est le pouvoir d'empêcher les autres de faire ce qu'ils veulent.

Il avait bien raison, le député qui disait, l'autre jour, que nous avons gardé la taverne, et n'avons changé que le bouchon.

Au temps où la Grèce élevait trois cents statues à Démétrius de Phalère, tenez pour assuré qu'il y avait, comme aujourd'hui, des publicistes qui s'émerveillaient devant le progrès, qui célébraient les grandeurs de leur époque et qui traitaient de vieilles bourriques ceux qui osaient parler de la décadence hellénique.

Parmi ces vieilles bourriques, il se trouva un jour un philosophe de l'école de Diogène, qui parla au peuple en ces termes :

« Je voudrais bien, mes amis, partager votre magnifique optimisme et croire que jamais nous n'avons été aussi grands. Je saisis le ridicule qui se jette sur ceux qui paraissent mettre le passé au-dessus du présent. Mais il y a pourtant des moments où il suffit d'ouvrir les yeux et de regarder autour de soi.

« Mettons de côté la politique et admettons que vos archontes et vos magistrats soient supérieurs à tous les grands hommes de votre histoire. Depuis combien d'années, s'il vous plaît, n'a-t-il pas paru une œuvre ayant fait sensation dans le public, une œuvre dont on s'occupe, une œuvre autour de laquelle s'élèvent des discussions et des polémiques? Quel illustre écrivain a surgi? Avez-vous remplacé les vieux qui s'en vont? Qu'est devenu votre théâtre? Autour de quelle représentation les esprits s'agitent-ils, comme aux jours où la fièvre s'emparait des multitudes et où les jeunes gens combattaient pour ou contre un poète? De quoi se soucie-t-on, si ce n'est de faire un bon repas? Les arts entrent au dessert, se traînant languissamment sans élan, sans réveil, simple affaire de digestion. Vous avez sur vos pères la supériorité qu'a le marais sur le torrent. Le marais est plus calme, mais il renferme bien des grenouilles, et il ne sent pas bon. »

Le sauvage eût continué longtemps, mais on le renvoya à son tonneau. Et les Grecs continuèrent à se féliciter.

Je ne partage pas tout à fait l'espoir de l'ami de la science qui, à propos de la tentative de l'Américain de traverser le pôle en ballon, m'écrit que tous les États devraient s'entendre pour liquider les deux pôles.

Il paraît qu'en creusant sur la terre un canal

d'une dimension et d'une direction déterminées, et en y amenant de l'eau, la boule terrestre se relèverait, et son plan d'évolution deviendrait parallèle au plan de l'écliptique.

Alors les glaces des pôles fondraient, et nous jouirions d'un climat merveilleux.

Évidemment cette grandiose entreprise donnerait beaucoup de travail aux ouvriers, et cela vaudrait mieux que de démolir la Cité pour agrandir le Palais de Justice. Cependant, je ne suis pas très sûr que le résultat correspondît aux vœux de mon ami des sciences ; et je me demande même si l'existence des glaces polaires n'a pas son utilité.

Mon optimiste ne s'arrête d'ailleurs pas là, et fait appel à la chimie pour compléter notre félicité.

Il somme le grand savant Berthelot de réaliser la promesse qu'il nous a faite, il y a quelques années, et de nous donner le petit morceau de charbon qui remplacera notre bifteck aux pommes, et permettra à tout le monde de se nourrir pour rien.

Ainsi sera résolue la question sociale, et l'âge d'or commencera pour les humains.

Pour ce qui regarde la question sociale, je suis comme Jean Hiroux : j'ai de la méfiance. Je ne crois pas que sa solution, si solution il peut y avoir à cette quadrature du cercle, consiste simplement à entretenir la vie de chacun. Lorsque tous les hommes auront avalé leur petit morceau de charbon, ils ne sauront plus que faire de leur temps, et n'en auront que plus de loisir pour désirer autre chose. Ils ne combattront plus pour l'existence, mais pour le meilleur moyen de se la couler douce.

Et les pauvres diables, dont le morceau de charbon aura rempli suffisamment l'estomac, se mettront à envier ceux qui resteront assis autour d'une bonne table, et à réclamer un peu de dessert.

Il a dû vous arriver quelquefois au théâtre, de vous trouver à côté de personnes, qui, pendant tout le temps de la représentation, causaient de leurs petites affaires de famille, et vous vous êtes sans doute demandé pourquoi ces personnes venaient s'entretenir de tout cela aux fauteuils de balcon, au lieu de rester chez elles, où elles auraient été beaucoup plus confortablement pour discuter sur le choix d'une couturière.

À l'une des grandes représentations de l'Opéra, alors que la Patti chanta Juliette et Reszké Roméo, je me trouvais à l'amphithéâtre, auprès de deux dames, qui se préoccupèrent exclusivement de la façon dont elles habilleraient leur petite nièce, le dimanche suivant, et elles choisirent le moment où le ténor pleurait sur le tombeau pour se décider en faveur du chapeau mauve.

J'ai vu mieux, avant-hier. Dans une loge voisine de la mienne, j'ai vu une dame s'asseoir le dos tourné à la scène, et, de huit heures du soir à minuit, vous m'entendez bien, ne pas se détourner une fois. Pas une seconde, elle ne regarda du côté du rideau. Elle contemplait la salle, souriait, causait avec sa famille. Quelqu'un lui aurait demandé en sortant ce qu'elle avait entendu, elle n'aurait certainement pas su dire si c'était le *Prophète* ou le *Billet de logement*.

Il y a des gens qui traversent ainsi la vie, en tournant le dos à ce qu'on y fait. Ce ne sont pas toujours les plus malheureux. Ils s'occupent d'autre chose ; et ils finissent par arriver à la mort sans avoir vécu, parce qu'ils se sont toujours occupés d'autre chose. Mais ces gens-là n'ont pas payé le spectacle qu'ils ne regardent pas. Ce qui est prestigieux, c'est de donner son argent pour voir, et de s'empresser de fermer les yeux.

Ce serait prestigieux, si cela était. Mais en réalité cela n'est pas. Les spectateurs qui causent, ceux qui ne regardent ni n'écoutent n'ont pas payé leurs places. Pourquoi alors les ont-ils désirées ?

— Ce monsieur est insupportable, disait une élégante. S'il fallait trouver des raisons à tout ce qu'on fait, que deviendrions-nous, ma chère ?

En attendant que l'amnistie ouvre les portes de leur prison aux condamnés politiques, ce qui ne saurait tarder, je leur ai rendu visite à la Santé.

Car c'est la Santé (singulier nom pour une prison), qui a remplacé l'ancienne Sainte-Pélagie, où tant d'écrivains passèrent d'assez tristes jours. Il n'y a pourtant aucune comparaison à établir entre le régime de Sainte-Pélagie et celui de la Santé.

D'abord, à Sainte-Pélagie, nous habitions un pavillon spécial, dit « pavillon de la presse » ou « pavillon des princes ». Il n'avait rien de princier, et le luxe des chambres n'était dû qu'au bon goût de leurs habitants. Mais on était séparé des condamnés de droit commun, avec qui l'on n'avait d'autres rapports que ceux qui étaient nécessités par l'emploi de quelques-uns d'entre eux comme serviteurs. Nous fûmes souvent mis à même de remarquer que ces filous étaient les plus honnêtes gens du monde, et nous pouvions laisser traîner notre argent sans que jamais il disparût un sou ; quant aux détenus pour affaires de mœurs, leur probité était au-dessus de tout éloge.

Nous n'étions nullement considérés comme des prisonniers, à cela près que nous ne pouvions pas sortir de la prison. Et même cela n'avait pas été impossible sous l'Empire, du temps du tyran. Mais pendant le Seize-Mai on n'allait pas jusque-là. En revanche, nous faisions venir nos amis et nos familles, ne fermant la porte qu'à nos créanciers ; nous prenions nos repas les uns chez les autres, nous avions des invités, et l'on ne nous bouclait que la nuit. Nous avions même organisé un jeu de boules dans la cour, où nous poursuivions le cochonnet sous l'œil bienveillant de quelque tirelaine, qui, de leurs fenêtres, nous donnaient parfois de sages conseils.

Je n'ai rien retrouvé d'analogue dans la prison de la Santé où l'on enferme les politiques dès cinq heures, où ils ne reçoivent leurs visites que dans un parloir, avec l'autorisation préalable du directeur, et où la femme ne peut même pas venir partager le repas de son mari.

On voit bien que nous sommes délivrés de la tyrannie, et que nous vivons sous un régime de liberté.

La question du duel revient sur le tapis. On se demande, comme on a coutume de se le demander tous les deux ou trois ans, s'il ne serait pas possible de supprimer le duel chez nous, ainsi qu'il est supprimé depuis longtemps en Angleterre et aux États-Unis, où l'on ne se bat plus jamais.

Le mouvement se prouve en marchant ; du moment où des pays se sont débarrassés du duel, c'est qu'il n'est pas impossible de s'en débarrasser.

Ce n'est pas seulement une bonne loi qu'il faudrait. Ce sont des magistrats qui consentiraient à l'appliquer. Car, tel qu'est notre Code, il condamne le duel ; mais les tribunaux n'en tiennent aucun compte. En dépit de la légalité, le duel n'est ni poursuivi, ni puni. Il va de soi que, si la nouvelle loi doit rester à son tour lettre morte, il est bien inutile de la préparer et de la voter.

Je ne suis pas de ceux qui croient que, même appliquée, elle serait inefficace. On cite volontiers le siècle de Richelieu, et les gentilshommes bravant la peine de mort pour avoir la joie de se battre. Je ne suis pas très sûr qu'il se trouvât, aujourd'hui, beaucoup de nos compatriotes capables de braver la peine de mort ; mais je crois pouvoir affirmer qu'il ne s'en trouverait guère pour narguer les mois de prison et la forte amende, peines où l'héroïsme n'a rien à voir, mais qui sont infiniment désagréables. Si surtout ces peines atteignaient les témoins, on trouverait difficilement des gens disposés à aller sous les verrous, à renoncer à leurs affaires, et à donner leur argent pour une querelle qui ne les concerne pas ; et d'ailleurs personne n'oserait demander à ses amis un service, qui, au lieu d'aboutir à un déjeuner, aurait un internement pour conclusion.

Soyez donc assurés, que le jour où on le voudra sérieusement, on en finira avec le duel. Malheureusement, nous habitons un pays où rien ne se veut sérieusement, et où, dans la vie politique comme dans la vie privée, il n'y a que des velléités, et pas une volonté.

En attendant que nous ne mourions plus du tout, ce qui, grâce aux progrès de la science, ne manquera pas d'arriver dès que nous n'y serons plus, nous apprenons avec satisfaction que, jusqu'à ce jour, les hommes se sont trompés sur la durée de leur existence.

L'homme est un animal qui vit cent ans et plus. A la vérité, passé cent ans, il n'est plus bon à grand'chose, et doit tomber à la charge de ses proches et ses contemporains. Mais c'est encore une situation parfaitement acceptable. En revanche, jusqu'à cent ans, il est frais, dispos, et capable de tous les travaux conformes à son état.

Il est profondément regrettable que cette découverte ait été faite si tard. Si nous eussions su à quoi nous en tenir, combien de morts eussent été évitées à la fleur de l'âge, c'est-à-dire vers les soixante-dix-huit ans? Car, il faut bien le reconnaître, les hommes, dans leur ignorance, ont rarement atteint la limite qui leur était imposée par la nature.

Il leur suffisait, nous assure-t-on, d'un peu de volonté. On ne meurt que lorsqu'on le veut bien. Exceptons pourtant le cas où l'on vous coupe la tête.

Mais, hors ce cas et d'autres analogues, la volonté suffit pour ne pas mourir. Arrière donc, médecins, pharmaciens et chirurgiens, qui, lorsqu'ils ne vous donnent pas la mort, vous empêchent de l'éviter, en vous faisant croire que votre volonté n'est pas suffisante!

Si vous aviez de la Foi gros comme un grain de sénevé, dit l'Evangile, vous diriez à cette montagne de venir à vous, et elle viendrait. Il faudrait aussi, pour ne pas mourir, avoir de la volonté gros comme un grain de sénevé. C'est cette diable de volonté qui nous fait défaut, tout comme la Foi. Aussi les montagnes ne bougent point, et nous nous laissons enterrer.

Vous me direz qu'à cette volonté il ne serait pas superflu d'ajouter un peu d'hygiène. Je ne crois pas. Je suis devenu très sceptique sur l'hygiène, depuis que j'ai vu des gaillards qu'on avait mis au lait s'éteindre au bout de six mois, et des alcooliques impénitents devenir nonagénaires. Ce n'est pas cent ans, mais on s'en peut contenter.

On ne saurait s'imaginer l'importance du rôle de l'alcool dans les mariages annamites.

Demandez plutôt au bon roi Sisovath. Il se fera un plaisir de vous apprendre qu'en Annam, au jour béni qui va couronner ses feux, le gendre se fait suivre de deux jarres d'alcool de riz. Au repas solennel, l'alcool est versé à discrétion, ou, pour mieux dire, à indiscrétion. Sur l'autel, on dépose deux verres d'alcool, et, après s'être prosternée quatre fois, la nouvelle mariée dit à son époux : « Bois cet alcool ; je te jure obéissance et fidélité ; je te suivrai partout où il te plaira de me mener, et je souhaite que notre union dure cent ans. »

Cent ans, ajoutés à l'âge qu'elle a, cela ferait à peu près le compte de la moyenne que j'indiquais, hier, ce qui prouve qu'il n'y a rien de nouveau sous le soleil.

A cela le fiancé répond, en présentant le deuxième verre à sa femme : « Bois cet alcool ;

je te recommande respect et obéissance à mes parents et à moi ; je te jure aide et protection ; je souhaite que notre union dure un siècle. »

Ensuite, un peu ému, le couple s'en va à ses petites affaires.

Je doute que la commission chargée de réformer notre mariage s'inspire de ces coutumes, qui pourtant offrent l'avantage incontestable de mettre les époux dans ce léger état d'ébriété qui justifie toutes les sottises. Si d'aventure il se trouvait de nouveau un magistrat municipal pour dire à un marié : « Vous avez tort de rire ; ce n'est pas déjà si gai, ce que vous faites-là ! » l'interpellé pourrait répondre : « Je vous demande pardon ; c'est que je suis un peu éméché. »

Cette consommation d'alcool, jointe au désir de vivre cent vingt ans, prouve en outre que ces peuples bizarres ne regardent pas l'usage de l'eau-de-vie comme nuisible à la santé... Et pourtant ils nous sont de beaucoup antérieurs dans l'histoire du monde.

C'est ce qui fait que, pour ma part, je n'ai su que répondre à un honnête intempérant, qui me disait :

« Monsieur, si cela devait faire du mal de boire, depuis si longtemps qu'on boit, cela se saurait. »

Sganarelle disait à Don Juan :

« Mais, monsieur, si vous ne croyez plus même au loup-garou, à quoi pouvez-vous bien croire ? »

Notre siècle ressemble à une classe pendant que le maître est sorti. On y bouleverse tout, on y bouscule tout, on change toutes affaires de place ; il suffit qu'une chose soit pour qu'on la remplace par une autre. Nous trouvons des vacances à une époque ; nous voulons les mettre ailleurs. Pourquoi? Tout bonnement parce qu'elles sont là. Croyez que lorsqu'on les aura déplacées, nous trouverons d'excellentes raisons pour les remettre où elles étaient.

S'attaquant à tout, il n'est pas étonnant qu'on en soit venu à s'attaquer à l'orthographe. Et c'est le cas de répéter le mot de Sganarelle : « Qu'est-ce qui nous restera encore à désorganiser? »

Ce dont les réformateurs, qui sont d'ordinaire des théoriciens absolus, tiennent en toutes choses le moins de compte, ce sont les habitudes. Rien pourtant n'est plus cher au cœur humain. Pour ma part, je souris quand j'entends disputer pour savoir si l'orthographe doit être réglée par le gouvernement ou par l'Académie. Ni par l'un, ni par l'autre, mes bons messieurs ; mais par Monsieur Tout-le-Monde. On ne réforme pas plus l'orthographe par un décret que le calendrier, ou que d'ailleurs n'importe quoi.

J'ai goûté le mot du rapporteur, disant que le ministre a le droit de faire enseigner dans les écoles ce qui lui plaît. Mazette ! nous voilà en plein Louis XIV, et je ne vois même pas que Louis XIV eût jamais été aussi loin. S'il plaisait à M. Briand de remplacer le français par l'auvergnat, nous serions propres. Et s'il jugeait meilleur pour la santé de nos enfants de leur apprendre à jouer au bouchon qu'à traduire du latin, nous n'aurions pas le plus petit mot à dire.

Soit. Cela, il le peut. Car, dans notre régime de liberté, l'obéissance passive est de rigueur. Mais l'orthographe est hors de son pouvoir. L'instituteur, obligé d'apprendre à ses élèves la façon officielle d'écrire un mot, continuera de l'écrire autrement pour son compte personnel, et rien ne sera

plus amusant que de l'entendre répondre à l'enfant
qui lui en demandera la raison :

« Moi, je ne suis pas le gouvernement : je ne
peux pas me permettre d'être ridicule. »

Déjà un poète, nommé Horace, qui obtint quelque renom, bien que de son temps on n'eût pas
encore inventé les bourses de voyage, avait signalé
la différence des humeurs et des goûts.

Je connais certaines personnes qui se font un
petit musée de souvenirs, et conservent avec soin
les objets qui leur rappellent des jours heureux.
Une fleur fanée, une boucle de cheveux, un bijou
vrai ou faux. Mais je n'en connaissais pas qui
fissent collection de choses désagréables.

Or, tel est, paraît-il, le jeune roi d'Espagne. Il
a un cabinet spécial, où s'entassent des pierres
sur lesquelles il a failli se casser la tête, le couteau d'un assassin qui a manqué son coup, les
morceaux de bombe, etc. Voilà étrange fantaisie.

Le roi d'Espagne étant jeune, s'il a une longue
vie, ce que je lui souhaite de tout mon cœur,
pourra sans doute augmenter singulièrement sa
galerie. Au demeurant, il est peut-être moins fou
qu'on ne l'imaginerait. Tandis que les autres mortels, ceux dont je parlais tout à l'heure, songeant
aux bonheurs passés, se disent avec amertume :
« Hélas! cela ne reviendra jamais », lui, contem-
plant tout ce qui lui a été contraire, tout ce qui
aurait pu le mettre en morceaux, se félicite, et
pense :

« J'ai tout de même de la chance. »
Et il est content.
Plus on y réfléchit, plus on apprécie cette idée.

Et pourtant je doute qu'elle trouve beaucoup d'imitateurs. On aime plutôt à oublier les dangers qu'on a courus, car on craint d'en courir encore ; et j'ai vu souvent une brave dame se trouver mal, lorsqu'elle apprend que le train 27 a été tamponné, et qu'elle aurait pu le prendre, si elle n'en avait pas pris un autre. Soyez assurés que celle-là ne mettra pas dans une armoire la bande du parquet sur lequel elle aura glissé. Elle aime mieux, comme on dit, ne rien savoir.

Le nombre des gens qui aiment mieux ne rien savoir l'emportera toujours. Et toujours la majorité regardera comme fort ennuyeux qu'on lui remette en mémoire les occasions de souffrance ou de mort. La vérité est que la mémoire est une vilaine invention. Car, si l'on ne se souvient du bonheur que pour le regretter, on ne se souvient des maux que pour en redouter le retour.

Ce n'est pas seulement en France que l'on éprouve le besoin de courir après de nouveaux impôts. Voici l'Allemagne qui augmente son tabac. Nous autres, nous allons nous contenter d'augmenter notre absinthe et nos eaux minérales. Juste compensation, qui rétablit un sage équilibre entre ce qui délabre l'estomac et ce qui le répare. Il y en a pour tout le monde. Payez pour le mal, et payez pour le remède.

Beaucoup de gens s'étaient mis d'ailleurs à prendre des eaux minérales, en guise d'apéritifs. Ces eaux faisaient donc concurrence à l'absinthe.

Nos ministres des Finances sont de plus en plus embarrassés ; car ils cherchent en vain ce qui reste à imposer dans ce pays, qui a fait une grande révolution dans l'unique but de se débarrasser des impôts. Il y aurait bien encore l'eau naturelle ; et ce serait déjà fait, si sur cette denrée la fraude n'était pas si facile.

Le souci d'être agréable à M. Poincaré m'a suggéré de reprendre une idée, que j'avais déjà soumise sans succès à M. Rouvier. Cela m'est revenu en lisant qu'un Irlandais avait été condamné à 3,125 francs d'amende pour avoir embrassé une jeune personne. Évidemment je ne voudrais pas d'un droit aussi exorbitant. Mais, tout en laissant le baiser à la portée de toutes les bourses, je pense que cet acte, étant à peu près le seul qui ne soit pas frappé d'impôt, on pourrait songer à lui appliquer une taxe légère, pour commencer.

Je ne sais pas si je me fais suffisamment comprendre.

Remarquez que, pour établir cet impôt, je me contenterais de la simple déclaration. La vanité masculine aidant, qui serait capable de diminuer le nombre de ses baisers? Je crois qu'on serait plutôt tenté de les augmenter.

Ressource des plus faciles à percevoir. Rouvier m'opposa qu'il serait très délicat d'exposer un pareil projet devant des gens vertueux. Je demandai où étaient ces gens vertueux. Il me répondit en me montrant les députés.

Rouvier commençait à être un peu malade.

Il faudrait pourtant ne pas confondre.

Un homme en ayant assassiné un autre en Amérique, voici que de toutes parts on fait des recherches sur la moralité de la victime, et qu'on en appelle à des témoignages qui démontreront que sa vie privée n'était pas sans reproches.

Il me semble que, même alors qu'il sera prouvé que le tué aimait démesurément les petites femmes, cela ne justifiera en rien l'acte du meurtrier ; car si nous avions le droit de débarrasser la terre de tous ceux qui n'y mènent pas une conduite irréprochable, nous passerions notre temps, nous, hommes vertueux, à assassiner les autres, lesquels, d'ailleurs, sont si nombreux, que bientôt nous ne trouverions plus à qui parler.

Sans compter que notre devoir est de laisser vivre le pécheur, afin qu'il puisse se repentir avant d'aller rendre ses comptes à son créateur.

C'est ce que devraient comprendre les gens pieux qui pullulent aux États-Unis. Or, ce sont précisément ceux-là qui, comme chez nous d'ailleurs, se montrent les plus enragés à flétrir le noceur décédé, et à trouver une circonstance atténuante pour le meurtrier dans la vie de bâton de chaises qu'ils affirment avoir été menée par celui qu'il a occis.

Je n'ai pas besoin d'insister sur les déplorables conséquences que pourrait avoir cette façon d'envisager les crimes, et comme il serait fâcheux qu'un de nos apaches, ayant soulagé un promeneur de sa triste existence, s'excusât devant la cour en alléguant que, ce promeneur allant dans une maison louche, il avait cru rendre service à la morale publique en l'empêchant de continuer ses débordements.

Voilà pourtant où nous allons avec ces enquêtes sur la moralité des victimes. On arriverait ainsi à rétablir des distinctions, comme il s'en voyait autrefois, alors qu'il en coûtait moins pour tuer un roturier qu'un gentilhomme, et un juif qu'un

roturier. Les nouvelles distinctions seraient faites
en tenant compte des mœurs ; et l'on ne saurait
trop engager alors les criminels à prendre des renseignements sérieux avant leur coup. En tuant
un monsieur qui s'amuse, cela leur reviendrait
moins cher.

Je ne sais pas si c'est volontairement ou invo-
lontairement que le roi Sisovath a visité, le même
jour, le Palais-Bourbon et la ménagerie du Jardin des Plantes.

Ces deux endroits étant fort éloignés l'un de
l'autre, ne se trouvant pas, comme on dit, sur le
même chemin, tout porte à croire qu'ils n'ont été
réunis que par un esprit d'assimilation, de classification, non par situation, mais par genre.

Le roi voulait, dit-on, étudier le fonctionnement
de nos institutions. Je ne le connais pas suffisamment pour qu'il m'ait fait ses confidences. Il est
pourtant permis de penser qu'il n'a pas dû être
frappé au sein du Palais-Bourbon de la même
admiration que devant la Tour Eiffel. Ses habitudes orientales de majesté, de costume et de gravité ont dû être quelque peu froissées par le spectacle si peu auguste de nos délibérations parlementaires.

On m'assure que, quelques minutes après qu'on
l'eût installé dans la tribune, il se tourna vers un
de ses conducteurs, et lui dit :

— Êtes-vous bien sûr que vous m'ayez amené
dans l'assemblée des représentants de la France?

— Assurément.

— Ah! très bien. Comme vous deviez me conduire au cirque, j'avais peur que vous ne vous fussiez trompé.

Pour ne pas laisser le monarque sous cette impression plutôt pénible, on l'a entraîné aussitôt au Jardin des Plantes, où les bêtes sont plus calmes, et leurs entretiens mieux ordonnés.

Les anciens, en effet, nous content que, lorsque les rois soumis à Rome venaient rendre visite à la capitale du monde, on les faisait assister à une séance du Sénat, et qu'ils en sortaient remplis d'admiration pour ces vieillards vénérables, qui, vêtus de leurs toges, discutaient avec sérénité des destinées de l'univers. Ils avaient cru voir une assemblée de dieux.

Pour que le roi Sisovath eût éprouvé un sentiment analogue, il faudrait qu'il se fît une idée tout à fait nouveau jeu de la divinité. Il est d'ailleurs possible que nous l'ayons suffisamment civilisé, pour qu'il se rende un compte exact des beautés du veston, et de la splendeur des engueulades.

Un jeune homme passe son examen pour le baccalauréat ès sciences.

Bien que les examens soient gratuits, comme la justice — car où avez-vous vu que, dans une société démocratique, on puisse demander de l'argent pour un service public, sans choquer l'égalité, en favorisant le riche au détriment du pauvre? — on lui demande de l'argent tout de même.

Songeant que les greffiers et les huissiers en

demandent aussi, mon jeune homme s'exécute.
Qu'une chose soit gratuite, cela n'empêche pas de
payer.

Mon jeune homme, qui a des lettres, connait
d'ailleurs le personnage de Molière, qui disait :

« Moi, je ne suis pas marchand. A la vérité,
j'ai chez moi un peu de drap dont je fais volontiers cadeau aux personnes. Celles-ci veulent bien
à leur tour me faire cadeau d'un peu d'argent.
Mais je ne suis pas marchand. »

De même l'Etat nous dit :

« Je vous donne tout gratuitement. Il est tout
naturel qu'à votre tour vous me donniez un peu
d'argent pour la peine. »

Mon jeune homme s'exécute donc. Seulement,
en relisant la note détaillée, ses yeux tombent sur
un article ainsi conçu :

« Droits de robe : deux francs. »

Il revient au bureau.

— Qu'est-ce que c'est que ça ?

— Vous le voyez bien, c'est pour la robe.

— Quelle robe ?

— La robe.

— Donnez-la-moi, cette robe.

— Il n'y en a pas.

— Puisque je la paye, il doit y en avoir.

Cette fois, le commis ne répondit pas. Il se
contenta de hausser les épaules, ne voulant pas
perdre davantage son temps avec un nigaud, qui
s'imagine cette chose abracadabrante, que, pour
payer un objet, il est nécessaire que cet objet lui
soit fourni, et cette chose plus abracadabrante
encore, qu'une somme, une fois versée, puisse
jamais donner lieu à contestation.

J'ai bien peur pour le succès de mon jeune
homme. Il aura dû être signalé aux examinateurs
comme ayant fait preuve d'une ignorance crasse.

A propos de l'impôt sur le revenu, il est beaucoup question de la répercussion ; et l'on dit avec raison que cet impôt fera augmenter les loyers, les vivres ; que le propriétaire fera supporter son impôt au locataire, le commerçant au consommateur, le patron à l'ouvrier, etc.

Rien de plus exact ; mais cette répercussion est le cas de tous les impôts.

On peut dire, et je l'ai dit pour ma part depuis longtemps, que l'impôt, quel qu'il soit, est fatalement payé par le dernier, par le plus faible, par le plus pauvre ; qu'il est par conséquent absurde de faire croire qu'on peut imposer les riches, sans du même coup imposer celui qu'on a l'air d'épargner ; et qu'on dupe les gens, quand on les persuade qu'on peut prendre l'argent dans certaines poches, sans que les autres poches en souffrent.

C'est là pure illusion, que démentent les faits. Tout individu frappé d'impôt essaie de s'en décharger. Toujours vous verrez l'impôt entrer en ligne de compte dans les transactions ; il fait partie des frais généraux de tout commerce et de toute industrie, et par conséquent est récupéré sur le public. Tout le monde est atteint. Il n'y a pas de chimère comparable à ce qu'on essaie d'acclimater chez les naïfs, qui s'imaginent être exemptés des taxes établies en apparence sur quelques-uns.

La vérité est que tout impôt, de quelque façon qu'il soit réparti, et quelle que soit l'espèce de contribuable qu'il choisisse, retombe de presque tout son poids sur la masse des citoyens.

Il n'y a donc pas de bons impôts. Le moins

14

mauvais, et c'est là encore une chose que j'ai ressassée, est celui qu'on a l'habitude de payer.

C'est pourquoi les prétendues réformes fiscales sont le plus souvent des leurres ; et c'est aussi ce qui explique comment, après une de ces réformes, chacun est stupéfait de s'apercevoir qu'il n'est pas plus avancé, autrement dit qu'il paye tout autant, sinon plus qu'auparavant.

Il ne faut toucher à cet impôt que pour le supprimer. Changer un fardeau de place n'en a jamais diminué la pesanteur.

J'ai toujours vu qu'au début de toute législature il est procédé à la nomination d'une grande commission, dite de réforme administrative.

Cette commission se réunit immédiatement, nomme son président, parfois ses vice-présidents, puis disparaît dans un trou. Jamais plus on n'en entend parler.

Il ne faut pas perdre les bonnes habitudes. Celle-ci ne se perdra pas. J'entends déjà dire par des naïfs : « Il paraîtrait qu'on va faire des réformes administratives. » J'entrevois la grande commission et son trou.

Réforme administrative, ou cela ne signifie rien, ou cela veut dire : diminution du nombre des fonctionnaires. Or, ce nombre subit une marche ascendante qui, vraisemblablement, ne s'arrêtera que lorsque tous les Français auront un emploi de l'Etat. Personne n'y contredit. Au contraire, puisqu'il n'est pas un de mes concitoyens qui, si ce n'est pour lui, ne sollicite pour son neveu, son gendre, son cousin, ou la fille de son portier. Cela n'empêche pas de parler de la réforme administrative.

On en parle, comme on parle d'aller de l'avant, sans qu'on sache ce que cela veut dire et sans s'inquiéter le moins du monde. Pendant les périodes électorales, on n'entend que gens qui sont décidés à marcher de l'avant ; gardez-vous de leur demander ce que c'est, ils hausseraient les épaules, en disant : « A-t-on jamais vu un imbécile comme ça, qui ne sait pas ce que c'est que marcher de l'avant ? »

Ils ne le savent pas davantage ; mais la supériorité sur vous est qu'ils ne s'avisent pas de le demander. Aller de l'avant, c'est le contraire d'aller de l'arrière. Mais qu'est-ce que c'est qu'aller de l'arrière ? Vous êtes bien curieux.

Il y a comme cela une demi-douzaine de mots, avec lesquels on mène l'humanité. Moins on les comprend, plus ils sont puissants. Quand on ne sait pas ce qu'on veut, on le veut avec une force étonnante ; et de tout temps les hommes se sont fait tuer pour des phrases dont ils eussent été très embarrassés de fournir l'explication.

C'est en vertu de ce principe que nous ferons la réforme administrative ordinaire. Nous organiserons si bien la diminution du nombre des fonctions, que le nombre des employés en sera largement augmenté.

L'employé de Courteline, qui n'allait pas à son bureau, parce que cela l'embêtait, et qui réclamait de l'augmentation à cause de son estomac, est absolument atterré.

« C'est, dit-il, la Révolution. Nous sommes aux

plus mauvais jours de notre histoire. Je ne pense même pas que, dans notre histoire, on ait jamais été jusque-là. On a pu guillotiner des émigrés, fermer les églises, créer et vendre des biens nationaux, rêver le partage ou la communauté de la terre, mais vous ne me citerez pas un utopiste ayant imaginé à aucune époque cette folie contre nature : faire aller des employés à leur bureau.

« Cela est contraire à tous les usages établis depuis les Pharaons. Vous ne pouvez ignorer, vous, monsieur, qui êtes un savant, ce que raconte Pline le Jeune dans une de ses nombreuses lettres. S'étant rendu chez le préteur, il parcourut en vain les salles et les cabinets, et ne put mettre la main que sur une vieille matrone, qui prenait son bain, et s'enfuit en poussant des cris perçants. Voilà, monsieur, la véritable tradition bureaucratique.

« Notre cœur à tous a été saisi d'indignation, quand nous avons appris la révocation de cet excellent garçon, qu'on n'avait jamais vu au ministère, sinon le jour des émargements. Ce garçon était un modèle d'inexactitude ; et à ce titre il eût eu droit à une récompense. Était-il gênant ? Non, puisqu'il n'était pas là. Faisait-il des fautes dans son travail ? Évidemment aucune, puisqu'il ne travaillait point. Quel plus précieux auxiliaire pouvait-on trouver pour le Gouvernement, et quel embarras pouvait-il causer à une administration, dont il ne soupçonnait même pas l'existence ?

« Loin de le renvoyer, on eût dû le garder pour servir d'exemple à tous ses camarades, et leur apprendre que le parfait employé est celui qui ne commet jamais d'erreur. Quel reproche êtes-vous en droit d'adresser à quelqu'un qui n'est pas là ? N'être pas là, n'est-ce pas l'idéal ? Si personne n'était jamais là, que d'ennuis seraient évités à tout le monde !

« Cet employé, je n'hésite pas à le dire, avait trouvé du premier coup le secret du bon gouvernement. On aurait dû le décorer ; on se prive de ses services. Où allons-nous ? »

La statue de Marat, elle aussi, a eu ses aventures. Car nous vivons dans un temps où toutes les statues ressemblent à celle du Commandeur, et se promènent comme des personnes naturelles.

Cette statue est une très belle œuvre de Baffier, un pendant à son admirable Louis XI. La Ville, qui l'avait achetée, l'avait mise au parc de Montsouris. Mais voilà qu'un beau jour un sénateur passa. Qu'est-ce qu'un sénateur pouvait bien aller faire au parc de Montsouris? Je ne veux pas le savoir. Toujours est-il qu'il ne put étouffer ses cris d'indignation, et qu'après une harangue foudroyante dans la haute assemblée, on fut obligé d'arracher Marat à l'admiration des promeneurs, et de le reléguer dans un endroit clos, derrière une commode, où personne ne pouvait le voir.

L'idée d'enfermer les statues hors de la vue des gens n'est, comme on peut le remarquer, pas nouvelle, et l'auteur du transfèrement du groupe de Carpeaux n'a rien inventé.

Après un assez grand nombre d'années, le conseil municipal vient de s'apercevoir que c'était bête, et a décidé qu'on remettrait Marat dans un jardin. Seulement, ce sera cette fois aux Buttes-Chaumont, soit que nos conseillers espèrent que jamais un sénateur ne poussera ses pérégrinations jusque-là, soit qu'ils pensent que la préservation de la rive gauche est suffisante, et que la rive

droite peut être abandonnée à toutes les abomi-
nations. ·

Ce sénateur était sans doute bien intentionné.
Seulement il ressemblait à la plupart de nos compatriotes qui, dans une œuvre ne voient jamais que
le sujet, et son vandalisme était absolument de la
même nature que celui de ces libre-penseurs de
l'Ouest, qui veulent détruire tous les calvaires,
sans se préoccuper de leur valeur artistique. Ainsi
procédaient ceux qui jadis brisaient les statues
païennes, et ceux qui plus tard coupaient la tête
aux saints des cathédrales.

L'homme est le même dans tous les partis, toujours intolérant et toujours destructeur. Comprenez
donc qu'en exposant Marat, nous ne glorifions pas
Marat, mais le sculpteur. Est-ce qu'en exposant
un tigre de Barye, nous prétendons glorifier le
tigre ?

Se souciant peu de l'adage latin : *De minimis
non curat prætor*, Clemenceau, et nous l'approu-
vons fort, s'efforce de remédier à mille petits abus,
infiniment plus intolérables que les grands.

Il est beau de faire de grandes réformes ; mais,
outre que ces réformes se font rarement, trois fois
sur quatre, lorsqu'on en a fait une, on regrette
l'état où l'on était auparavant.

Au contraire, il y a un nombre incroyable de
réformes plus petites, que tout le monde demande,
et auxquelles jamais les gouvernements ne songent,
occupés qu'ils sont à chercher la quadrature du
cercle, qui nous fera tous un jour aussi ronds
que carrés.

Nous sommes heureux de constater que, pour la

première fois, nous avons un ministre qui se préoccupe de donner satisfaction aux plaintes de l'opinion. Quand il aura fini de réformer les abus de son département, ce qui ne sera pas de si tôt, il fera bien de passer la main à son collègue de la justice, un endroit où il y a aussi pas mal à balayer. Là il ne faudrait pas moins que le retour d'Hercule, qui seul vint à bout de nettoyer Augias.

Le dernier arrêté de Clemenceau interdit le passage à tabac.

On sait que nos agents se livraient depuis un temps indéterminé à ce genre de sport, qui consiste à rouer de coups l'homme qu'on vient d'arrêter. Beaucoup d'entre eux croyaient évidemment ce jeu très légitime, et ne soupçonnaient pas que frapper un homme sans défense, cela s'appelle, dans toutes les langues du monde, une lâcheté.

Était-ce permis ? Pas le moins du monde. Mais cela était tellement toléré, que c'est comme si on l'eût encouragé. Les préfets de police qui avaient interdit le passage à tabac n'ayant jamais songé à donner une sanction à leur défense, c'était comme s'ils eussent chanté pour leur agrément personnel.

Cette fois, il n'en sera pas de même, car le ministre prescrit des punitions. Et que les honnêtes gens lui expriment leur gratitude tout autant que les criminels, car entre un innocent et un coupable il y a si peu de différence apparente, que, par un malheureux hasard, les agents s'y trompaient toujours, et d'ordinaire rossaient de préférence le premier.

Dans un roman aujourd'hui oublié, intitulé : *Huit jours au château*, Frédéric Soulié, romancier

non moins oublié que le roman (bien fous sont ceux
qui comptent sur la postérité), émettait une thèse
qui, au premier abord, peut choquer, mais qui
paraît fort juste après réflexion.

Le droit de punir, c'est-à-dire le droit de juger,
n'appartient pas à la société. Quel homme peut
s'arroger le droit d'en juger un autre ? Pour sonder
les consciences, il faudrait être un dieu. Seul, un
dieu, être supérieur, peut infliger un châtiment
à l'homme, dont il n'est pas l'égal. Egalité exclut
jugement. Le seul droit qu'a la société est le droit
de se préserver ; c'est le droit naturel de défense
individuelle étendu à une collection d'hommes.

La société n'a donc pas à s'occuper de la valeur
de l'acte qu'elle réprime, mais du degré de danger
qu'il peut offrir. Le bien ou le mal ne sont point
son affaire. Elle n'est compétente qu'en ceci :
« Puis-je tolérer cette action ? Son auteur peut-il
m'être nuisible ? »

La société méconnaît son rôle toutes les fois
qu'elle sort de là et s'adjuge de ridicules attributions de justice.

Ce point de vue admis, et qui serait assez
dépourvu de bon sens pour ne pas l'admettre ? il
en résulte tout naturellement que plaider la folie
pour un criminel, c'est aggraver son cas. Car, il
ne s'agit pas de connaître son degré d'innocence ou
de culpabilité, mais le péril qu'il peut présenter.
Or, il est indubitable qu'un fou est beaucoup plus
dangereux qu'un meurtrier conscient de ce qu'il
fait. Celui-ci ne me tuera que s'il m'en veut ; l'autre
peut me tuer sans me connaître. De même pour la
colère, espèce de folie, qui, loin de justifier,
aggrave. Si nous raisonnons autrement, c'est toujours grâce à cette vieille illusion de nous poser
en juges, et non en simples préservateurs.

Pour être logiques, il nous faudrait épargner

un taureau furieux, car il est parfaitement innocent. Nous n'hésitons pourtant pas à le sacrifier.

Ces réflexions me sont inspirées par ce grand
procès américain, où la folie est invoquée pour justifier un meurtre. Opposé au droit de punir, je
serais désolé qu'on punît le fou, si fou il y,a ; mais
je pense que, s'il est convenable d'empêcher un
homme conscient de recommencer, il est non moins
utile de mettre un aliéné dans l'impuissance de
nuire.

Presque tous les hommes qui se sont fait un nom
dans les lettres ou dans la politique ont débuté à
l'Hôtel-de-Ville de Paris. Tous doivent se souvenir
que, de temps en temps, à intervalles irréguliers,
une idée prenait aux autorités supérieures. Au
moment où l'on s'y attendait le moins, les autorités supérieures, qui ne dédaignaient pas la promenade pour leur compte, faisaient prévenir les
employés qu'ils auraient désormais à signer tous
les jours une feuille de présence. Aussitôt on
se garait ; car, ainsi que dans la nature, à toute
attaque s'oppose une défense qui s'improvise. Les
uns signaient pour les autres, et au bout d'une
semaine on renonçait à cet inutile expédient, quitte
à y revenir sans plus de succès quelques mois après.

Parfois l'autorité supérieure agissait par surprise. Tout d'un coup, à une heure imprévue, une
feuille de présence se mettait à circuler par les
bureaux. Alors le hasard narquois s'en mêlait. Il
se trouvait toujours que c'étaient les plus assidus
qui étaient absents.

A la Chambre des députés, cette grande réunion
d'écoliers illustres, on appliqua pendant plusieurs

années ce système de la feuille de présence aux réunions de la commission du budget, commission de trente-trois membres, où l'on se tient pour content lorsqu'on est sept. Cela ne réussit pas davantage. Les députés arrivaient à deux heures, signaient la feuille, et repartaient pour des directions inconnues.

La vérité est, pour ce qui regarde les bureaux, que la présence réelle des employés de telle heure à telle heure n'est nullement indispensable, sauf pour ceux qui ont affaire au public. Ce qui est exigible, c'est l'accomplissement de la besogne. Il faut que celle-ci se fasse, mais peu importe quand et comment. En un mot, c'est le travail à la tâche qui devrait être préféré au travail à l'heure. Mieux vaut un employé qui exécute ce dont il est chargé et va se promener, qu'un autre qui se tient là sans rien faire, musant ou lisant son journal.

C'est ce que comprendront difficilement les encroûtés. J'en ai connu un, qui était chef de bureau, et qui, pour empêcher ses subordonnés de s'absenter, inventait des copies dont il n'avait que faire, et qui servaient à un tout autre cabinet que celui du Gouvernement.

C'est en 1828 que le premier milliard fut atteint par le budget français ; et alors on se crut perdu. Il y eut même une demande de mise en accusation d'un ministère,, qui avait osé accroître aussi démesurément les dépenses.

A cette heure, le quatrième milliard est dépassé, et nous nous dirigeons très allègrement vers le cinquième. Et cela va tout de même. Il y a quelques années, la Chambre avait prêté le serment des Horaces, et annoncé au peuple qu'à tout jamais elle renonçait aux emprunts et aux impôts nouveaux. Elle emprunte, et elle impose. Et cela va tout de même.

Et toujours cela ira tout de même. A vrai dire, c'est là l'histoire éternelle des peuples ; histoire au fond rassurante. Les peuples n'ont cessé de faire des sottises ; les gouvernements n'ont cessé de manquer à leur parole. Et cela a été tout de même.

La preuve que cela a été, c'est que nous voilà. Et la preuve que cela ira encore, c'est que tout porte à croire qu'il y en aura d'autres après nous.

Considérée sous ce point de vue, la politique perd singulièrement de son intérêt. Qu'elle soit ceci, qu'elle soit cela, cela va tout de même. Tous ceux qui s'en mêlent apparaissent comme des mouches, tournant et bourdonnant autour d'un coche, qui avancerait ni plus, ni moins, si elles n'étaient pas là.

Seulement il faut de la musique. La politique est la musique qu'on fait autour de la voiture ; mais elle n'influe pas sur sa marche.

Tout ce qu'on peut demander à cette musique, c'est de n'être pas assourdissante, et surtout que les musiciens ne se jettent pas leurs instruments à la tête.

Et puis, il n'est pas désagréable pour le public que l'orchestre varie un peu ses airs. Il y a tantôt un siècle, un homme d'Etat disait : « Prenez garde ; la France s'ennuie. » Cet homme d'Etat voyait clair, et, pour se désennuyer, la France a fait deux ou trois révolutions. Plus une grande guerre malheureuse. Aujourd'hui, revenue de son agitation, ayant promis de ne plus recommencer, elle s'est remise à écouter sa musique, mais elle la trouve un peu monotone, et s'ennuie derechef.

Pour la distraire, l'orchestre fait la n̄ę̄ę. La France trouve que le plateau passe bien souvᵉnt, et commence à se demander si vider ses poches est suffisamment récréatif.

Mais cela ira tout de même.

L'exode des Parisiens vers la mer pendant les vacances ne date pas d'aussi loin qu'on pourrait se l'imaginer.

J'ai encore connu un temps où la grande majorité des Parisiens restait à Paris. Les plus audacieux faisaient un petit tour à la campagne, ou allaient se promener en Suisse. L'ancien directeur du Théâtre-Français, Edouard Thierry, m'avoua un jour qu'il n'avait jamais franchi les fortifications.

Quand je dis m'avoua, c'est une façon de parler défectueuse, car il était très fier d'être casanier. Il appartenait à l'espèce des Parisiens de Paris, dont il était un des derniers échantillons. C'était lui qui me disait : « Mon ami, on croit qu'avec tous ces travaux nouveaux, on nous donne de l'air, c'est une erreur. L'air qu'on nous procure au dehors, on nous l'enlève au dedans ; car plus on élargit les rues, plus on rapetisse les appartements. »

La mer doit sa gloire à Michelet, qui, le premier, la découvrit. Jusqu'à lui, les enfants apprenaient vaguement qu'il y avait quelque part une grande étendue d'eau, sur laquelle allaient les bateaux, mais c'était tout. On n'imaginait pas que la mer eût d'autre utilité, qu'elle pût faciliter les mariages et les unions libres, que le spectacle de son immensité fût particulièrement favorable aux jeux de cartes, et qu'elle fût la providence qui permet aux ménages de se séparer pendant la semaine, et de ne plus se réunir que le dimanche.

Ce n'est plus le repos, c'est le travail qui est hebdomadaire ; le repos est quotidien.

Cet avantage, et d'autres encore, ont donné à la mer une popularité qu'elle n'avait jamais connue. Elle est devenue la principale tenancière de jeux ; et c'est par milliers que l'on compte chaque année les amateurs de baccara ou même les simples joueurs de bridge, qui prennent le train pour aller faire leur partie en face de l'étendue.

Encore n'est-il pas indispensable que l'étendue soit en face. Ce qui est admirable, c'est que la mer exerce son influence sur les atouts sans qu'on ait besoin de la contempler. De même que j'ai connu Edouard Thierry, qui n'avait jamais vu Genne-villiers, de même j'ai connu un joueur qui allait régulièrement faire sa partie dans une ville proche de la mer, et qui n'avait jamais vu la mer.

Quand on lui proposait d'y descendre, il disait que c'était bon pour les bourgeois.

J'ai un ami qui est gendarme. Il est bon à notre époque, d'avoir des amis dans la gendarmerie. On ne sait jamais ce qui peut arriver. Ce gendarme est ennuyé.

Il me disait hier :

— Je n'y comprends plus rien. Mes chefs me donnent l'ordre d'empêcher les gens de se battre, et, quand je prends les gens en train de croiser le fer, de les fourrer au bloc. Là-dessus, je pense que le duel est interdit par la loi.

— Et vous avez raison, mon ami. C'est même cette interdiction qui a donné naissance au coup joyeux dénommé par Hyacinthe : « coup du commandeur ». Ce coup consiste à crier tout d'un coup : « Voilà les gendarmes! » L'adversaire se retourne, et on le pique dans le dos. Ceci vous prouve que le duel est défendu.

— C'est bien ce que je pensais. Alors la loi vient donc d'être violée par six législateurs à la fois, parmi lesquels deux ministres et un demi? Et si j'avais passé par là, j'aurais dû fourrer tout ça dedans.

— La violation s'étant commise dans une propriété privée, vous ne pouviez pas passer par là.

— Alors, un acte illicite cesse d'être illicite, quand il s'accomplit entre quatre murs.

— Non, mais vous avez le droit de vous mettre tout nu, ce que vous ne pouvez pas faire hors des quatre murs.

Cet argument ne terrassa point mon gendarme, qui me répondit assez sérieusement :

— Ce n'est point l'acte de se mettre tout nu que la loi réprime, c'est sa publicité. Il n'en est pas de même de l'acte de se battre, interdit en lui-même. Vous aurez beau tourner autour du pot, vous ne ferez pas que des législateurs n'aient pas violé la loi. Ils donnent un exemple qui peut être suivi. Qu'est-ce que vous voulez que je réponde à un malheureux que je trouve en train de chiper des pommes, à qui je cite la loi, et qui me dira : « La loi, je m'en f..., je fais comme les députés? »

— Vous ne répondrez rien ; mais vous emmènerez le bonhomme. Il serait trop long de lui expliquer comment il y a loi et loi. D'ailleurs, ce serait peut-être un esprit simple, qui aurait peine à comprendre qu'il est bien plus grave de prendre une pomme à son voisin que de lui trouer un poumon.

Je suis un peu dans l'embarras, moi qu'on sait un citoyen soumis aux lois, et professant une admiration sans seconde pour tous les gouvernements en général et pour la gendarmerie en particulier.

Comment vais-je m'y prendre pour donner l'explication qu'il réclame à celui de mes compatriotes qui m'écrit pour me demander quelle différence il y a entre imposer la rente et imposer le rentier?

« Car, monsieur, me dit-il, je n'ouvre pas un journal sans y lire que ce serait une infamie de toucher à la rente, et qu'on touchera seulement au rentier.

« On pourrait, ajoute-t-il, appliquer ce système à tous les autres impôts, et dire par exemple : « A Dieu ne plaise que nous imposions le pétrole ! Nous frappons seulement ceux qui s'en servent ; » ou : « loin de nous l'idée d'imposer les portes et fenêtres ! Nous ne frappons que ceux qui en font percer dans leurs maisons », etc., etc.

Cette réflexion ne manque certainement pas de justesse, et il est difficile d'y répondre autrement qu'en invoquant le droit primordial de tous les pharmaciens de dorer les pilules. Panurge avait trente-six façons de se procurer de l'argent ; vous ne voudriez pas que l'Etat fût moins intelligent que Panurge. Vous lui avez prêté cent francs, moyennant la promesse qu'il vous donnerait trois francs tous les ans. Il vous donne les trois francs ;

seulement il retient cinq sous. Vous lui dites :
« Pardon, vous ne tenez pas votre engagement.
Vous ne me donnez pas trois francs, mais deux
francs soixante-quinze. » L'Etat vous répond :
« Vous vous trompez, mon ami, je vous donne parfaitement trois francs. Seulement, vous, vous me
donnez cinq sous ; cela est tout à fait différent. »

Je sais bien que vous allez rentrer chez vous,
et vous dire, en comptant votre argent : « Tout
cela est bel et bon, mais je n'ai tout de même que
deux francs soixante-quinze. Si j'avais prêté à un
particulier, et que ce particulier me jouât ce tour-
là, je le traiterais de filou.

Sans nul doute ; mais l'Etat ne saurait être un
filou, puisque l'Etat, c'est tout le monde, et par
conséquent vous n'êtes filouté que par vous-
même.

« A ce compte, l'Etat pourrait ne rien me donner du tout. »

Assurément ; et c'est pourquoi, ne le faisant
point, il a le droit de compter sur votre reconnaissance.

Homo homini lupus. J'attends avec la plus
grande impatience le moment où la fraternité
régnera sur la terre, et où les hommes commen-
ceront enfin à s'aimer les uns les autres. On m'assure que cela ne saurait manquer, et que Carl
Marx réussira là où a échoué Jésus-Christ.

En attendant, ce à quoi paraissent s'occuper
plus particulièrement les hommes, c'est à se rouler les uns les autres. Ne cherchez pas là une
allusion misérable aux cochers de taximètres ;
mais il faut pourtant bien convenir qu'il règne

une maigre confiance dans les relations réciproques des cochers des Compagnies et du public. Seuls les chevaux ne disent rien, eux qui pourtant auraient à se plaindre plus que les autres. Mais ainsi va le monde.

Cependant chacun nourrit l'intime conviction que celui à qui il a affaire est un voleur. Le cocher se méfie du voyageur, la Compagnie et le voyageur du cocher ; tous ne cherchent que précautions, garanties, tant ils sont persuadés, ce qui malheureusement n'est que trop vrai, que leur prochain n'a d'autre pensée que de les rouler.

L'honnêteté, la probité, ne semblent pas être aussi en progrès que la science et l'industrie. On les considère de plus en plus comme des qualités négligeables. C'est par centaines que s'amoncellent sur mon bureau les lettres où l'on me signale, comme si j'y pouvais rien, les innombrables inventions auxquelles se livrent tous les vendeurs de quoi que ce soit pour rouler et filouter les acheteurs ou consommateurs.

Celui-ci vous fournit du lait de trois qualités différentes, ce qui signifie clairement que la première seulement est du lait ; et encore! Les autres sont des mixtures quelconques. Heureux quand on n'y ajoute que de l'eau. Quant à la quantité, ce serait une folie que de s'imaginer l'avoir ailleurs que sur le papier. Il en est de même de toutes les autres denrées. Tromper l'acheteur est un art universellement répandu, et dont la pratique justifie les fréquentes lois sur la fraude, qu'on promulgue de lustre en lustre, et qui ne servent absolument à rien, soit qu'on ne les applique pas, soit qu'elles soient aussi faciles à tourner, que les humains à être roulés.

Un brave paysan me disait que, si on fondait tous les habitants de son village, on n'en tire-

rait pas une chopine d'eau bénite. Je crois qu'en
y joignant ceux de tous les autres pays, on arriverait difficilement à un litre.

En apprenant que le sarcophage de Charlemagne venait d'être ouvert, qu'on lui avait retiré ses
linceuls et qu'on les avait envoyés à Berlin pour
les photographier, j'ai bien vu que le respect s'était
retiré du monde.

Ce petit fait, bien moderne, m'a remis en
mémoire la surprise que j'ai éprouvée en visitant
le tombeau du grand empereur.

J'en étais resté aux vers de Victor-Hugo, à la
magnifique tirade de Don Carlos :

> Charlemagne, pardon ; ces voûtes solitaires
> Ne devraient répéter que paroles austères...

etc., et je voyais en rêve les grands caveaux du
Théâtre-Français, la porte de bronze, le souterrain sombre et majestueux. Je reconnus vite que
tout cela était sorti de l'imagination du poète.
Sous la voûte d'une grande chapelle, on vous montre sur le pavé une plaque sur laquelle est gravé
ce nom : *Carolus Magnus*. Et c'est tout. Je ne
nie pas qu'il y ait quelque chose de grand dans
cette simplicité, que dédaignerait chez nous un
notable de village ; mais, tout de même, on cherche les voûtes solitaires, et l'on se demande où
Don Carlos a pu se fourrer pour surprendre les
conspirateurs.

Je ne me suis pas contenté de me le demander,
je l'ai demandé aussi à une sorte de petit curé
bossu qui dirigeait mes pas :

—. Où sont, lui dis-je, les caveaux ?

Il ne me comprit pas.

— La crypte, le souterrain ?

Il haussa les épaules en allemand et, en allemand aussi, me répondit :

— Il n'y en a pas.

— Est-ce qu'il y a longtemps qu'on les a sup-
primés ?

— Il n'y en a jamais eu.

Eh bien ! la poésie est tellement supérieure à la
réalité que l'existence de ce qui n'a jamais existé
n'en est pas moins acquise et que jamais les
hommes ne verront le tombeau de Charlemagne
autrement que ne l'a imaginé un grand poète.

C'est au point que, dans plusieurs des comptes
rendus de la reprise d'*Hernani*, sous l'Empire,
on peut lire cette phrase :

« Le décor du quatrième acte est la reproduc-
tion exacte du tombeau d'Aix-la-Chapelle. »

C'est le cas de dire qu'il vaut mieux le croire
que d'y aller voir.

Lorsqu'au premier siècle de notre ère une voix
s'éleva de Grèce pour annoncer la mort du grand
Pan, cette voix ne présageait pas une transformation plus profonde que la voix qui, à propos
des concours du Conservatoire, a annoncé au
monde bouleversé la disparition définitive du
ténor.

Ce malheur devait arriver, et pour ma part je
l'avais prévu depuis longtemps. S'il est vrai,
comme le prétendent les savants, que le besoin
crée l'organe, il n'est pas moins vrai que, faute

de besoin, l'organe disparaît. Or, à quoi bon des chanteurs, là où il n'y a plus de chant?

Chacun sait qu'aujourd'hui, dans les théâtres de chant, on ne chante plus. On y fait purement et simplement de la symphonie. Tandis que les auditeurs se plaisent ou s'endorment en écoutant l'orchestre, ils distinguent bien vaguement sur la scène des êtres humains, qui ont l'air de brailler quelque chose ; mais cela n'a aucune importance. Ce sont gens qui font leur partie dans un concert, un peu moindres que le basson, un peu au-dessus de la grosse caisse. On les supprimerait qu'il n'en serait ni plus, ni moins. On les remplacerait par des conducteurs d'omnibus, comme le proposait un de mes amis, à la Chambre, que le public ne s'en apercevrait pas. Ce n'est que pour obéir à une vieille tradition, que l'on engage encore d'inutiles chanteurs, ainsi qu'on laissait des militaires monter la garde pour préserver la peinture d'un banc qui depuis longtemps avait disparu.

Il n'y a plus de chant que dans le répertoire, et c'est pourquoi mon collaborateur dit qu'on délaisse ce répertoire, faute de chanteurs. Je crois, tout au contraire, qu'il n'y a plus de chanteurs parce qu'on délaisse le répertoire.

C'est toute une époque qui s'en va, et sombre dans les abîmes du passé. Vous souvenez-vous du temps, où il y avait des barytons qui vocalisaient? Nous trouvions cela charmant, nous autres imbéciles, de même que, lorsqu'une cantatrice avait une voix exquise, et savait s'en servir, cela nous plaisait infiniment.

Depuis, on nous a appris que nous n'y entendions rien, et qu'on n'est pas digne de l'art sérieux, quand on ne consent pas à s'embêter ferme. On ne nous reprochera plus rien là-dessus, et l'on conviendra que, si nous allons encore au théâtre, ce n'est certes plus pour nous amuser.

Nous allons, paraît-il, avoir des *serenos*. Puissent-ils être aussi aimables, aussi complaisants, aussi utiles que leurs collègues d'Espagne !

Au temps où je parcourais le pays du Cid, le *sereno* était un grand diable d'homme, vêtu de noir, rappelant Don Quichotte, et, comme ce chevalier, errant pour la défense des faibles. Il portait une hallebarde, une lanterne, et criait de temps en temps l'heure qu'il était. On ne le voyait que de nuit, et c'était pour le voyageur un vrai plaisir que de le rencontrer. Il se mettait à votre disposition, vous reconduisait jusqu'à votre porte, vous indiquait les maisons hospitalières, vous donnait tous les renseignements que vous pouviez désirer. L'un d'eux, comme je rentrais tard, et que j'avais perdu mes clefs, passa une heure sous la pluie battante à les chercher avec moi, et ne me demanda rien pour la peine.

Deux choses étonnent un peu les Parisiens dans cet établissement de *serenos* à Paris.

Leur premier étonnement, c'est d'apprendre que la nuit ils n'étaient point gardés. Cette révélation les déconcerte. Jusqu'à présent, ils avaient cru que la police s'occupait d'eux aussi bien la nuit que le jour. Ils ont reçu un vrai coup, lorsque soudain, en 1906, ils ont entendu proférer cette parole : « Messieurs les Parisiens, il serait peut-être temps que vous songiez à votre sécurité. »

Leur second étonnement, égal au premier, a été de s'entendre demander de l'argent supplémentaire : « Nous allons, leur a-t-on dit, vous donner des veilleurs de nuit ; seulement, c'est vous qui les paierez... »

Quelques-uns murmurent que la cotisation ne saurait être forcée, attendu qu'elle constituerait un nouvel impôt, et que les impôts ne peuvent être établis sans l'assentiment des Chambres. D'autres, plus audacieux, vont jusqu'à dire qu'ils donnent déjà beaucoup d'argent pour la police, et qu'ils trouvent original qu'on leur en demande d'autre pour la faire.

Cependant, je connais mes Parisiens. Restés tels qu'ils étaient du temps de Mazarin, ils se consoleront de payer par des chansons. En outre, leur contentement sera tel d'avoir des *serenos*, et leur curiosité si excitée, qu'ils sortiront tous la nuit dans les rues pour les voir, en sorte qu'ils feront une troisième police eux-mêmes. Seulement, celle-là ne sera pas payée.

L'esprit de formalité engendre les distinctions jésuitiques ; ou, si vous le préférez, il est engendré par elles. Autant vaut. Ce qui est certain, c'est qu'il offre cet avantage qu'on peut l'employer ou non, selon le besoin qu'on en a.

J'en ai donné un exemple avec l'impôt, qui épargnera la rente, mais qui frappera le rentier. Nous en avons un nouveau avec la croix de Sarah.

Il a été longtemps de tradition qu'on ne pouvait pas décorer les comédiens. On en donnait pour raison principale qu'un comédien est sujet, dans un de ses rôles, à recevoir un coup de pied quelque part. Cela dépend exclusivement de l'auteur qui lui fait sa pièce. Peut-être, en cherchant bien, aurait-on pu trouver des légionnaires ayant subi pareil désagrément dans une autre profession, et n'en ayant pas moins continué à porter le ruban. Mais n'insistons pas.

Il avait donc été décidé de toute éternité que les comédiens ne pouvaient être décorés. Le jour où l'on voulut tout de même en décorer un, on le nomma professeur au Conservatoire, et l'on justifia la distinction en disant : « Pardon, ce n'est pas comme comédien que nous le décorons. Oh ! ça, jamais de la vie. C'est comme fonctionnaire. »

Molière avait déjà inventé ce procédé dans l'*Avare*. Son maître Jacques change de costume, selon qu'Harpagon a l'intention de parler à un domestique ou à un autre. De même le comédien décoré. Si vous l'invitiez à dîner, il l'est ; une fois dans son théâtre, il ne l'est plus. Sa décoration est intermittente.

La subtilité est encore plus curieuse lorsqu'il s'agit d'un professeur au Conservatoire, que lorsqu'il s'agit d'une bienfaitrice, comme fut Mme Marie Laurent. Car, dans le premier cas, on peut trouver bizarre qu'il soit défendu d'honorer ceux qui sont exposés à recevoir des coups de pied quelque part, tandis qu'on récompense et encourage ceux qui leur enseignent à recevoir lesdits coups de pied comme il convient. L'art est admirable ; mais c'est à la condition de ne pas s'en servir.

C'est cette considération prestigieuse qu'on vient, je crois, d'invoquer pour Sarah, qui est une grande artiste, ce que personne ne nie, mais qui n'exerce aucune fonction de l'État.

Je parle de cette petite affaire parce que tout le monde en parle, mais sans y attacher la moindre importance. La croix, c'est comme l'Académie. Cela n'a jamais accru ni la gloire, ni le talent, ni la considération de personne.

Est-il vrai que les Anglais ne pouvaient pas
dormir sans les tombeaux des Plantagenet, ins-
tallés depuis de longs siècles dans l'ex-abbaye de
Fontevrault? Dans ce cas, il y a beau temps qu'ils
ont dû renoncer au sommeil.

Ils seraient pareils à ce vieux mendiant, qui
disait à un grincheux : « Mais, monsieur, je ne
peux pourtant pas crever de faim toute ma vie ! »
et à qui le grincheux répendait : « Crever ne vous
ayant pas empêché de vivre jusqu'à présent, je
ne vois pas ce qui vous prend aujourd'hui. »

On voit encore moins ce qui prend aux Anglais
de réclamer tout d'un coup ce dont ils se sont fort
bien passés jusqu'ici, et l'on ne s'explique pas bien
l'empressement que nous mettrions à leur donner
satisfaction.

Je n'en trouve d'autre raison que la beauté des
monuments. C'est d'ailleurs celle qui m'était
donnée par un de nos administrateurs les plus
éminents.

— Le meilleur moyen de conserver nos œuvres
d'art, me disait-il, c'est de nous en débarrasser.
Une nation de vieilles traditions comme l'Angleterre ne détruit jamais rien ; tandis que chez nous
on ne peut jamais savoir. Le caractère incontestablement clérical de ces tombeaux pourrait au
moment où l'on s'y attendrait le moins attirer sur
eux une attention funeste. Il est bon que, lorsqu'on
songera à les casser, on ne les trouve plus là. Songez que quelqu'un a proposé très sérieusement de
transformer Notre-Dame de Paris en une gare du
chemin de fer Métropolitain, et que le conseil municipal de Lorient vient de décider la démolition de

tous les calvaires. Henri II pourrait bien y passer un de ces quatre matins, ainsi que Richard Cœur-de-Lion.

— J'avoue, lui répondis-je, que ce point de vue m'avait échappé. En y réfléchissant, je pense que ce pourrait bien être aussi celui des Anglais, qui ont voulu mettre leurs vieux princes en sûreté. Pour nous, il est certain qu'en envoyant successivement toutes nos œuvres d'art à l'étranger, nous les assurons contre les accidents. En donnant vos bibelots à un ami, vous ne craignez plus que votre femme de chambre les mette en morceaux. A la vérité, vous ne les voyez plus ; mais je vous demande un peu ce que cela peut bien vous faire, puisque vous ne les regardez jamais.

Il y a en Hongrie un grand lac, qui s'appelle le lac Balaton. C'est le plus grand lac d'Europe. Quand j'étais enfant, je contemplais avec admiration la tache qu'il faisait sur la carte géographique. Il m'a été donné depuis non seulement de voir cette large nappe d'eau, mais de la parcourir dans tous les sens. Je voulus même m'y baigner ; mais on m'en dissuada en me disant : « Ici, monsieur, il ne faut jamais se baigner pour la première fois ; c'est très mauvais. »

Je n'ai jamais pu comprendre comment on pouvait commencer par le second bain ; et je ne peux pas comprendre non plus les révélations qui viennent de m'être faites sur la planète Mars.

Un astronome de Boston nous affirme que les lignes géométriques remarquées sur la planète Mars sont des canaux construits par les habitants, dans le but de se procurer de l'eau.

Car il paraît que la planète Mars est dépourvue d'eau, et que les Martiens ne pourraient pas vivre, s'ils n'avaient creusé des canaux qui leur amènent l'eau provenant de la fonte des neiges de leurs pôles.

Ne trouvez-vous pas que cette découverte scientifique n'est pas sans analogie avec mon second bain du lac Balaton, qu'il faut absolument prendre avant le premier? Car enfin, avant de creuser ces canaux, il fallait bien que les Martiens vécussent, et cependant on nous assure qu'il leur était impossible de vivre sans ces canaux par eux construits.

Comment s'y sont-ils pris pour se donner les moyens de vivre, alors qu'ils ne vivaient point? Je n'essaierai pas d'approfondir ce mystère, assuré que je suis qu'il est impénétrable. Tout ce que je veux retenir de cette découverte, c'est qu'il existe dans les cieux un astre où il ne pleut jamais.

Je suis sûr que ces Martiens ne se rendent pas compte de leur bonheur. Si jamais l'un d'eux s'égarait sur la terre, il s'ébahirait à coup sûr devant cette eau qui se mettrait tout d'un coup à lui tomber sur le nez. « Quelle drôle de planète ! » dirait-il. Mais il se trouverait bien un de nous pour lui dire de parler plus congrûment d'un astre qui a l'honneur d'être le séjour du plus parfait des êtres créés, ainsi que l'homme a l'habitude de se désigner lui-même, sans que jamais, à ma connaissance, aucune protestation se soit élevée.

L'art de se détruire les uns les autres est en progrès, concurremment avec l'adoucissement des mœurs. C'est à savoir lequel des deux triomphera.

La lutte se poursuit. De même qu'à tout engin plus puissant on oppose une cuirasse plus forte, de même, à mesure que l'humanité s'éprend de pacifisme et de fraternité, on voit surgir de nouveaux procédés de haine et de massacre ; et plus on prêche le bien, plus on facilite le mal...

Voilà maintenant le colis postal qui se met à remplacer, et avantageusement, on peut le dire, les vieux instruments d'assassinats, tels que couteaux, revolvers, subtils poisons, etc., etc. Vous en voulez à quelqu'un, vous le trouvez de trop sur la terre, ou vous entendez simplement lui faire une bonne farce, la science met à votre disposition des compositions chimiques remarquablement ingénieuses, que vous pouvez, lorsqu'elles sont enveloppées convenablement selon la formule, confier aux bons soins du Gouvernement, qui se fera un plaisir, moyennant une faible rétribution, de remettre le paquet à son adresse. Celui qui reçoit ledit paquet, enchanté qu'on lui envoie quelque chose, se hâte d'ouvrir le colis, et aussitôt saute en l'air, d'où il retombe en morceaux de différentes grandeurs, selon la chance.

Rien, on le voit, n'est plus pratique. Et, comme on ne saurait arrêter les progrès de la science, comme il est par conséquent présumable que le procédé se simplifiera encore, et qu'on découvrira une substance peu coûteuse, dont une parcelle, mêlée à un peu d'eau, suffira à faire écrouler le Panthéon, je ne vois guère à opposer à cette facilité toujours croissante de commettre des crimes que l'amoindrissement toujours croissant du désir d'en commettre.

En termes plus clairs, il faudrait fabriquer de plus en plus de braves gens. Car de compter sur une répression, qui elle aussi devient de plus en plus douteuse, ce serait pure rêverie.

Vous me direz sans doute qu'augmenter le nombre des braves gens n'est déjà point chose si aisée. J'en conviens ; mais il sied d'y songer tout de même.

En attendant, vous agirez sagement en n'ouvrant plus vous-même vos colis. Vous trouverez toujours, pour vous rendre ce service, un membre de votre famille que vous ne tiendrez pas à conserver en son entier.

On ne trouve pas d'argent pour agrandir l'École des Arts décoratifs, où les ateliers ressemblent à des cachots de l'inquisition, où les élèves ont contraints à travailler, serrés les uns contre les autres, comme harengs dans une caque, où la place manque pour les installations les plus indispensables.

On ne trouve pas d'argent pour agrandir le Conservatoire, où le directeur a été obligé de céder son logement, où les classes étroites et malsaines s'entremêlent si malencontreusement, qu'elles se pénètrent, et qu'on y déclame le songe d'Athalie avec accompagnement de basson et de violoncelles venant de la pièce à côté, où une admirable collection de livres, de manuscrits, de partitions, d'instruments, de souvenirs de toute sorte est livrée au hasard d'une allumette égarée.

On ne trouve pas d'argent pour agrandir le musée du Luxembourg, où, faute d'endroit pour les mettre, après avoir entassé les œuvres d'art, on en est réduit à les exposer successivement et à opérer un roulement, en sorte que ceux qui viennent pour voir un tableau, le cherchant vainement, s'attirent cette réponse : « Celui-là ne se voit que le vendredi. »

En revanche, on a trouvé une somme d'argent des plus considérables, des millions qu'on n'ose pas chiffrer, pour agrandir le grand magasin de procédure, qui s'étale au coin du quai, et qui s'appelle le Palais de Justice; magasin où il y a des salles immenses, pleines de gens qui flânent et reconnues tellement inutiles, qu'elles ont reçu le nom de salles des pas perdus; où les légumes importants, présidents, procureurs, sont à peine perceptibles derrière leurs bureaux, tant leurs cabinets sont immenses ; où l'on se perd dans un dédale de rues intérieures, auxquelles il est permis de comparer le labyrinthe de Thésée d'autant qu'il renferme aussi un Minotaure que personne ne tuera.

N'est-ce point là un signe des temps? Il y eut des époques où les peuples s'enorgueillissaient de leurs artistes, et n'avaient jamais assez d'or pour entretenir leur gloire. Nous, si nous nous ruinons, c'est pour Perrin Dandin.

Par une de ces contradictions dont l'histoire de l'humanité est remplie, il est à remarquer que plus on prédit à courte échéance la suppression de la propriété privée, et plus celle-ci redouble de ténacité et de férocité. Est-ce parce qu'elle se recroqueville, et montre les dents, comme un animal attaqué? Point. Elle s'accroît de plus en plus, et l'on y tient plus que jamais.

Je ne sais s'il faut voir là un fait analogue à celui que nous présente l'Europe, n'ayant jamais eu plus d'armées et n'ayant plus dépensé pour la guerre que depuis qu'elle est acharnée à la paix. En tout cas, il est difficile de ne pas constater que la tendance pratique générale offre un caractère tout opposé à celui que nous annoncent les partisans de l'expropriation individuelle.

Jamais on ne s'est plus gardé, jamais on ne s'est plus enclos. Jamais chacun n'a autant tenu à ce qu'aucun pied profane ne foule le coin de terre qu'il possède.

Je faisais cette réflexion en me promenant autour de l'endroit où je vais passer quelques semaines d'été, et cette réflexion, tout le monde peut la faire comme moi. J'ai connu un temps, encore peu éloigné, où telle propriété d'un brave homme était ouverte à tous les passants ; aujourd'hui, les héritiers sont venus, qui ont mis partout des pancartes avec des défenses d'entrer. Il y a mieux. Autrefois, sur les côtes de la longue route qui mène à la plus proche cité, s'étendaient des prés, des champs, des bois, accessibles au public. A cette heure, il est impossible de s'écarter de la route. Non seulement les terres cultivées, mais les sols les plus stériles sont défendus, non par ces joies haies vertes, qui sont encore un peu de nature, mais par d'affreux fils de fer, qui semblent autant de menaces de procès-verbal.

Quelques-unes de ces clôtures offrent des dangers sérieux pour ceux qui voudraient les franchir. Chaque année en accroît le nombre, en sorte qu'on peut déjà prévoir le temps où, comme déjà cela existe aux environs de Paris, il n'y aura plus dans l'univers que des routes entre des murs.

Et je me disais, constatant en outre que plusieurs de ces biens si protégés appartiennent à des gens qui font profession de socialisme :

« Il me semble que si le pays marche vers la

disparition de la propriété individuelle, il n'en prend guère le chemin. »

Je ne suis pas sans inquiétude. Il n'est question, depuis quelques jours, que de la diminution du nombre des employés. Tout homme ayant un peu d'expérience politique en conclut que ce nombre va être augmenté.

Car il en est de la réforme administrative comme de la réforme de l'impôt. Toutes les fois qu'on entend parler d'un dégrèvement, il n'est pas un contribuable qui ne gémisse, et qui ne se dise : « Sacrebleu ! Qu'est-ce qu'on va bien me demander encore ? »

Et, chose curieuse, il ne se trompe jamais. C'est ce qui fait que nous avons l'honneur et le plaisir de tenir dans ce monde le record de l'impôt. Chacun de nous doit se réjouir en songeant qu'il paye 858 francs, tandis qu'un misérable Suisse n'en paye que 27. Ces Suisses devraient mourir de honte de rester aussi en retard.

Si nous avons perdu quelques-unes de nos primautés, nous nous consolons en songeant qu'il nous reste toujours celle-là. Sur ce point des contributions, nous l'emportons haut la main, et nous défions toute concurrence.

L'orgueil se satisfait comme il peut. Je me souviens qu'un jour, visitant l'hôpital de Dijon, là où est la superbe fontaine de Moïse, je demandai à l'homme qui me conduisait combien il y avait de fous dans la maison. Il me donna un chiffre tellement fantastique, que je crus devoir lui dire : « On vous en envoie de toutes les parties de la France ? » Je n'oublierai jamais l'air d'indignation et de dignité froissée avec lequel il me répondit : « Non, monsieur, ils sont tous du département ! »

Vous voyez qu'on peut tirer vanité de bien des choses.

De temps en temps pourtant, car enfin il ne faut pas non plus écraser tout le monde du poids de notre supériorité, nous essayons de faire taire l'envie en cherchant des économes. Mais il est certain que quelque esprit malin, frère de celui qui change les écus en feuilles sèches, s'arrange pour troubler toutes nos résolutions ; car nos bonnes intentions avortent à tel point, qu'après tout dégrèvement, le percepteur nous réclame un peu plus.

Et de même, depuis l'an 1816, où l'on criait déjà contre le trop grand nombre d'emplois, plus on en a supprimé, et plus, en refaisant le compte, on a trouvé que le total s'en était accru. C'est pourquoi je ne suis rien moins que rassuré.

La terre tourne. C'est du moint ce dont sont convenus les savants depuis Galilée, et il n'y a pas d'apparence qu'ils changent d'avis là-dessus. Cette vérité n'étant plus contestée par personne, nous n'attendons plus qu'un nouveau Galilée, qui nous démontrera très facilement que les habitants de la terre tournent tout comme la planète qui les supporte.

De même que nous n'avons aucune idée de la vitesse qui nous emporte autour du soleil, et que nous nous imaginons rester en place, alors que nous sommes en proie à une incessante cabriole, de même nous pensons marcher en avant, quand en réalité nous ne faisons que des tours de valse.

Je suppose que vous vous mettiez en route pour aller au bout de la terre. Vous finirez par vous retrouver à la même place. C'est ce qu'on appelle le tour du monde. Pourquoi, la nature étant logique, voulez-vous qu'il n'en soit pas ainsi de l'humanité, et qu'elle ne parcoure pas un cercle qu'elle prend pour une ligne droite?

Tous les jours, cette hypothèse, qui n'est qu'une hypothèse, j'en conviens, semble vérifiée par les faits. Quelqu'un, qui serait en dehors de notre grand bal politique, penserait, en nous voyant danser d'un pied sur l'autre : « Assurément, ces gens-là dansent... — Point, lui crierions-nous : nous avançons, et rapidement encore. — Cependant, ce mur... il me semble bien que vous allez d'un angle à l'autre, et que vous ne sortez pas du salon. — Vos sens s'abusent ; nous avons déjà fait tant de kilomètres, depuis que nous nous remuons, que vous ne devez plus nous apercevoir. »

On reconnaît pourtant chaque couple qui passe. Tiens, voilà la taille ; seulement on l'appelle, aujourd'hui, l'impôt sur le revenu. Tiens, voilà les corporations ; seulement elles s'appellent, maintenant, des syndicats. Tiens, voilà l'ancienne communauté des biens ; seulement on la nomme le collectivisme.

Et toutes les institutions, et tous les projets, et toutes les réformes tournent, tournent, tournent. C'est un va-et-vient continuel.

Et voilà pourquoi les remontrances de la Cour des aides, en 1763, peuvent servir à la minorité du Sénat, comme les harangues des pères de l'Église aux socialistes unifiés.

Je ne serais pas fâché qu'un statisticien éner-
gique et dévoué nous donnât un compte exact du
nombre des discours prononcés dans les distribu-
tions de prix, depuis qu'on distribue des prix.
Cela vaudrait bien le calcul des bouts de cigare
recueillis sur le boulevard, ou celui des femmes
rousses passant en un jour sur le Pont-Neuf.

Et le chiffre formidable qui nous serait fourni
nous plongerait incontestablement en admiration
devant cette faculté étonnante qu'ont les hommes
de toujours répéter, et de toujours réentendre les
mêmes choses.

Car rien ne ressemble à un discours de distribution de prix comme un autre discours de distribution de prix, et j'en suis encore à attendre
l'original, qui, au lieu d'exhorter les enfants au
travail, et de faire l'éloge de leurs maîtres éminents, encouragera les premiers à lâcher leurs dic-
tionnaires pour des cabrioles sylvestres, par cette
raison péremptoire que les seconds sont bêtes
comme des oies. Je crois que j'attendrai encore
longtemps l'entrée de ce personnage nouveau, qui,
s'il donnait quelque satisfaction aux écoliers,
serait incontestablement et justement mis à la
porte avant d'avoir terminé sa harangue.

Puis donc qu'il est impossible de dire autre
chose que ce qu'on a toujours dit, pourquoi sans
cesse recommencer? Est-ce que les discours de
l'an passé ne pourraient pas resservir cette année?
C'est comme les sermons. Voilà des siècles et des
siècles que l'on contraint ces pauvres curés à
reproduire en chaire tout ce que les grands ora-

tours ont dit avant eux et beaucoup mieux qu'eux.
Que ne se contentent-ils de les lire ?

Les militaires et les bonnes d'enfants achètent
volontiers un livre d'honnêtes dimensions, qui leur
donne des modèles de lettres pour toutes les occasions qui peuvent se présenter dans la vie : fête
du grand-père, demande d'une pièce de cent sous,
déclaration de sa flamme à une nouvelle connaissance, sollicitation d'un doux rendez-vous, signification de rupture, etc. Il devrait y avoir un guide
de ce genre pour les discours de cérémonies, dis-
tributions de prix, inaugurations, oraisons funèbres, toasts à un personnage officiel toujours la
huitième merveille du monde.

Ce guide répondrait au besoin que nous avons
tous de répéter et d'entendre répéter les mêmes
choses. Mais pourquoi avons-nous ce besoin-là ?
Les savants, qui savent tant de choses inutiles,
devraient bien nous expliquer celle-là.

L'empereur d'Allemagne doit profiter beaucoup
de la lecture de nos journaux, car je remarque
avec plaisir la conformité de ses opinions avec
celles que nous émettons tous les jours.

C'est ainsi qu'il partage notre avis sur la hauteur des chapeaux au théâtre, bien qu'il n'ait
jamais dû en être beaucoup gêné personnellement.
C'est ainsi aussi qu'il reproduit ce que nous avons
écrit bien souvent sur le manque de garanties
dans l'exercice de certaines professions.

Guillaume s'occupe seulement des journalistes,
et regrette que, pour écrire dans un journal, il
n'y ait besoin ni d'examens, ni de diplômes, alors

qu'on exige des connaissances spéciales d'un avocat, d'un médecin, voire d'un commissionnaire ou d'un cocher. Mais il est une autre carrière pour laquelle il n'est rien réclamé non plus, c'est la carrière politique. On peut être nommé député, et cela s'est vu, sans avoir la moindre notion sur quoi que ce soit ; et cela est d'autant plus grave dans l'espèce, que, dès qu'on est élu, on est regardé comme apte à tout, et obligé de décider sur tout.

Le journaliste, lui, écrit son article ; et, comme on dit, il n'en est que cela. Ce qu'il écrit n'a pas force de loi. Au contraire, les membres d'un Parlement sont appelés à diriger les destinées d'un pays, et par conséquent à les compromettre, s'ils n'y connaissent rien, ce qui est leur cas le plus habituel. Il est même permis de prévoir un jour prochain où, l'instruction étant obligatoire pour tout le monde, sauf pour les députés, il faudra chercher les derniers illettrés dans le conseil des ministres.

Pour ce qui regarde la presse, l'idée d'en faire une carrière comme une autre était déjà venue à Napoléon III. Le journalisme aurait été assimilé à l'enregistrement. Nous aurions eu des chefs de bureau, des sous-chefs, de l'avancement et des uniformes. Le projet fut étudié sérieusement.

Il est certain que cette organisation serait d'un grand avantage pour les gouvernements, qui nommeraient les critiques tout comme ils nomment les juges. Il paraît que cela n'empêche pas une juste indépendance.

On connaît mon opinion sur les transformations infligées à Paris sous prétexte d'embellissements.

On ne s'attend donc pas à me voir exprimer une grande joie de la disparition prochaine du vieil hôtel de la rue du Cherche-Midi, qui fut le logis de la Dame de Beauté, et qu'on va renverser pour le seul plaisir de doter le damier parisien d'une case de plus. Cependant, je ne demande pas mieux que d'approuver les bouleversements, quand ceux-ci constituent de véritables améliorations.

L'une de ces améliorations incontestables est de transporter autant que possible les hôpitaux à la périphérie. Si le projet d'installer des écoles, telles que le Conservatoire, dans la zone des fortifications, est profondément ridicule, en revanche on ne saurait qu'approuver le placement des malades dans des endroits aérés, situation avantageuse à la fois et pour eux, et pour les habitants, en santé. C'est pourquoi je ne verserai pas une larme sur la démolition de la Pitié.

Mais que va-t-on mettre là? Rien du tout, probablement, ou de belles maisons de rapport, telles que celles qui ne tarderont pas à s'élever à la place de la vieille Abbaye au Bois. Pourquoi, puisque le ministère de la guerre s'obstine à ne pas abandonner la caserne de la Nouvelle-France, dont il n'a que faire, ce qui est une raison, n'utiliserait-on pas ces terrains pour y transporter le Conservatoire? Je me hâte de vous dire que c'est une idée qui me passe à l'instant par la tête, et que je n'ai nullement mûrie, ne l'ayant d'ailleurs communiquée à personne. Mais il me semble que le Conservatoire ne serait pas mal placé dans ce quartier des études, où sont déjà toutes les autres écoles.

Peut-être y a-t-il des objections terribles. Je n'en sais rien. Dans ce cas, mettons que je n'ai rien dit, et excusez un chercheur d'emplacements qui n'a jamais pu s'accoutumer à ces distinctions subtiles entre ce qui est du domaine de l'Etat et du domaine de la Ville, entre ce qui ressort d'un département ou d'un autre, pas plus qu'en tant que contribuable il ne s'est jamais habitué à se regarder comme diminué d'impôts parce que les centimes qu'on lui demande en plus vont dans une autre caisse, quoique sortant de la même poche.

Nous serons toujours les mêmes, admirant tout ce qui vient de l'étranger, et applaudissant à toutes les inventions que semblent faire les autres, quand ils ne font qu'imiter celles que nous avons faites nous-mêmes, et dont nous ne nous souvenons plus.

Je ne rappellerai pas la vapeur. Je me contente de signaler le bruit qu'on fait en ce moment autour d'un Allemand qui a organisé une location de parapluies. Je ne rencontre que gens qui s'extasient devant cette idée, aussi simple que géniale, d'établir des dépôts de parapluies chez les marchands de tabac. Surpris par une ondée, le passant entre, laisse une somme, et il lui est prêté un parapluie, qu'il rend ensuite, et on lui rembourse la somme, sur laquelle on retient simplement quelques décimes.

« Ce n'était pas malin, mais il fallait encore le trouver », s'écrie-t-on.

Eh! mes chers amis, comment pouvez-vous être aussi ignorants de choses si peu lointaines? On a vraiment plaisir à vivre avec vous ; car tout vous est toujours nouveau; et vous me rappelez une vieille dame qui ne lisait que Balzac ; quand elle avait fini les romans, elle recommençait, ayant totalement oublié les premiers, et y éprouvant les mêmes surprises.

Ce que vous trouvez si original a été pratiqué à Paris vers les dernières années du règne de Louis-Philippe. A cette époque, on pouvait entrer dans un bureau de tabac, on déposait cent sous, on emportait un parapluie, et, dès qu'il ne pleuvait plus, on pouvait remettre le parapluie à un autre bureau, où l'on vous rendait vos cent sous, moins six sous.

J'ignore le nom de l'industriel à qui l'on a dû ce système ingénieux, mais il n'y fit pas fortune. On le railla fortement dans une revue du temps, du temps où l'on mettait de l'esprit dans les revues. On y applaudissait une scène vraiment fort amusante, où, par un malheureux hasard, le soleil reparaissait dès que le monsieur avait emprunté le parapluie, et la pluie reprenait, dès qu'il l'avait rendu. Et le couplet final se terminait ainsi :

> J'aimerais mieux, pour le même quibus,
> Un omnibus qui sert de parapluie,
> Qu'un parapluie qui ne sert pas d'omnibus...

Il n'y a rien de nouveau sous le soleil, disait déjà le roi Salomon, que je soupçonne fort d'avoir connu la bicyclette.

Il y a dix-sept ans, peut-être plus, un député, libéré depuis, avait émis cet aphorisme extravagant :

« Il sied, quand on propose une dépense, de savoir si on aura de l'argent. »

Ce naïf parut tellement ridicule, qu'à partir de ce moment, il ne put arriver à rien. On le signalait partout. Quand il passait, ceux qui le connaissaient se retournaient et le montraient aux autres en riant. « Vous savez, c'est ce nigaud qui voudrait que, lorsqu'on dépense, on ait de l'argent pour payer. Est-il bête ! »

Le malheureux se défendait comme il pouvait. Il invoquait l'exemple d'une famille qu'il fréquentait, et qui, à force de dépenser sans compter, avait fini par se ruiner. Alors on riait plus fort. Avait-on jamais vu un imbécile pareil, qui compare l'Etat à une famille ! Apprenez, monsieur, que les situations diffèrent du tout au tout ; et la preuve, c'est que nous votons toujours le budget des dépenses avant celui des recettes.

Un particulier commence par établir son revenu, et ce n'est qu'après cela qu'il en dispose. L'Etat, lui, emploie une méthode toute contraire. Il règle d'abord tout ce qu'il entend dépenser, ensuite il cherche l'argent. C'est le système de Panurge, et Panurge, tout comme l'Etat, se tirait d'affaire en prenant ce dont il avait besoin dans la poche des gens. Tous les gens ont des poches : et, quand toutes ces poches sont à votre disposition, de quoi allez-vous vous préoccuper ?

Eh ! quoi, monsieur ! Vous voudriez que, lorsqu'un de vos collègues vous demande des millions pour un objet quelconque, il vous indiquât en même temps où vous pourrez les prendre ! Mais il le faisait suffisamment en vous disant : « Sur les ressources générales. » Les ressources générales, lisez : les poches des contribuables. Vous savez bien qu'elles sont inépuisables.

Aladin avait une lampe, qu'il lui suffisait de frotter, pour en obtenir tout ce qu'il voulait. Vous auriez trouvé Aladin bien sot, s'il y avait mis de la discrétion. Or, nous aussi, nous avons une lampe merveilleuse qu'il nous suffit de frotter, pour en faire tomber autant d'écus qu'il nous plaît. Dans ces conditions, examiner ce que nous coûtera n'importe quoi serait, à proprement parler, du temps perdu ; et nos instants sont trop précieux pour que nous les gaspillons à des sornettes.

Le monsieur qui, dans le but louable de donner un peu plus de solennité au mariage, a proposé de mettre un orgue derrière le magistrat municipal, me rappelle un brave négociant, qui m'avait invité à dîner, quoique ayant fait une grosse fortune dans les beurres.

Nous étions tous dans le salon, lorsqu'on annonça que le dîner était servi ; et, au moment où la maîtresse de la maison me prenait le bras pour la conduire à table, nous entendîmes s'élever les sons harmonieux de la fameuse romance du *Trouvère :* « *Toi que mon âme implore... c'est trop longtemps souffrir...* »

Comme, dans ces occasions-là, la gaffe est de rigueur, je m'empressai de dire une sottise et de murmurer naïvement :

« Voyez comme ces musiciens ambulants sont ingénieux, ils ont appris que vous aviez du monde et les voilà sous vos fenêtres. »

La profondeur de mon erreur m'apparut, lorsque la dame me répondit, non sans mépris :

« C'est, monsieur, l'orgue de mon mari... »

Un orgue superbe, en effet, avat été établi sur notre passage et, deux par deux, nous nous acheminâmes vers la soupe à la tortue, aux accents désolants de la complainte de Verdi, à laquelle, d'ailleurs, ne tarda pas à succéder un air des *Cloches de Corneville*.

Je dois à la vérité d'avouer que la solennité du repas ne fut pas accrue par cette promenade en musique. Mais il se peut que l'effet en soit plus prestigieux dans une mairie, et que les maires s'en trouvent bien. Seulement il faudra surveiller les rouleaux, car le hasard, toujours farceur, pourrait fort bien faire accompagner la lecture du Code par la malédiction de la *Juive*, et reconduire les époux avec la chanson de *Barbe-Bleue*.

Avec un peu d'attention on pourra éviter de donner prise à des allusions dangereuses. Je conseillerais même de remplacer l'orgue par un phonographe qui reproduirait la voix des artistes préférés par le jeune couple, ainsi que les morceaux de son choix.

De pareilles améliorations ne sauraient manquer de ramener chez nous le goût du mariage, qui se perd de jour en jour. Les pilules s'avalent plus aisément lorsqu'on les enveloppe de sucre ; et plus d'un fiancé qui aurait résisté à la tentation de l'écharpe municipale succombera à l'attraction du concert.

Malgré une police admirablement faite, malgré un nombre de lois tellement considérable qu'il faudrait une vie d'homme tout entière pour en connaître seulement la moitié, malgré une surveillance de tous les instants, malgré tant de papiers, et tant de commissaires, et tant de casseroles, qu'on se demande comment les papeteries et les cuisines peuvent y suffire, malgré d'innombrables prisons, malgré la merveilleuse impossibilité où se trouve chaque citoyen de faire un geste, d'aller en promenade, ou de tousser, sans demander l'autorisation et que le bruit s'en propage dans les administrations de l'État, il ne semble pas que nous soyons beaucoup plus en sûreté qu'au temps où le lieutenant de police La Reynie avait toutes les peines du monde à découvrir le pâtissier qui s'emparait des petits enfants pour les mettre en hachis, dont se délectait la bonne société.

Les crimes se multiplient en raison directe des progrès de la civilisation. Ils dépassent vraiment cette année la mesure tolérée pendant les mois de vacances, où, la politique chômant, il est tout naturel que les malfaiteurs se dévouent pour donner de la copie aux journaux embarrassés. Tantôt c'est un curé qu'on enlève, et qui se vaporise au point qu'on n'en peut plus retrouver un atome ; tantôt c'est une bataille d' « apaches », en plein boulevard Voltaire, bataille tout à fait intéressante pour les amateurs de petits mémoires, car elle rappelle à s'y méprendre les rencontres des voleurs célèbres et de leurs bandes avec le guet et la maréchaussée ; tantôt ce sont des gens qu'on fait sauter, d'autres que poignardent de discrets personnages, qui s'éloignent à « l'anglaise », et qu'on ne revoit pas. Quant aux cambrioleurs, on ne s'en occupe même plus, c'est un courant ; qui n'a pas son petit cambriolage? C'est au point que, dans les environs de Paris, un passant s'entend dire tous les jours par un aubergiste : « Monsieur ferait bien de ne pas prendre cette route ; elle n'est pas sûre. »

C'est exactement ce qu'on disait aux voyageurs au temps de Mandrin, des diligences et des malles-postes.

Et remarquez qu'on ne peut pas expliquer cette

situation par l'envie qu'éprouveraient les criminels d'habiter les beaux palais destinés à les loger,
attendu qu'ils ne peuvent pas en jouir, puisqu'on
ne les arrête jamais.

Je sais qu'il faut se méfier des statistiques et
des chiffres. Cependant, quand ces statistiques et
ces chiffres sont conformes au bon sens, il y a de
grandes chances pour que la vérité soit de leur
côté.

Quand j'apprends que le plus grand nombre de
centenaires se rencontre en Bulgarie, et que c'est
dans tous ces pays pauvres des Balkans qu'on
trouve non seulement la plus forte longévité, mais
la santé la plus habituelle, j'en tire pour conséquence la faillite, puisque le mot est à la mode, de
cette médecine et de cette hygiène, dont l'Occident
abuse plus que de raison.

Voulez-vous que je vous dise : nous croyons trop
aux microbes. Les microbes nous tuent, c'est vrai,
mais ils nous tuent surtout par la peur qu'on en a.
Je connais, et vous connaissez certainement aussi
des personnes, dont toute la vie est absorbée par la
crainte du microbe. Elles en voient partout ; elles
ne louent pas un appartement sans s'informer du
nombre de microbes qu'il peut contenir ; elles
n'iraient pas chez un coiffeur pour un empire, de
peur qu'il ne leur mette des microbes dans les
cheveux ; cette hantise abrège leur vie beaucoup
plus sûrement que ne pourrait le faire l'indifférence la plus absolue.

Que de précautions nous prenons, *bone Deus*, et
combien inutiles, pour éviter ce qui viendra toujours, ce qui ne peut pas ne pas venir, et ce

qu'ainsi nous faisons souvent venir plus tôt ! Est-ce qu'en vérité nous ne sommes pas semblables (si je l'ai déjà dit, je le répète) à ces petits enfants, que je vois au bord de la mer se donner une peine énorme pour entasser des forts de sable et de galets, que la première vague emportera ; car ils n'arrêteront pas la mer.

Nous, nous prétendons arrêter la mer. Cependant ces montagnards d'Orient, qui n'ont ni médecins, ni pharmacie, qui n'ont jamais fait bouillir leur eau, et qui mangent et boivent ce qu'ils trouvent, vieillissent à l'abri de nos soucis naïfs, et de nos régimes, destructeurs de toute joie. Et je pense parfois que les hommes qui ont vécu dans les centaines de siècles passés, ont compté autant d'années que probablement nous en compterons nous-mêmes.

Et, pendant que je pense à cela, je me demande si nous ne sommes pas devenus tout à fait imbéciles.

Or voici qu'un écrivain belge, homme politique par-dessus le marché, ce qui justifie quelque biscornu dans les idées, a pris à tâche de supprimer le cocuage dans les comédies, et vient d'instituer des prix à décerner aux meilleures pièces qu'on lui soumettrait, à la condition que dans ces pièces il ne fût pas question d'adultère.

Un jeune auteur dramatique, qui ne demandait pas mieux que d'ajouter un de ces prix à son ordinaire, m'a communiqué son embarras.

« L'adultère, monsieur, m'a-t-il dit, c'est pour les auteurs ce qu'est le péril clérical pour les hommes d'Etat. Avec lui, on est toujours sûr de se tirer d'affaire. Il n'est pas un de nos drames, pas une de nos comédies, qui roulent sur autre chose. Où voulez-vous que nous trouvions un élément égal à celui-là ? Chaque année, vous entendez le chœur des critiques s'écrier : « Un genre nouveau se lève; enfin, nous allons peut-être en avoir fini avec les maris qui trompent leur femme et avec les femmes qui trompent leur mari. » Erreur. Le genre nouveau est tout comme le genre ancien. On se trompe en vers, au lieu de se tromper en prose ; on se trompe en veston au lieu de se tromper en pourpoint ; on se trompe à la barrière au lieu de se tromper à la Cour ; on se trompe en trois actes au lieu de se tromper en cinq, mais on se trompe toujours.

« Depuis que je suis au monde, je n'ai jamais vu jouer que deux comédies, l'une en politique, où l'on cherche le meilleur procédé pour plumer les poules sans les faire crier ; l'autre, sur les théâtres, où l'on tâche de découvrir une solution nouvelle au problème des infidélités conjugales. Car pour celles-ci, elles sont établies. C'est l'unique thème sur lequel on brode. Leur existence ne saurait être mise en question. On a trouvé déjà dix-sept cent quarante huit manières de dénouer l'aventure ; mais pas la bonne. C'est ce qui fait que le sujet n'est pas encore épuisé. »

— Peut-être, insinuai-je, la bonne est-elle celle indiquée par notre confrère belge, c'est-à-dire de ne pas s'en occuper.

— Mais, monsieur, il faut bien intéresser. Et comment voulez-vous que nous rendions un personnage intéressant, si ce personnage n'est pas cocu?

Je reconnus la difficulté grande, et je crois que M. Picard aura bien de la peine à placer son argent.

Au siècle avant-dernier, l'histoire de France fut
mise en madrigaux. Il n'est donc pas étonnant
qu'on vienne de mettre le Code en vers, en attendant qu'on le mette en musique, ce qui a pour précédent une scène fort gaie de *Bébé*, où un professeur de droit, surpris à chanter, fait croire aux
parents de son élève que c'est là une nouvelle
méthode, fort employée à l'école où l'on récite les
lois sur des airs appropriés.

Saint-Germain était fort amusant dans ce rôle,
et je me souviens qu'on riait beaucoup dans la
salle. Si l'on riait, c'était évidemment qu'on trouvait la chose ridicule et impossible. Je me suis
souvent demandé depuis, pourquoi l'on ne riait pas
de même à l'audition de nos nouveaux opéras et
opéras-comiques, ou d'autres drames lyriques, qui
ne font que réaliser l'idée du Pétillon de *Bébé*. Car
je ne vois pas quelle différence vous pouvez faire
entre chanter : « La femme doit obéissance à son
mari », ou chanter, soit : « As-tu porté son pain
à la bouchère ? » soit : « Monsieur a-t-il besoin de
prendre quelque chose avant de se coucher ? »

Ce sont pourtant ces phrases d'un usage plutôt
courant, que l'on confie aujourd'hui à nos compositeurs, qui d'ailleurs les accompagnent avec un tel
enchantement que, s'ils manquent de livrets dans
ce goût, ils les écrivent eux-mêmes. C'est ce qu'on
appelle démocratiser l'art.

Mais il y a fort longtemps qu'à ce point de vue
l'art est démocratisé. Il suffit de parcourir nos
cafés-concerts pour y entendre fredonner des cou-
plets, où la poésie est sacrifiée au plus vulgaire réa-
lisme. Aussi bien n'est-ce pas là où gît l'originalité
de la nouvelle école. Cette originalité consiste à

appliquer la musique la plus sérieuse et la plus savante aux phrases les plus banales et les plus communes de notre conversation habituelle : et tout un orchestre compliqué s'évertuera à nous assourdir quand un bourgeois demande son bonnet de nuit, tout comme s'il s'agissait de vaincre une demi-douzaine de Valkyries, ou de porter le diable en terre.

« Monsieur, me dit-on, la poésie est partout ; et il y a autant de grandeur à réclamer son bonnet de nuit ou à acheter une brioche chez la pâtissière, qu'à risquer sa vie sous les remparts de Troie. Appartiendriez-vous à cette race de rétrogrades, qui vient encore parler de la noblesse dans l'art ? »

— A Dieu ne plaise, je n'aime pas à me faire conspuer. Je défends seulement le monsieur qui a mis le Code en vers.

Sur la plage, une délicieuse bambine d'environ six ans, tient sous le charme deux petits garçons d'un âge plus tendre. Ils ouvrent des yeux démesurés, et la bouche jusqu'aux oreilles, tandis qu'elle leur dit :

« Vous voyez, vous me prenez pour un agent de police parce que je suis habillée en agent de police. C'est vrai, que je suis habillée en agent de police, mais je ne suis pas un agent de police, je suis un voleur. Alors, si un *individu (sic)* vient me demander un renseignement, car l'individu croit aussi que je suis un agent de police, je le tue et je le jette dans la *Seine*. »

Et avec son petit bras, elle montrait la mer immense.

Les enfants restaient en admiration. Moi aussi.

Voulez-vous étudier et comprendre les mœurs d'une époque, saisir ses préoccupations, son caractère ? Écoutez parler les enfants.

Cela, qui est vrai de tout temps, l'est bien plus encore aujourd'hui, où il n'y a plus de séparation dans les familles, et où les grandes personnes causent de toutes choses en présence des gamins et des gamines, qui écoutent tout et, avec un flair merveilleux, retiennent tout justement ce qui est à retenir.

J'ai vu les marmots brandir des drapeaux, pousser des cris de guerre ; je les vois cette année jouer aux Apaches. Rien ne vaut la plage pour refléter l'actualité. Les attentats, les meurtres, les cambriolages alimentent la conversation quotidienne, l'écho en retentit dans les jeux.

Une constatation assez curieuse, c'est la disparition de la poupée. On ne voit plus de poupées. Les petites filles ne jouent plus à la poupée. Elles se mêlent aux petits garçons, ont les mêmes goûts qu'eux et comme elles sont les plus malignes et les plus dominatrices, elles ne tardent pas à tout diriger, à tout conduire. Serait-ce l'image de la société qui se prépare, et lorsque nous aurons élevé, instruit les deux sexes de la même manière, les pauvres hommes deviendront-ils les humbles esclaves de celles à qui ils auront communiqué leur façon de vivre et de sentir ?

Ce seront les Orientaux, qui alors, en nous regardant, se feront une pinte de bon sang !

Rien n'est plus curieux que le samedi soir à Londres. Il y a des quartiers où le mouvement est formidable. La foule se presse autour de marchés improvisés partout, et chacun se procure les denrées nécessaires pour passer le dimanche, jour où il ne se vendra ni ne s'achètera rien. Au coup de minuit, tout ferme, tout disparaît comme par enchantement.

Le dimanche, la cité grouillante est transformée en désert. On dirait une de ces villes des *Mille et une nuits*, où les princes errants ne heurtent que des pierres au milieu du silence. La capitale n'est pas très amusante à l'ordinaire ; mais le dimanche elle n'est plus, elle est morte. Quand j'étais petit, combien de fois n'ai-je pas entendu mes compatriotes se moquer de cette coutume anglaise. Lisez tous les vieux journaux, tous les anciens ouvrages, et vous y trouverez dix mille fois cette phrase :

« Drôle de pays libre, où il n'est pas permis de travailler le jour du Seigneur ! »

En vain protestait dans la *Juive*, le juif Eléazar. Il fallait qu'il en passât par là, et on l'en plaignait fort.

Je ne rappelle pas ces incontestables critiques pour condamner la loi nouvelle, mais pour montrer qu'il faut mûrement réfléchir avant de blâmer les gens, attendu qu'on n'est jamais sûr qu'on ne les imitera pas dans un temps donné. « Jamais, disait-on autrefois, les Français ne toléreront une pareille obligation. » Aujourd'hui, ils font plus que la tolérer ; ils la sollicitent. Il n'était donc pas si ridicule, celui qui, dans l'opéra d'Halévy, s'écriait avec indignation : « Travailler dans un jour de fête ! »

Il est d'ailleurs assez curieux de voir que dans cette affaire, comme dans toutes les autres, chacun ne pense qu'à soi, et voudrait bien que, lui ne travaillant point, les autres continuent à travailler pour l'amuser.

C'est ainsi que je lis dans la lettre d'un employé, que le jour de repos pour tous doit être le dimanche, pour qu'on puisse profiter des distractions.

« Mais, mon ami, ces distractions, si l'on est logique, n'existeront plus : théâtres, restaurants, tout sera clos, car ils auront droit au repos, tout comme vous. »

C'est ce qui se passe à Londres, où la seule distraction consiste à écouter chanter des cantiques au coin des rues, et débiter des oraisons dans les temples.

Si cela suffit à votre bonheur, ce n'est certes pas moi qui y mettrai le moindre empêchement.

Je comprends parfaitement que Claretie, membre de l'Académie et directeur du Théâtre-Français, hésite à jouer une pièce qui puisse être désagréable à ses collègues. Un sceptique pourrait lui dire qu'à cette heure, il n'a plus besoin d'eux, qu'il ne saurait être Académicien deux fois, et lui citer de nombreux précédents, constatant que lorsqu'on a ce qu'on désirait, il est permis de se moquer de ceux qui vous l'ont procuré. Mais Claretie, et je l'en félicite, a des sentiments plus délicats.

Seulement les comédiens démêlent, dans cet incident, le doigt de la Providence. Si, en effet, Claretie ne s'était pas débarrassé de son comité, et n'avait pas voulu conserver toute la responsabilité, que le comité acceptât ou refusât, lui se lavait les mains, ou il disait à ses collègues : « J'en suis bien fâché, c'est le comité qui l'a voulu » ; ou il disait à Mirbeau : « C'est le comité qui ne veut

pas jouer votre pièce. » De toutes façons, il était
sauf.

Et c'est à quoi servent les comités et les commissions depuis le commencement des temps historiques. Ils sont nés et mis au monde pour sau-
vegarder le chef. Tels les deux notaires de Dickens ; jamais on n'en voit qu'un, et celui-ci met
toujours dans la bouche de l'autre toutes les
réponses désagréables. « Hélas ! hélas ! qu'ai-je
fait de mon comité, s'est écrié mon vieil ami Claretie. » Et les comédiens, en ricanant, lui ont
crié : « Ton comité, tu l'as tué, et en même temps,
comme Macbeth, tu as tué le sommeil pour
régner. »

Heureusement, comme, dans toutes les bonnes
pièces, un Dieu est intervenu pour prévenir la
catastrophe. Ce Dieu, c'est Briand, qui, consulté
au fond de la Bretagne, après avoir pris l'avis
d'un vieux Druide, a rendu l'oracle suivant :

« Il serait bon de réunir les comédiens, de leur
faire la lecture de la pièce, et de les laisser décider de son sort. »

— Mais, sacrebleu ! a dû s'écrier Claretie, c'est
le comité !

Et Briand a dû répondre en souriant :

« O homme de peu de gouvernement ! Evidemment c'est le comité ; mais il n'y a qu'à lui donner un autre nom et personne ne s'en apercevra.
En politique, nous ne procédons pas d'autre
manière. »

Nous continuons notre petit tour, que nous
appelons le progrès. Après avoir traité de tous les
noms les misérables du temps passé, qui se per-

mettaient d'imposer le repos hebdomadaire, nous venons d'en décréter l'obligation. Croyez que d'ici à très peu de temps, il se trouvera un citoyen honnête et sensé, qui prendra la parole en ces termes :

« Messieurs, vous devez remarquer que toutes nos maladies sont dues à notre peu de sobriété. Tous les médecins vous diront que vous mangez trop, et surtout trop de viande. Les animaux eux-mêmes se purgent au printemps. Dans cette saison où la nature se renouvelle, il serait très bon, pour votre estomac, de faire trêve à vos goinfreries. Vous vous en trouveriez beaucoup mieux et rétabliriez votre santé, compromise par vos excès et par les drogues que vous absorbez pour y remédier. Or, comme il est du devoir d'un bon gouvernement de préserver le public des maladies, même en ayant recours à la force, je vous demande de voter une loi comme quoi tout le monde devra faire diète pendant quarante jours au printemps. »

— Mais ce sera le carême et le jeûne ?

— Jamais de la vie. Ce sera la diète pendant quarante jours.

Peu à peu, nous reprendrons ainsi toutes les vieilles traditions abandonnées, en nous apercevant que ceux qui les avaient instituées n'étaient pas aussi bêtes que nous nous l'imaginions. Seulement, comme nous sommes dans un pays de liberté, au lieu d'employer la persuasion et la crainte du Seigneur, nous vous contraindrons à bien faire, à force d'amendes et d'emprisonnements.

Car vous n'ignorez pas que la vraie liberté consiste à obéir à la loi. En sorte que si la loi vous enferme entre quatre murailles, vous ne devez vous en croire que plus libre. C'est ce qui explique pourquoi le mot : « Liberté », est inscrit sur la façade de toutes les prisons.

« Ce que c'est que d'avoir étudié », disait M. Jourdain.

Voulez-vous savoir pourquoi je suis féministe ? Rappelez-vous la peinture que je vous faisais dernièrement des jeux d'enfants sur les plages : remarquez, si vous y assistez, alors que filles et garçons sont mêlés, avec quelle rapidité les premières prennent la tête du mouvement, dirigent, commandent, imposent leur volonté. C'est exactement ce qui se passerait le jour où, ayant instruit suffisamment les femmes, les hommes permettraient à ces dernières d'entrer dans la vie politique.

Celles-ci auraient vite fait de prendre, comme on dit, le haut du pavé. C'est surtout pour elles qu'il a été écrit : « Laissez-leur prendre un pied chez vous, *elles* en auront bientôt pris quatre. » Supposez-les au Parlement ; pour les y supposer, examinez-les dans leurs réunions. Point de paresse, une activité dévorante ; aucun de ces dérivatifs de la buvette et de l'amour, qu'ont les hommes ; un attachement féroce au triomphe de leurs idées ; une intelligence extraordinaire de tous les procédés pour arriver au but. Ah ! je vous assure que ce n'est pas elles qui s'endormiraient sur leurs bancs, ou qui s'en iraient conter des gaudrioles dans la salle des Pas-Perdus !

En très peu de temps, elles conduiraient les discussions, régleraient, décréteraient, légiféreraient, et l'on verrait toutes ces Dalilas s'asseoir sur les maigres Samsons que nous connaissons, avec une

aisance d'autant plus grandes qu'elles n'auraient
pas besoin de leur couper les cheveux, la plupart
étant chauves.

C'est bien parce qu'ils redoutent instinctive-
ment ce résultat, que les hommes ont jusqu'ici
renâclé, et refusent encore à cette heure, de partager leurs droits avec les femmes. Tous les autres
motifs qu'ils allèguent ne sont que des prétextes.
Ils sentent bien que l'égalité n'est pas durable,
et que le jour où ils ne seront plus les maîtres, ils
seront les serviteurs. Ils voient surgir les fantômes
des grandes souveraines, des Elisabeth, des Cathe-
rines, ne parlons pas de Sémiramis, qui est trop
vieille ; et d'ailleurs, sans monter aussi haut, combien de maisons de commerce gagnent à être diri-
gées par des femmes ?

On me dira sans doute : « Si vous croyez à cette
suprématie, comment se fait-il que vous en soyez
partisan ? » Je répondrai avec simplicité que je
ne serais pas fâché d'en essayer. Les sociétés n'auraient rien à y perdre ; car, depuis que les hommes
gouvernent, ils ont fait tant de bêtises, que, si les
femmes en font aussi, elles ne sauraient à coup
sûr en faire jamais davantage.

En général tout ce que nous faisons dans un
sens se retourne dans un autre. Au temps où l'on
saisissait les livres, c'était, j'imagine, pour empêcher de les lire. Or chacun sait qu'il n'y a pas de
livre plus lu qu'un livre saisi. Aujourd'hui encore,
quoique beaucoup plus rarement, il est parfois
procédé à cette sorte de saisie qui a pour résultat
pratique de faire vendre beaucoup plus d'exem-

plaires, et pour résultat moral de faire douter du progrès des idées, puisqu'au fond on se conforme ainsi aux usages des siècles passés, où, avec une naïveté prodigieuse, on s'imaginait être débarrassé des livres en les brûlant sur la place publique.

Cela est si vrai que nombre d'éditeurs ont trouvé dans cette saisie une réclame, et qu'il en est qu'elle a préservés de la faillite. Tels les jeunes journalistes qui faisaient de l'opposition sous l'Empire, et qui n'étaient jamais si heureux que lorsqu'ils étaient poursuivis. « Deux mois de prison, disaient-ils, et voilà mon avenir assuré. »

Cette remarque peut s'appliquer aux pièces de théâtre. Le bruit qui s'est fait autour de celle de Mirbeau lui assure un beau succès de curiosité, qui, étant donné le talent de l'auteur, sera un succès de bon aloi ; en sorte que, si certaines personnalités y sont fustigées, elles auront beaucoup à regretter que l'attention du public ait été ainsi appelée sur leur cas.

Je n'émets pas une idée nouvelle puisqu'elle date du paradis terrestre et qu'elle s'appelle l'attrait du fruit défendu. Le plus sûr moyen de nous faire faire une chose, c'est de nous en détourner. Le bon Dieu, qui aurait dû mieux connaître ses créatures, est un peu cause de ce qui est arrivé à nos premiers parents, qui, sans son interdiction, n'auraient jamais songé à cueillir la pomme.

Villemessant, dans l'ancien *Figaro*, avait fait un jour ce pari de mettre au milieu d'un article de Jouvin le mot de Cambronne, et de ne s'attirer aucune réclamation, tant il était assuré que cet article n'ayant aucun lecteur, personne ne s'en apercevrait. Malheureusement la chose s'ébruita, et, pour la première fois de sa vie, Jouvin fut stupéfait du nombre de correspondants qui lui écrivirent à propos de son article, où d'ailleurs ne figurait nullement le mot en question.

On avait lu son article. Il était, je crois, sur Mᵐᵉ de Sévigné.

Nous vivons dans un temps où les prodiges succèdent aux prodiges ; et tout arrive depuis qu'on ne croit plus à rien. Aussi ne serez-vous pas étonnés d'apprendre qu'en fouillant la terre pour y retrouver le curé de Châtenay, on a mis la main sur une lettre d'autant plus curieuse qu'elle ne sera écrite que le 9 mars 1907. Elle est conçue en ces termes :

« Mon cher Charlot, je ne te pardonnerai jamais de m'avoir engagé à venir passer vingt-quatre heures à Paris pour y contempler les merveilles de la capitale. Eh bien, elles sont jolies, les merveilles de la capitale !

« A peine arrivé, j'ai commencé par chercher un commissionnaire pour me porter ma valise. Je n'en ai pas trouvé. On m'a dit qu'il n'y en avait pas. Alors, j'ai voulu prendre une voiture. Il n'y en avait pas davantage. Me voilà obligé de mettre mon sac sur mon dos et de m'en aller à la recherche d'un hôtel.

« O mon ami, quelles rues mornes et silencieuses ! C'est pire que chez nous. Tu m'avais dit qu'il y avait des cafés. Comme j'avais très chaud, je voulais me rafraîchir. C'est une erreur. Il n'y a pas de cafés. Arrivé à l'hôtel que tu m'avais indiqué, j'ai trouvé une assez belle maison, mais hermétiquement fermée. En vain j'ai sonné et frappé ; personne ne m'a ouvert. Prenant pitié de moi, un des rares passants, qui, d'ailleurs, ne paraissait aller nulle part, m'a dit : « Monsieur, inutile de vous obstiner, on ne vous recevra pas aujourd'hui. — Mais, monsieur, où coucherai-je? — Vous ne coucherez point, parce qu'il faudrait que quelqu'un fît votre lit, et que cela est défendu. — Dînerai-je, au moins? — Pas davantage. Pour que vous dîniez, il faudrait faire la cuisine, et aujourd'hui tout travail est interdit. »

« Tu ne croirais pas que je n'ai pas même pu acheter un journal ; les journaux ne paraissaient pas. Après avoir erré tout le jour sans boire ni manger, j'ai tout de même voulu aller au théâtre le soir : il n'y avait pas de théâtres. Il n'y avait même pas de ces petits endroits, tu m'entends, où, bien qu'on n'ait pas dîné... Enfin, mon cher ami, tout était entré dans le repos.

« Ah! cependant, j'ai tort. Comme, le soir, je regagnais les barrières, j'ai été assailli par deux gaillards qui ont exigé mon porte-monnaie. En vain j'ai appelé des agents : les gaillards se sont mis à rire et m'ont dit que les agents avaient bien le droit de se reposer comme tout le monde. J'ai essayé de les convaincre qu'eux aussi auraient bien dû cesser leur travail ; mais ils ne m'ont pas écouté.

« D'où j'ai conclu que le seul état qu'on puisse exercer librement à Paris est l'état de cambrioleur. »

Un de nos plus charmants poètes, et qui n'a peut-être pas la place que lui mériterait son talent, qu'il a trop souvent utilisé à faire l'éloge des autres, M. Emile Blémont, demande, et est bien près d'obtenir, la création d'un musée consacré à la poésie.

A Londres, à la *National Gallery*, on est très frappé par les salles où sont réunis les portraits des grands écrivains anglais, et par l'idée de mettre au-dessous de ces portraits des vitrines contenant des manuscrits et toutes sortes de souvenirs de leur vie et de leur époque. Il est certain que nous sommes tous très curieux de ces choses ; et la foule se presse volontiers pour examiner des lettres de Walter Scott, des autographes de Byron, etc. Rien qu'à comparer les écritures, on trouve un singulier intérêt. Il en est de même ici, à Carnavalet, et dans toutes les expositions.

Consacrer un musée aux gloires littéraires est donc un beau projet, et qui, certainement, aura du succès. En visitant ces galeries anglaises que je viens de citer, je me faisais cette réflexion qu'il était regrettable que nous n'eussions rien d'analogue et que nous n'ayons jamais songé à réunir, dans un palais spécial, tout ce qui peut contribuer à entretenir et à honorer le souvenir de nos grands hommes. Nous avons bien un Panthéon, mais qui n'est occupé que par les tombeaux d'une demi-douzaine et qui n'a même pas, comme Westminster, son coin des poètes. Nous avons aussi des bustes variés, çà et là, dans des endroits quelconques, qui leur sont trop souvent disputés par des maîtres de forges ; mais nulle part nous n'avons une maison où il nous soit loisible d'aller rêver de temps en temps, et nous dire :

« Il y a eu tout de même chez nous des gens qui, pendant leur vie, ont pensé à autre chose qu'à faire leur fortune dans les cafés, dans les cotons ou dans les pétroles. »

On nous pardonnera d'élever tant de statues aux membres des conseils municipaux de France et d'Auvergne, si nous consacrons quelques sous en faveur des immortels, dont beaucoup ne furent point de l'Académie ; et nous pouvons, d'ailleurs, être rassurés sur les dépenses de l'avenir. Au train où vont les choses, il n'est pas présumable que nous ayons jamais besoin d'agrandir l'édifice.

Il y a des gens à qui le repos hebdomadaire ne suffit pas, et qui préfèrent le repos quotidien. Tous ces gens n'appartiennent pas à cette classe d'oisifs à qui, dernièrement, un député voulait faire payer patente, et qui mènent la joyeuse vie que leur permet leur fortune.

Il est des paresseux partout, et partout ils trouvent moyen de se faire entretenir par le travail des autres. Tel ce jeune homme qui comparaissait dernièrement devant les juges, et qui leur disait cyniquement : « Moi, je n'admets pas que les enfants travaillent tant qu'ils ont des parents, c'est aux parents à travailler pour eux... »

Celui-ci s'était fait une idée toute particulière des devoirs de famille. Un autre répondait aux mêmes juges avec la même sincérité : « Pas de danger que je travaille, ça m'embête. Si je vis avec ma femme, c'est pour qu'elle me gagne ma vie. »

Parmi les diverses solutions de la question sociale, ces messieurs en ont choisi une à leur usage qui les dispense de s'occuper des autres.

« Quand on n'est pas le plus fort, il faut être le plus malin, m'écrivait un « apache » que je soupçonne de s'être présenté au baccalauréat, car son orthographe est irréprochable. Il y a un tas de farceurs qui cherchent midi à quatorze heures, et qui prétendent qu'ils nous donneront le paradis à la fin de nos jours, même si nous ne l'avons pas mérité. Moi, je n'aime pas attendre. Or, le paradis, c'est surtout un endroit où l'on ne fiche rien, n'est-il pas vrai? Eh bien! quand ses moyens ne lui permettent pas de ne rien ficher, le malin s'arrange pour que les autres fichent pour lui.

« Vous autres, les bourgeois, vous avez aussi des malins, comme celui qui a dit : « N'ayez « jamais à vous ni une femme, ni une maison de « campagne ; vous trouverez toujours un imbé- « cile qui se chargera de vous les procurer. » Les procédés que vous employez pour vous procurer le luxe, nous les employons, nous, pour nous procurer le nécessaire. Au fond, nous nous valons. »

Un peu sévère, mon « apache », mais bien moderne.

« Obtenez un arrêt comme il faut que je dorme », disait le Perrin Dandin de Racine, ne soupçonnant certainement pas qu'un jour viendrait où son désir serait réalisé. Nous touchons aux temps heureux où les lois régleront toutes nos façons de vivre, et nos neveux devront nous être bien reconnaissants, car nous leur aurons étrangement facilité leur existence. Ils n'auront plus besoin de penser à rien, l'État se chargeant de penser pour eux ; ils ne tousseront, ne moucheront, ne riront, ne pleureront qu'avec la permission du gouvernement ; et c'est le gouvernement aussi, c'est-à-dire la Loi (prononcez ce mot avec l'emphase parlementaire), qui leur indiquera l'heure de leur dîner, ainsi que le jour où ils devront manger les haricots verts en salade.

Il était facile de prévoir depuis longtemps que

notre manie légiférante devait nous amener là. La Révolution que nous avons faite il y a plus d'un siècle, ayant proclamé la liberté individuelle, il va de soi que nous devions faire tous nos efforts pour en supprimer l'exercice. Ainsi le veut la bascule de la réaction et de l'action, ou, comme le dit plus scientifiquement mon ami Lintilhac, de la force centrifuge et de la force centripète. Nous approchons du but ; il ne reste plus que quelques petits coups de collier à donner, et nous habiterons un paradis bien supérieur à l'ancien, où le Père Eternel n'avait défendu qu'une chose, tandis qu'à nous, toutes nous seront défendues.

Et voyez comme ce sera commode. Plus de soucis d'aucune sorte. Chacun saura ce qu'il aura à faire et à ne pas faire. Comme une bonne nourrice suit son enfant, la Loi vous accompagnera partout, surveillera vos repas, vos digestions, veillera sur tous vos actes ; vous saurez, comme Perrin Dandin, quand vous devez travailler, quand vous devez vous reposer, quels plaisirs vous pouvez prendre, quels vous devez éviter ; on élèvera vos enfants dans le même moule, d'où ils sortiront chauds ainsi que petits pâtés ; puis, quand votre femme voudra vous conduire à la campagne, vous passerez chez M. le maire, pour lui demander dans quelle direction il faut aller.

Ce sera tout à fait charmant ; et l'on a bien raison d'augmenter les impôts ; car jamais on ne paiera trop cher cette félicité-là.

Je suis heureux d'être approuvé par un médecin, non des moindres, qui, à propos de notre peur bleue des microbes, m'écrit les lignes suivantes :

« La bactériologie, par ses découvertes toujours répandues et rarement bien comprises, empoisonne en effet la vie d'une immense quantité d'imbéciles, et la peur les conduit à des maux de toute nature plus aisément que ne pourrait le faire une légion de microcoques nouveaux, dûment classés et ingérés.

« D'abord, le microbe n'est pas tout dans la maladie. Il n'est qu'un élément. L'état général, qui est sous la dépendance du système nerveux, a une autre importance, et la dépression nerveuse causée par une terreur de tous les instants vient singulièrement en aide à l'action des infiniment petits.

« Mais il y a un point plus grave encore. Non seulement la peur de la contagion est le commencement de la maladie, mais la stérilisation absolue, qui est le rêve des imbéciles susdits, entraînerait à bref délai la disparition de notre espèce, ce qui serait peu au point de vue philosophique, mais leur paraîtrait sans doute une grave calamité.

« Tout d'abord, un être vivant soumis à une alimentation rigoureusement aseptique s'étiole et meurt, car il y a des microbes bienfaisants qui ont pour tâche de provoquer ou de faciliter nos digestions et nos sécrétions.

« Mais surtout, en nous garant des plus dangereux, nous cessons d'adapter notre organisme à la lutte de tous les instants que leur livrent nos cellules de combat. Quand un monsieur a réussi à ne boire que de l'eau absolument pure pendant plusieurs mois, il lui arrive fatalement d'absorber un jour une boisson plus ou moins contaminée, et alors ses défenseurs, mal entraînés, laissent l'ennemi envahir le territoire. Ainsi les Martiens de ce curieux savant qu'est le conteur Will réduisent, à leur arrivée sur la terre, les hommes à l'impuissance absolue, mais succombent à l'attaque des infiniment petits, contre laquelle leur organisme n'est plus préparé par une longue adaptation. Et pour prendre un exemple plus pratique, un médecin qui fréquente les salles d'hôpital sera moins sujet à contracter une maladie contagieuse qu'un homme mis en contact pour la première fois avec un varioleux ou un typhoïsant ; cela grâce à l'accoutumance, qui est en somme le résultat immunisateur au moins relativement, de vaccinations naturelles, inconscientes et répétées. »

Si les députés et sénateurs avaient pu supposer un instant que leur loi sur le repos hebdomadaire exciterait autant d'agitation et qu'elle était grosse d'autant de conséquences bizarres et absurdes, nul doute qu'ils y eussent regardé à deux fois avant de la voter ; ce qui eût changé leurs habitudes, car on sait que pour ne jamais regarder à deux fois, ils ont supprimé toutes les deuxièmes délibérations, et qu'ils votent d'ordinaire les lois sans s'informer de ce dont il est question.

Cette méthode a ses avantages, mais elle a aussi ses inconvénients. La réflexion n'est pas toujours nuisible, ni la connaissance du sujet qu'on traite, quoi qu'en pensent les législateurs et les poètes décadents. L'ignorance et l'étourderie exposent à de fâcheux déboires. Je plains d'ailleurs de tout mon cœur ces pauvres gouvernants, à qui il ne faut pas en vouloir, car c'est surtout d'eux qu'on peut dire qu'ils sont plus bêtes que méchants.

Un cours de logique à l'usage des représentants de la nation ne serait peut-être pas une institution inutile, car c'est surtout à la logique qu'ils paraissent étrangers. Ils n'ont aucune idée nette des effets et des causes, et les résultats de ce qu'ils font sont toujours pour eux inattendus. Ils sèment une graine au petit bonheur, et sont tout décontenancés de voir pousser du chiendent là où ils avaient espéré de la salade.

La logique, un peu mieux connue, leur aurait appris que du moment où ils proclamaient la nécessité du repos hebdomadaire, chacun s'empresserait de le réclamer et qu'ils n'auraient aucune bonne raison à donner pour en priver qui que ce soit. Ils auraient alors entrevu ce qui les épouvante aujourd'hui, les villes transformées en déserts, les biens de la terre abandonnés à la bonne ou mauvaise volonté des éléments, les transports arrêtés, les salaires compromis, la police se croisant les bras, et, pour comble, cette réflexion d'un spirituel directeur de théâtre :

« J'accepte volontiers un jour de repos, à condition qu'on y oblige également les impôts et le propriétaire. »

Sans doute, alors, ils auraient reconnu qu'ils avaient fait une sottise et n'auraient eu d'autre excuse à invoquer que celle qu'ils étaient là pour légiférer.

Ce n'est pas le plus beau de leur affaire.

C'était chez Alexandre Dumas père, dans ce fameux hôtel de la rue d'Amsterdam où le jardin était si petit, que Dumas fils avait pu dire à l'auteur de ses jours :

« Papa, tu devrais bien ouvrir la fenêtre de ton cabinet pour donner de l'air à ton jardin. » J'étais, tout enfant, dans ce cabinet, quand je vis entrer un grand jeune homme, qui ne fit pas plus attention à moi qu'à un tabouret, et qui, s'adressant à l'illustre romancier, lui dit :

« Maître, j'ai exécuté votre mission, je me suis rendu chez le maëstro Rossini, j'ai mis un genou en terre, et j'ai sommé Sa Seigneurie de vouloir bien exécuter la promesse qu'elle avait faite à la vôtre. Entre deux puissants souverains l'entente est aisée. Voici la recette du macaroni. »

Et je vois encore le vieux père Dumas, riant de son bon gros rire, tandis que le jeune homme, toujours un genou en terre, lui remettait la fameuse recette.

Ce jeune homme était le peintre Alfred Stevens, qui vient de mourir à quatre-vingt-trois ans.

Quand je le revis beaucoup plus tard, il était dans toute la force de son talent, et ne se souvenait plus de cet incident, qui n'ajoutera à sa gloire qu'aux yeux de ceux qui préfèrent de bonnes recettes de cuisine aux plus intéressantes manifestations artistiques.

Alfred Stevens a été le peintre des élégantes, peintre charmant, et accompli dans son genre. Il a su, ce qui est rare, plaire également à la foule et à ses confrères. Il a admirablement rendu la grâce de son époque sans se croire obligé, comme tant d'autres, à être laid pour être vrai.

Je lui ai toujours su gré, pour ma part, de ne s'être inféodé à aucune école, et d'avoir pensé que la nature n'exclut pas la beauté. Les vieilles déchiquetées existent, mais les jolies femmes aussi, et je n'ai jamais compris que la peinture des tares fût considérée comme un progrès dans l'étude des réalités. C'est un drôle de goût, voilà tout.

Il y avait bien des années qu'Alfred Stevens ne produisait plus rien. Il avait atteint un âge où, à moins d'être Léonard de Vinci, on n'est plus bon à grand'chose.

On prête à M. Loubet, notre ancien Président, un propos que je ne crois pas avoir été tenu tel qu'on nous le rapporte.

M. Loubet aurait dit un jour au tsar de toutes les Russies :

« Je serai très content de quitter le pouvoir à l'époque fixée, et je suis sûr que si Votre Majesté le pouvait, elle en ferait tout autant. »

Moi, je n'en suis pas sûr du tout. Il y a entre les deux situations une très grande différence. Le mot : pouvoir, employé à propos de nos Présidents, n'a aucune signification, attendu qu'ils ne peuvent rien. Ce sont des portraits sur une façade. Ils ressemblent, — et en disant cela je n'ai nulle intention de les offenser, — à ces idoles que les anciens avaient coutume de se fabriquer en bois ou en pierre, selon leurs moyens, devant lesquelles ils se courbaient, mais qui restaient fort étrangères à la marche des choses.

Il n'en est pas de même de l'autocrate russe. J'avoue qu'à sa place je ne ferais ni une ni deux ; je prendrais, comme on dit vulgairement, mes clics et mes clacs, et j'irais vivre dans un beau château, sous le ciel pur de la Provence, où, grâce à mes économies, je serais à l'abri du besoin tout autant qu'à l'abri des bombes. Et cela, il ne peut pas dire qu'il ne le peut pas. Il le peut très bien. D'où je conclus que, s'il ne le fait pas, c'est qu'il ne veut pas le faire.

Cependant le tsar savait pertinemment qu'entre sa position et celle de M. Loubet il n'y avait aucune ressemblance. Si donc il s'étonnait de la ferme résolution de ce dernier, c'est qu'il attachait, même à la simple représentation, une importance telle, qu'il se demandait évidemment comment, après en avoir goûté, on pouvait s'en passer.

Beaucoup de gens, qui pourtant ne sont pas de la partie, s'étonnent tout comme lui. Car enfin l'habitude est chère au pauvre cœur humain, et lorsqu'on a habité pendant sept ans l'Elysée et Rambouillet, il est bien difficile de ne pas regretter des endroits où l'on s'est embêté pendant si longtemps.

Et remarquons qu'un trouble analogue doit hanter le successeur. Il me semble qu'en me réveillant, le matin, dans le lit occupé si longtemps par un autre, je ne me croirais pas chez moi, et j'aurais des velléités de prendre mon chapeau pour m'en aller, en demandant pardon aux gens.

Tel est l'inconvénient de ce roulement.

Carnets d'automne

« Il y a, disait Shakespeare, plus de choses sur la terre et sous le ciel que n'en rêve toute notre philosophie. »

Il y a, ce qui est certain, une jeune fille qui, depuis cinq ans percluse, ayant en vain subi tous les soins, toutes les opérations, ayant épuisé l'art et la science des médecins et des chirurgiens, s'est levée tout à coup et s'est mise à marcher.

Ce n'est pas d'ailleurs le premier cas qui se présente de la puissance d'une impression sur un mal, et les miraculées de ce genre sont déjà assez nombreuses.

Ne le fussent-elles point, n'y en eût-il que quelques-unes, n'y en eût-il qu'une seule, qu'il serait encore permis de se demander si c'est rendre un réel service à l'humanité que de lui arracher des croyances, qui sont peut-être des illusions, mais auxquelles, en tout cas, elle doivent souvent la tranquillité de l'âme, et parfois la guérison du corps.

Quand on a découvert un moyen quel qu'il soit de soulager certains maux ou de rendre la santé à ceux qui l'ont perdue, on serait vraiment malavisé de ne pas s'en servir, sous prétexte qu'il n'est pas conforme à vos inclinations. Ce serait imiter le maître d'armes de M. Jourdain, qui, bien que touché, déclare que cela ne compte pas, parce que le coup n'est pas dans les règles. Ce serait, comme d'ailleurs l'ont proposé quelques parlementaires nouveau jeu, enlever aux enfants les nourrices, qui, bien qu'ayant de bon lait, se permettent d'aller à l'église.

Pour moi, je ne suis pas de ceux qui reprochent au gouvernement de ne pas fermer Lourdes. La véritable raison, je le sais, est une raison commerciale, qui a bien sa valeur, puisqu'en somme ce pèlerinage fait la prospérité du pays ; mais il devrait y en avoir, à mon sens, une autre, c'est qu'on a pu constater des guérisons causées par l'extase.

Ces guérisons s'expliquent scientifiquement. Je ne vois donc pas pourquoi les savants voudraient les supprimer. A la vérité, si vous y regardez bien, vous verrez que ce ne sont pas les vrais savants qui font cette demande. Les vrais savants ont ce doux scepticisme qu'a si bien résumé le divin Shakespeare, et qui les fait sourire avec la même indulgence à l'ignorance des croyants et à celle des incrédules.

Est-il vrai qu'il soit question de supprimer (que ne supprime-t-on pas?) ce qu'on appelle à Paris les petites voitures, autrement dit ces marchands des quatre saisons, qui ont l'autorisation de brouetter à travers la ville des fruits et des légumes, avec d'ailleurs quasi impossibilité de les vendre puisque, dès qu'ils font mine de s'arrêter, des agents surgissent, qui les prient de circuler? Cette prière accompagnée d'injures et de gourmades, ainsi que l'exi-

gent les règlements. D'où il suit que les malheureux sont obligés de faire leur commerce en trotti-
nant comme les tailleurs dansants de Molière et
que si l'on en aperçoit un de sa fenêtre, on n'a pas
le temps de descendre son escalier qu'il a disparu.

Si l'on moleste ces pauvres gens, et si l'on songe
à les renvoyer tout à fait, c'est dans l'intérêt des
commerçants établis, qui nous disent, non sans
raison : « Du moment où vous me faites payer de
grosses patentes, vous n'avez pas le droit de me
fourrer des concurrents sous mon nez. »

Et voilà comment, grâce à notre système déplorable d'impôts et notre excès de réglementations,
on va, peut-être, être obligé, demain, d'empêcher de
pauvres diables de gagner leur vie honnêtement.

Si, en effet, nous jouissions de la liberté, c'est-à-
dire si je pouvais me promener et vendre ce qui me
plaît, où il me plaît, les commerçants n'auraient
pas le plus petit mot à dire, puisqu'avant de s'établir ils auraient vu qu'il ne dépendait de personne
de faciliter ou de contrarier leurs affaires. Au contraire, du moment où il y a autorisation, je ne vois
pas ce qu'on peut leur répondre quand ils disent à
l'Etat : « Vous ne sauriez à la fois me demander de
l'argent et me priver des moyens de me le procurer. »

Ce qui me force à répéter pour la trois-millième
fois, que, lorsqu'on veut trouver la cause de toutes
nos misères, de même qu'on disait autrefois : Cherchez la femme, on peut dire aujourd'hui : Cherchez l'impôt. Quand donc les petits comprendront-
ils qu'ils sont les premières victimes des contributions prélevées sur les gros, et ne croiront-ils
plus aux fallacieuses promesses de ceux qui leur
persuadent qu'on les dégrève alors qu'on en grève
d'autres ? Pauvres moutons, tant qu'on tondra,
c'est vous qui serez tondus !

On a dit que Balzac avait créé toute la société du second Empire. Notre société, à nous, paraît avoir été créée et mise au monde par feu Ponson du Terrail. Nous vivons au milieu des disparitions et des mystères. C'est le cas de dire que l'un n'attend pas l'autre. On n'a vraiment pas le temps de s'ennuyer.

C'est à croire que, pendant ces mois d'été, une Providence toute spéciale veille sur les loisirs de Mme Gibou et de Mme Pochet, et se charge de leur fournir des sujets d'entretien. A peine avaient-elles fini de se lamenter sur l'évaporation du curé de Châtenay, que venait, à leur usage, la vieille histoire de la coupe de Benjamin.

Nous avons tous appris, dans notre jeune âge, ce que nos enfants n'apprendront plus, puisque l'histoire sainte a été remplacée par l'histoire des poids et mesures, que le petit Benjamin, adolescent de la plus haute espérance, avait été accusé de vol, parce que l'on avait trouvé dans son sac une coupe qui ne lui appartenait pas et qui y avait été mise exprès par son farceur de frère.

Cette fois, il ne s'agit plus d'une coupe, mais d'une bague. L'accusé déclare qu'on lui a fait le tour de Benjamin ; mais ceux qui l'accusent persistent à dire qu'il n'en est rien. D'où, naturellement, querelle entre les vieilles dames citées plus haut.

— Comment admettre, dit l'une, qu'un homme intelligent soit assez bête pour mettre un objet volé dans un flacon de poudre pour les dents?

— Madame, dit l'autre, c'est d'autant plus malin que cela paraît bête.

— Mais, madame, qui est-ce qui aurait pu pousser les maîtres du château à une aussi vilaine farce?

— Il paraîtrait, madame, que c'est chez eux une vieille habitude. Lorsqu'ils invitent quelqu'un à venir à la campagne, ils lui fourrent une bague dans ses affaires, et disent qu'il l'a volée.

— Voilà un singulier passe-temps. Il arrive tout de même de drôles de choses.

— Moi, voyez-vous, madame, je m'imagine que tout ça, c'est une erreur des imprimeurs, qui, sans s'en apercevoir, ont mis le feuilleton du journal dans les colonnes du dessus.

Nous savons tous que, lorsqu'une reine accouche, elle n'accouche pas d'un enfant comme les autres femmes, mais d'un prince. Ce prince est-il soumis à la loi naturelle, qui régit tous les autres gosses? Tout le fait présumer ; mais il ne faut pas le dire.

Il en a cuit dernièrement à un Polonais qui s'est avisé d'attribuer au bébé de l'empereur allemand un souci vulgaire des besoins que lui impose la nature. Ne pouvant s'en prendre à la nature, qui, cependant, est la première coupable, les juges ont condamné l'indiscret à quatre mois de prison pour crime de lèse-majesté.

Cette sentence est équitable. Il est certain que nous nous imaginions les princes faits autrement que nous; autrement, pourquoi seraient-ils princes? En nous révélant qu'ils vont à la garde-robe, ce Polonais a détruit toutes les notions de respect que nous avaient léguées nos pères, car je vous demande un peu quel respect on peut conserver pour des gens dans une certaine situation.

Parcourez le palais de Versailles, vous n'y trouverez pas un cabinet. Je sais bien que les Mémoires du temps nous parlent de certains meubles qui avaient charge de les remplacer. Mais les auteurs de ces Mémoires n'étaient que des polissons semblables à ce Polonais, et qu'on eût châtiés tout comme lui, si, quand leurs Mémoires ont paru, ils avaient encore été de ce monde.

Pour moi, j'aime mieux m'en tenir à ce que je vois ; et comme je ne vois aucun cabinet à Versailles, je pense humblement que le grand roi n'en avait aucun besoin.

Ainsi pensent aussi nos bons juges prussiens, conservateurs des saines doctrines, et qui ne sauraient souffrir la simple supposition que les organes des maîtres ne fussent pas différents de ceux des valets. Ce faisant, ils se montrent vraiment gardiens de l'ordre monarchique. Car, le jour où les sujets se croiront de la même pâte que les rois, savez-vous qu'ils seront bien près de croire aussi à l'égalité des hommes ?

Alors quoi ? La Révolution ? La République comme chez nous ? Voilà ce qui pend au nez des peuples, quand ils seront assez insensés pour dévoiler, comme dans la ballade du roi qui perdit sa culotte, les secrets du gouvernement.

Lorsque les vengeances eurent pendant de nombreuses années succédé aux vengeances, femmes tuant leurs maris pour venger leur fille, fils tuant leur mère pour venger leur père, et que ces massacres, justifiés par le talion, menaçaient de s'éterniser, Minerve apparut, et tint aux Grecs ce lan-

gage que je résume en style parisien; de peur de
rester incompris de ceux de mes contemporains
qui ne connaissent Eschyle que par d'assez vagues
entretiens.

« Mes petits amis, leur dit la déesse, il est temps
que cela finisse. Il n'y a aucune raison pour que
vous ne trouviez pas matière à vous égorger jusqu'à la fin du monde. Toute mort, selon vous,
devant être vengée, celui qui expire aujourd'hui
doit trouver quelqu'un qui tue son assassin, lequel
tué, à son tour, exigera également un vengeur.
De talion en talion, tout le monde y passera ; et il
ne restera plus personne. La sagesse vous conseille
de vous arrêter. »

Le discours de cette sagesse serait en ce moment
à sa place parmi les Russes, où la guerre civile
revêt un caractère de vengeances réciproques, dont
il est impossible d'entrevoir la fin. Aux atrocités
commandées par le pouvoir, répondent les bombes
et les assassinats. Quand ceux-ci sont commis, le
pouvoir s'indigne et ordonne des représailles. Ces
représailles en suscitent d'autres. Les uns ont le
fusil, les cachots, la torture ; les autres ont la
dynamite, le couteau, le revolver. Le sang appelle
le sang ; plus on tue, plus on tuera. Est-ce que,
de part et d'autre, au lieu d'en appeler sans cesse
aux châtiments, on n'agirait pas mieux en prê-
chant l'apaisement?

Je n'entends parler que de haine et de répression.
Il me semble qu'on a assez largement usé de ces
procédés, pour reconnaître qu'ils ne font qu'em-
pirer la situation et pour en essayer de tout con-
traires. L'Europe entière est intéressée à voir se
terminer cette série d'horreurs. Nous venons d'en
avoir une preuve très curieuse dans la mort de ce
Français tué à Interlaken par une Russe qui
l'avait pris pour un de ses compatriotes.

C'est en ce cas surtout qu'il est permis de dire qu'erreur ne fait pas compte.

On ne saurait trop admirer l'omnipotence de la Loi, lorsqu'à l'aube du jour d'ouverture de la chasse on voit affluer aux devantures des magasins les gibiers les plus divers. Quelques sceptiques, de ces gens que rien ne saurait jamais satisfaire, font cette réflexion que, ce gibier ayant dû être tué avant d'être vendu, ne peut avoir été fourni que par des braconniers, et qu'il est aussi bête de permettre la vente au moment même de l'ouverture, qu'il l'est de la défendre au moment même de la fermeture. Pour moi, j'aime mieux croire que la Loi, cette divinité porte en elle une vertu toute-puissante, et qu'il suffit de quelques lignes du *Journal officiel* pour faire se précipiter dans les boutiques, les lièvres, les perdreaux et les faisans, qui rougiraient de ne se point soumettre sur l'heure à la législation de leur pays.

Et il est fort heureux qu'il en soit ainsi. Car autrement, que deviendraient les pauvres chasseurs, qui, ayant payé fort cher le droit de circuler sur les grandes routes, où ils ne rencontrent que des automobiles, seraient obligés de rentrer chez eux le carnier vide, s'ils ne trouvaient sur leur passage de complaisants boutiquiers qui se font un plaisir de leur rendre l'honneur, en emplissant convenablement leur gibecière ?

C'est pourquoi les chasseurs ont grand tort de se plaindre des braconniers, et se montrent à leur égard d'une révoltante ingratitude. Grâce à la

cruauté des lois, s'il n'y avait plus personne pour
les violer, bien peu de gens pourraient manger du
lapin.

Songez, en effet, que les chasseurs peuvent se
partager en deux catégories : les grands, ceux qui
ont de belles chasses gardées, qui tuent des milliers de pièces, et qui, généralement, n'aimant pas
le gibier, en font cadeau à leurs amis ; et les petits,
qui errent lamentablement le dimanche à la
recherche d'un lièvre chimérique, ce qui est une
singulière façon d'appliquer le repos dominical.

Dans ces conditions, la majorité de l'espèce
humaine serait privée du plaisir de goûter un civet
sans les braconniers sauveurs, uniques fournisseurs
de nos tables, auxquels se mêlent d'ailleurs volontiers les gardes chargés de les poursuivre et de les
arrêter.

Si, par impossible, un homme venait dire à un
autre :

— Mon ami, vous allez, demain, vous lever à
cinq heures du matin, quelque temps qu'il fasse,
et j'ai lieu de croire qu'il pleuvra à verse, à moins
qu'il ne fasse une chaleur insupportable. Vous
vous répandrez aussitôt, chargé d'une arme très
lourde, dans les vallons et guérets, ensoleillés ou
inondés, et, sans aucun espoir de sauver la patrie,
vous vous livrerez à des marches forcées, ainsi
qu'à des manœuvres infiniment plus compliquées
que celles de Langres, trouvant pourtant çà et là
assez de force pour tirer un coup de fusil sur une
branche qui remue, et pour atteindre quelquefois
le derrière d'une vieille femme, laquelle vous le

fera payer son prix. Votre corvée achevée, vous rentrerez au logis, où, si l'on en croit la chanson, votre absence aura été gaiement supportée. Cependant...

— N'achevez pas, s'écrierait l'interpellé ; je ne ferai rien de ce que vous me dites là, attendu que, n'ayant commis aucun méfait, je n'ai dû subir aucune condamnation.

— Pardon, vous aurez préalablement versé une somme assez ronde au gouvernement.

— Voilà qui est bien différent ; je m'exécute.

Je crois que le plaisir de la chasse n'est un plaisir que parce qu'il est coûteux. S'il était gratuit, ses charmes disparaîtraient subitement. Beaucoup d'autres plaisirs sont d'ailleurs dans ce cas, et seraient plutôt considérés comme des peines, s'il ne fallait pas être riche pour se les procurer. La vie de ce qu'on appelle un homme ou une femme du monde, bien qu'il n'y ait plus de monde, ferait reculer d'horreur tout mortel qui n'en aurait pas pris l'habitude. Mais quoi ? N'aime-t-on pas mieux être empoisonné dans un restaurant à la mode, que de manger un bon morceau dans une modeste auberge ? Et s'il fallait payer pour recevoir des coups de bâton, tout le monde voudrait être battu.

On cherche bien loin la solution de la question sociale. Peut-être n'est-elle pas ailleurs. Au lieu de donner de forts salaires pour les travaux les plus pénibles, mettez-les aux enchères, et adjugez-les à ceux qui vous apporteront le plus d'argent. Vous verrez bientôt les milliardaires se précipiter pour être scieurs de long, et les élégantes s'empresser de laver la vaisselle. Du moment où cela leur coûtera quelque chose, cela les amusera énormément.

J'assistais à un déjeuner de chasseurs, où, naturellement, d'un bout à l'autre, il ne fut question
que de tuer. Car le verbe *tuer* est le plus fréquemment employé dans cette saison cynégétique, et
quelqu'un qui n'en aurait pas l'habitude serait
stupéfait d'entendre tomber des lèvres féminines
les plus charmantes cette expression réitérée :
« J'en ai *tué* deux ; j'en ai *tué* trois », accompagnée du plus exquis sourire. On dit cela tout
comme on dirait : « J'ai pris mon chocolat. »

Bien que, dans un déjeuner de chasseurs, il ne
soit jamais question d'autre chose que de chasse,
cette fois, grâce à un écho de journal, venant de
Marseille, quelques minutes furent consacrées à
des réflexions sur les combats de taureaux. Je
remarquai parmi les convives une indignation à
peu près générale contre ces *tueries*.

— Pardon, monsieur, dis-je à mon voisin de
droite, qui se faisait remarquer par son affection
pour les animaux, et qui venait de nous conter,
non sans orgueil, qu'il en avait *tué* une demi-
douzaine le matin, voudriez-vous me dire quelle
différence vous faites entre tuer un taureau et
tuer un sanglier, ou mieux, si vous le préférez,
un chevreuil, un lièvre ou un faisan ?

— Oh ! monsieur, me dit-il, combien cela est
différent !

— J'entends bien que cela est différent ; mais
je voudrais savoir où est la différence.

— Mais, monsieur, cela saute aux yeux.

— Pas aux miens.

— Les animaux que nous tuons à la chasse
sont bons à manger.

— Pas tous ; mais les animaux que tue le boucher sont bons à manger aussi. Vous êtes, d'ailleurs, le premier à dire que vous ne tuez pas le gibier pour le manger, mais pour le seul plaisir de *tuer*. *Tuer* est donc un plaisir.

— Il y a, monsieur, la recherche, la course, l'adresse.

— Pas toujours. Mais, si vous parlez d'adresse, d'efforts, d'ingéniosités, etc., où trouverez-vous ces qualités mieux déployées que dans les cirques ?

— Oh ! monsieur, ce spectacle, ces femmes qui applaudissent à la vue du sang répandu !

— Oh ! monsieur, ces femmes qui assistent aux curées !

— Quoi que vous en disiez, ce n'est pas la même chose.

— Il y a, en effet, une différence, c'est que, dans les combats de taureaux, ceux qui tuent risquent d'être tués, tandis qu'à la chasse, sauf accidents, on ne risque rien du tout. Je reconnais qu'à ce point de vue ce n'est plus du tout la même chose.

A bout de patience, un abonné me demande si l'on ne pourrait pas, puisque l'état de cambrioleur semble définitivement accepté, et puisqu'il est d'usage, lorsqu'on veut exercer un métier, de donner de l'argent au gouvernement, si l'on ne pourrait pas, dis-je, imposer une patente à cette nouvelle industrie ?

Étant donnés ses progrès incessants, je reconnais qu'il y aurait là, pour le budget, une source de revenus qui ne seraient pas à mépriser. J'y

verrais en outre un autre avantage : ce serait de
faire connaître les cambrioleurs, qui, la police
étant impuissante à les découvrir, seraient obligés
de renoncer à leur discret anonymat en se révélant comme contribuables.

A la vérité, ce travail, quoique se faisant à peu
près sans risques, n'est pas encore de ceux dont
la loi reconnaît officiellement l'existence. On peut
l'assimiler aux travaux qui ne sont que tolérés.
Mais ceux-là mêmes payent une redevance ; et l'on
ne voit pas pourquoi l'on ferait au cambriolage
une situation aussi favorisée qu'à l'oisiveté elle-
même.

Ne croyez pas que le cambrioleur soit un oisif.
L'état est dur, et il faut s'y donner de la peine.
C'est au point que l'un d'eux disait dernièrement
à un agent qui, par extraordinaire, l'avait pincé :
« Il y a des moments, monsieur, où l'on se
demande s'il ne vaudrait pas mieux être honnête
homme. »

Il exige un grand sang-froid et de fortes études.
C'est ce qui explique pourquoi nos apaches sont
si jeunes. Il faut s'y prendre de bonne heure,
autrement on n'arriverait jamais à rien.

Malgré toutes ses difficultés, les vocations devenant de plus en plus nombreuses, cette carrière
commence à être aussi encombrée que les autres.
Baudelaire, invité à dîner dans une famille honorable, demandait au maître de la maison laquelle
de ses deux filles il destinait à la galanterie. Nous
n'en sommes pas encore à demander aux pères
lequel de leurs garçons ils destinent à l'état de
cambrioleur ; mais nous voyons déjà les goûts se
dessiner, et les enfants, dans leurs jeux, manifester des tendances qui présagent leur avenir.

On ne peut qu'approuver le projet d'impôt de
mon correspondant, projet grâce auquel, si les

cambrioleurs continuent à nuire aux particuliers,
ils seront au moins d'un certain profit pour l'Etat.

Quelques personnes s'imaginent que je suis hostile au repos hebdomadaire. Il faut qu'elles
m'aient bien mal lu, puisqu'au contraire j'ai cons-
taté que cette recommandation était des plus
hygiéniques et que les républicains de la première
Révolution avaient eu grand tort de la condamner, sous prétexte qu'elle faisait partie des com-
mandements de l'Eglise.

Ce à quoi je suis hostile, c'est à l'intervention
de l'Etat et à l'absolutisme de la loi. Nous autres,
Français, nous sommes tellement imprégnés d'esprit césarien que nous ne savons rien faire par
nous-mêmes et que, dès que nous sentons le
besoin de quelque chose, nous nous tournons vers
l'Etat, comme des bébés vers leur nourrice. En
vain a-t-on donné la liberté des Associations ; les
Associations, les Syndicats ne prennent jamais
d'autre résolution que d'implorer l'Etat-Provi-
dence, au lieu de régler leurs affaires en famille.
Qu'on le veuille ou non, cette tendance nous mène
directement au collectivisme.

Les lois ont le terrible défaut d'être générales,
c'est-à-dire de s'appliquer indistinctement à tout
le monde. Elles ressemblent à ces remèdes qui,
tant qu'ils sont à la mode, sont donnés à tous les
malades, comme si le même remède pouvait convenir aux tempéraments les plus divers. Tout est
question d'espèce en ce monde sublunaire ; ce qui
est bon pour Lille est mauvais pour Marseille ; ce
qui est excellent pour un charcutier est désas-

treux pour un marchand de chocolat. Les lois, ne pouvant pas faire de distinctions, tout en partant d'un principe vrai, aboutissent à l'absurde.

Le jour où, animé de louables intentions, un monsieur a proclamé l'unité de la législation, ce monsieur a tout bonnement proclamé une sottise. Cette sottise a enfanté l'unité de la réglementation, la centralisation à outrance ; et c'est depuis ce moment que les boiteux doivent marcher du même pas que les ingambes, et que si la majorité aime les épinards, la minorité se verra forcée d'en manger.

N'ayant pas le crâne fait comme mes concitoyens, c'est précisément le jour où l'on voudra m'y contraindre que je cesserai de les avaler.

Je parlais l'autre jour de l'argent que chaque citoyen est obligé de donner à l'État pour avoir le droit de travailler, autrement dit des patentes. Voici que cette réflexion a été ramassée, et qu'on remet sur le tapis une vieille proposition de patente sur les oisifs, qui, dans ce cas, juste retour des choses, seraient imposés pour avoir le droit de ne rien faire.

Cette mesure, infiniment plus juste que l'autre, j'en conviens, n'a contre elle qu'un argument ; mais il est sérieux. C'est qu'elle est inapplicable. A quoi reconnaîtrez-vous un oisif ? A ceci, qu'il n'exerce pas un métier, qu'il n'occupe pas un emploi, qu'il n'est pas classé, étiqueté, soit comme épicier, soit comme fonctionnaire, soit comme avocat ou médecin ? Mais qui vous dit que cet homme traité par vous de paresseux n'est pas le plus travailleur de tous? A coup sûr, lui le dira, et que lui répondrez-vous, quand il s'expliquera en ces termes :

— Pardon, vous affirmez que je ne fais rien parce que je ne suis ni commerçant, ni affecté à une Académie quelconque. Or, sachez que cela ne m'empêche pas d'être un grand savant. Je travaille depuis dix-sept ans à un grand ouvrage, dont la publication devra transformer l'humanité.

Vainement, vous essayerez de lui répliquer :

— Vous avez vraiment une drôle de façon de travailler. On ne vous voit que dans les brasseries, ou sur l'allée des Acacias.

— Je pourrais vous dire que c'est ma façon de travailler et que c'est là où je puise l'inspiration ; je me contente de vous apprendre que ce ne sont pas mes heures, et que je me mets à la besogne de trois à cinq heures du matin. Ce ne sont point, je pense, vos affaires.

Remarquez que si cette déclaration est fausse pour la plupart, elle peut être vraie pour quelques-uns, et que toute preuve vous est impossible. Autrement, il faudrait établir en principe que tout ce qui ne rapporte pas d'argent n'est pas considéré comme un travail, ce qui serait bien digne d'un siècle aussi pratique que le nôtre, mais ce qui risquerait de le priver tout de même de quelque chef-d'œuvre inconnu.

Plus j'y réfléchis, plus je vois qu'on fera mieux de chercher autre chose.

Notre ministre de l'intérieur vient de prendre une mesure qui sera vraisemblablement approuvée par tout le monde, sauf, bien entendu, par ceux qui en sont victimes.

Il a supprimé le traitement fixe des médecins attachés au ministère. Dorénavant, ils seront payés à la tâche, autrement dit, on leur donnera une rémunération quand on les emploiera et on ne leur donnera rien du tout quand on ne les emploiera pas.

Les Chinois, qui avaient, hier encore, des mœurs assez différentes des nôtres, procèdent d'une façon tout à fait opposée. Ils payent le médecin quand ils ne sont pas malades, et cessent de le payer dès qu'ils ont une indisposition. « Qu'est-ce que nous demandons au médecin? disent-ils, non sans raison. Est-ce la maladie? Évidemment non. C'est la santé. Tant qu'il ne nous l'a pas rendue, nous ne lui devons rien. Vous autres occidentaux vous êtes si bêtes que vous intéressez les médecins au prolongement de vos maladies. Chez nous, au contraire, ils sont intéressés à ce que nous soyons gaillards et nous portions comme des dieux. »

Ce raisonnement, si juste qu'il soit, ne saurait être appliqué aux médecins des administrations, dont la fonction ne consiste pas à soigner ou à guérir des malades, mais simplement à constater leur état. Ceux de l'intérieur, n'étant pas payés aux pièces, considéraient d'autant plus leur position comme une sinécure que, de mémoire d'homme, on ne les avait dérangés. Quand un employé se disait malade, on l'en croyait sur parole et jamais on ne s'avisait de consulter le médecin. Nul ne sait mieux s'il a du mal que celui qui l'éprouve.

Lors de mon premier rapport sur le budget des beaux-arts, j'ai fait, moi qui vous parle, supprimer le traitement du médecin de l'obélisque. Car il y

avait, depuis Louis-Philippe, un médecin de l'obélisque. Il ne coûtait pas cher, et c'est sans doute
pourquoi on l'avait conservé. C'était une affaire
de cent francs par mois. On ne put me refuser
cette économie.

C'est l'unique fois, à ma connaissance, qu'une
réduction de dépenses dans le budget n'aboutit
pas à une augmentation.

Un monsieur violente trois fois sa belle-fille,
presque sa fille ; après quoi, la jeune personne
s'étant sauvée, et ne voulant pas lui donner son
argent, il lui tire des coups de revolver, et la tue.

Le jury vient de condamner ce personnage peu
sympathique, mais, comme il a admis des circonstances atténuantes, la cour ne lui inflige que huit
ans de travaux forcés. S'il se conduit bien au
bagne, comme tout porte à le croire, sa peine sera
fortement allégée, et rien ne s'oppose à ce que
prochainement il n'honore de nouveau le pays de
sa présence.

Ce qui est étonnant, et ce qui a étonné déjà bien
des gens avant moi, c'est l'admission des circonstances atténuantes. Il semble qu'on devrait obliger
les juges à en donner l'explication et à nous dire
en quoi elles consistent. Car il arrive trop souvent
qu'elles nous rendent rêveurs.

Dans le cas actuel, par exemple, quand on n'est
pas au courant, on est tenté de trouver plutôt des
circonstances aggravantes. C'est un vrai jeu de
patience que de chercher à découvrir ce qui a pu
atténuer aux yeux du jury les divers crimes que
nous venons d'énumérer. Les uns excuseraient-ils
les autres? Est-ce parce que l'homme avait violé

la jeune fille qu'il est plus pardonnable de l'avoir
tuée après ? Est-ce, au contraire, parce qu'il l'a
tuée, qu'on le juge moins coupable de l'avoir
violée ? La tentative de vol milite-t-elle en faveur
du criminel, et la victime s'est-elle mise dans son
tort en lui refusant son argent ? Cette victime
étant fille de la femme de l'assassin, et reconnue
par lui, cette situation l'innocente-t-elle en une
certaine mesure, parce qu'on peut dire que tout
s'est passé en famille ?

On reconnaîtra que voilà matière très confuse,
et que nous aurions grand besoin d'être rensei-
gnés. Puisque l'usage des circonstances atténuantes se perpétue, on devrait atténuer cet usage
lui-même, en exigeant l'indication exacte de ces
circonstances. Cet éclaircissement rendrait un
grand service aux criminels, qui, au moins, sauraient à quoi s'en tenir, et ne seraient plus exposés, comme aujourd'hui, à être condamnés à une
peine plus sévère pour avoir négligé ce qui leur
eût paru une aggravation de leur acte, et ce qui
en réalité, devant la justice, en eût affaibli la
portée.

Parmi les jolies histoires de cambrioleurs, et il
n'en manque pas, je citerai l'aventure arrivée à un
de mes amis, dont la villa fut dévalisée le plus convenablement du monde, non pas en son absence,
mais pendant qu'il donnait une soirée et que les
violons s'escrimaient au rez-de-chaussée.

La villa avait une terrasse. Nos hardis mousque-
taires y mirent une échelle, grimpèrent, s'intro-
duisirent dans les chambres, raflèrent tous les
menus objets, particulièrement les bijoux de la

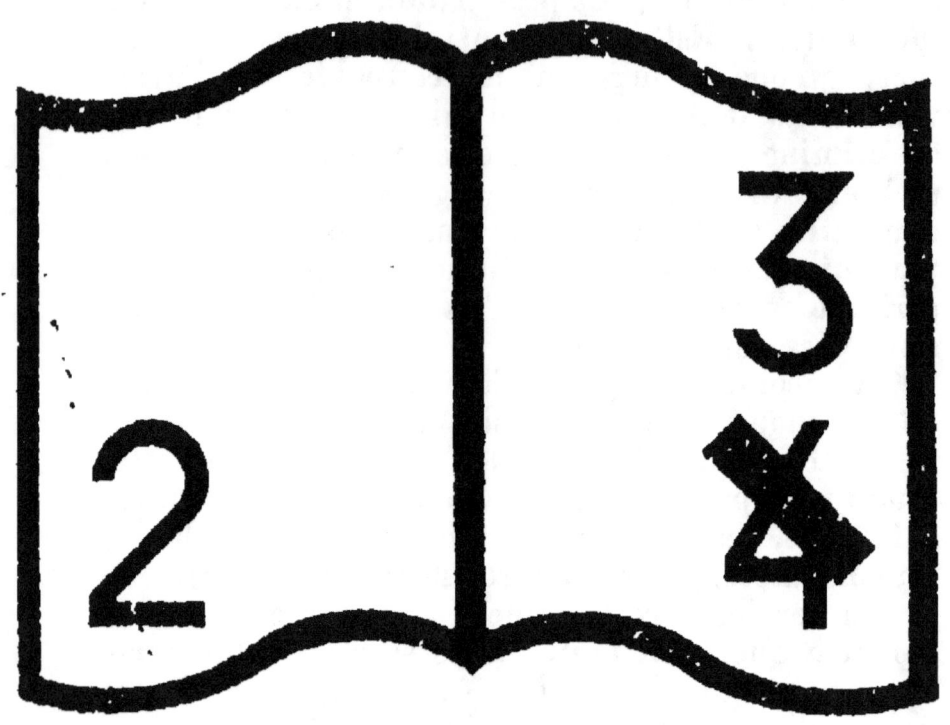

Pagination incorrecte — date incorrecte

NF Z 43-120-12

LIRE PAGE (S) 296
AU LIEU DE PAGE (S) 96

dame qui les avait laissés dans son cabinet de toilette, et disparurent non sans avoir plaisanté avec la bonne qui les avait pris pour des invités.

J'ai connu un temps où, à la campagne, on pouvait dormir les portes ouvertes. Il y avait alors beaucoup moins de police, beaucoup moins d'éclairage, et beaucoup moins d'écoles. A Dieu ne plaise que je verse une larme sur ce passé disparu, on m'accuserait encore d'être un ennemi du progrès. Car il est entendu, n'est-ce pas ? que nous vivons dans une société très supérieure à toutes celles qui l'ont précédée. Honni soit qui se permettrait de penser autrement !

Au reste, l'art merveilleux qui préside aujourd'hui aux opérations des malfaiteurs est une preuve de plus que tout est en progrès. Malheureusement, de même que la force de l'artillerie et des projectiles acquiert parfois une supériorité sur la force des blindages, des défenses, des résistances qu'on lui oppose, en sorte que les progrès simultanés ne sont pourtant pas égaux, de même il semble que les honnêtes gens restent un peu en arrière des autres. Evidemment ils sont moins ingénieux, puisque, malgré une bonne volonté qu'on ne saurait contester, ils ont toujours le dessous.

Jadis, les meilleurs policiers étaient choisis parmi les anciens voleurs. On rendait justice à l'habileté de ces derniers. Peut-être a-t-on eu tort de renoncer à cet usage, et agirait-on sagement en s'adressant aux cambrioleurs eux-mêmes pour les prier de vouloir bien se charger de la sécurité des habitants.

--- Nous ne demanderions pas mieux, me disait un haut fonctionnaire à qui je soumettais cette idée, mais nous ne pourrions jamais leur donner une situation analogue à celle qu'ils abandonneraient. Ils ne pourraient pas accepter : ils y perdraient.

Les deux points qui, à mon sens de pauvre sauvage ingénu, devraient préoccuper ceux qu'on invite à un festin, c'est d'abord de n'être pas dans un courant d'air, et ensuite, autant que possible, d'être mis à côté d'une jolie femme.

Or, il n'en est rien. Il y a des places qui sont dites d'honneur, et ce sont celles-là qu'on envie. Il n'est pas un invité qui ne préférerât mille fois attraper une fraîcheur ou un rhumatisme plutôt que de se voir relégué au bout de la table où, pourtant, il aurait une grande chance d'avoir une jeune voisine, au lieu de la vénérable douairière que lui imposent sa grandeur et le souci de sa dignité. Les hommes sont vraiment des êtres bizarres.

L'idée de se vexer mutuellement leur a fait inventer les protocoles, et il y a une commission qui a travaillé depuis 1903 à reviser le fameux décret de messidor, lequel traite des préséances. Il n'a pas fallu moins de trois ans de profondes études pour régler l'ordre et la marche des différentes classes de mandarins, et fixer la distance qu'il convient d'établir entre l'humble homme de génie qui n'est rien et le haut dignitaire qui a un rang dans la hiérarchie sociale.

Ces bagatelles, qui font rire les sages, ont de tout temps eu la plus haute importance, et l'on cite de terribles querelles, même des guerres, qui n'ont pas eu d'autre cause qu'un froissement d'étiquette. Notre régime de démocratie égalitaire ne le cède en rien, sur ce terrain, aux aristocraties et aux monarchies du passé ; et je crois bien que tant qu'il y aura des dîners, on s'y inquiétera plus de la place qu'on y occupe que de la saveur des mets qui y sont servis. Nul, d'ailleurs, ne suit le conseil de l'Evangile, qui vous exhorte à vous asseoir aux extrémités, pour qu'on vienne vous proposer de l'avancement ; car chacun sait qu'on ne lui proposerait rien du tout et qu'on le laisserait où il est.

Qu'est-ce que cela peut lui faire, pourvu qu'il soit nourri comme les autres ? Il paraît, pourtant, que c'est épouvantable.

Ce qu'il y a de plus curieux, c'est que plus on s'efforce d'éviter les rancunes et les fâcheries avec des règlements formels, plus on les accroît et plus on les rend inévitables. Dans un omnibus ou au restaurant, personne ne se plaint de sa place, parce qu'elle ne lui était pas désignée ; mais, de quelque façon que s'y prennent un maître ou une maîtresse de maison, ils n'échapperont jamais au terrible reproche de s'être conduits comme des mufles et de s'être plu à faire des crasses.

Je suis plein d'indulgence pour les fonctionnaires qui ne fonctionnent point, étant de ceux qui croient que dans notre pays on fonctionne beaucoup trop, et que, si l'on fonctionnait moins, les affaires n'en iraient que mieux.

J'ai connu jadis à l'Hôtel-de-Ville un jeune employé qui admirait beaucoup Alfred de Musset, et qui avait le bon goût de préférer la lecture des poètes à celle des lettres que l'administration lui donnait à copier. Tandis qu'il avait le nez dans un volume de vers, il mettait lesdites lettres avec le plus grand soin les unes sur les autres, et, de temps en temps, lorsque cela lui disait, c'était rare, il expédiait la première venue, qui, vu son système, se trouvait toujours la plus récente, les anciennes ne pouvant revoir le jour, puisqu'elles étaient de plus en plus couvertes par les nouvelles.

Eh bien! cela marchait tout de même. Quelques maires se plaignaient ; le chef du bureau municipal annonçait à mon employé qu'il mourrait sur l'échafaud. Cela lui arrivera peut-être ; mais, en attendant, il est devenu ministre.

Un jour, dans un ministère, que je me garderais de nommer quand même j'aurais la tête sur le billot, deux parlementaires, qui avaient un renseignement à demander, se promenèrent lamentablement de pièce en pièce sans savoir à qui parler. Nul ne gênait leur promenade. Ils eussent pu à leur gré fouiller dans les cartons, emporter les papiers, si le jeu en eût valu la chandelle, mais quel cambrioleur en aurait voulu? Finalement ils recueillirent un garçon de bureau, qui rentrait de déjeuner, et qui à son tour se mit vainement à la recherche du chef, du sous-chef, du commis principal, des autres commis, tous partis à la queue-leu-leu sous d'autres cieux. Pour sauver l'honneur de l'administration, le garçon mit nos parlementaires en présence d'un inconnu qui sentait le vin à pleine gorge ; et jamais on ne leur ôtera de l'idée que cet inconnu était un client rencontré au débit du coin. Ce qui cependant tendrait à faire croire qu'il appartenait bien à la bureaucratie, c'est qu'il ne comprit pas un mot à ce qu'on lui demandait.

Aussi ne serais-je pas éloigné d'approuver le monsieur qui m'écrit, et qui me demande pourquoi, puisque les affaires vont tout de même, alors qu'un employé peut ne pas paraître à son bureau pendant une année, le ministre, au lieu de supprimer l'employé, ne supprime pas l'emploi.

Je suis de ceux qui, à Monte-Carlo, jouent la
série ; j'ai remarqué, en effet, que tout va par série
dans la nature. Quand une couleur est sortie, quand
un numéro est sorti, il y a beaucoup de chances
pour que couleur et numéro sortent encore.

Il en est exactement de même dans la vie. Lorsqu'un homme fait une bêtise, il est excessivement
rare qu'il n'en fasse pas plusieurs. Quand c'est une
Assemblée ou un Gouvernement, ils ne s'arrêtent
plus. Lorsqu'il se commet, quelque part, un méfait
d'un certain genre, il semble qu'il devrait être
isolé, vu le danger de le commettre de nouveau.
Pas du tout. Il se répète.

Ni un incendie, ni un meurtre, ni un suicide, ni
un vol ne vont seuls. Et il en est des larcins comme
des chapeaux ; pour les uns comme pour les autres
il existe une mode.

La mode aujourd'hui est au vol des bagues. On
n'a pas encore éclairci le mystère de la première
disparue, que déjà, de tous côtés, des cris s'élèvent
pour réclamer des bagues enlevées. On se croirait
chez Robert Houdin en pleine séance d'escamo-
tage.

Je ne saurais trop conseiller aux dames, pendant que cette mode sévira, de ne plus porter,
ostensiblement, de bagues précieuses. Ce serait le
vrai moment de revenir à l'usage, aujourd'hui disparu, des petites bagues faites avec les cheveux de
son bon ami. Il n'y a pas de danger que celles-là
excitent jamais la concupiscence des étrangers.

Vous connaissez l'histoire de ce poste où un fac-
tionnaire s'était tué, et où l'on ne pouvait pas placer un soldat sans qu'il éprouvât le besoin de s'y

tuer à son tour. Vous n'êtes pas non plus sans avoir entendu parler de ces maisons où, quelqu'un s'étant pendu, tous les locataires se pendent successivement comme lui, en sorte que personne ne veut plus y entrer. Ces faits incontestables confirment la loi inconnue des séries.

Malheureusement, dans cette matière, on ne peut que constater. Comme il est impossible de savoir quand la série s'arrêtera, il est impossible de savoir à quel moment il faut cesser de s'en préserver, et l'on risque fort de tomber dans une autre.

C'est toujours comme à la roulette, où il est très malin de jouer la série, mais cela n'empêche nullement de perdre son argent, tout comme si on ne la jouait pas.

J'ai été bien aise d'apprendre, en lisant, hier, notre chronique des tribunaux, qu'il n'en coûte plus que seize francs d'amende pour avoir été battu par des agents. Autrefois c'était beaucoup plus cher que ça. J'ai connu un temps où, si vous aviez reçu un coup de sabre d'un dépositaire de la force publique, vous n'en auriez pas été quitte à moins de quinze jours de prison.

Décidément les bonnes habitudes se perdent. Toutes les notions du vieux droit sont négligées. A la vérité, on n'ose pas encore ne pas appliquer cette règle immuable de notre droit public que les battus payent l'amende, règle sans laquelle il n'y aurait plus de société possible ; mais on va de plus en plus en l'amoindrissant, et ne plus donner que seize francs pour être passé à tabac, ce n'est vraiment pas payé. Il faudrait n'avoir pas seize francs dans sa poche pour se refuser à exercer ce droit de l'homme, qui, pour n'être pas inscrit dans la fameuse proclamation, n'en est pas moins le plus précieusement conservé depuis la Révolution française.

Il y a un danger à mettre ainsi ce passage à tabac à la portée de toutes les bourses. L'affluence de ceux qui voudront se le procurer va augmenter d'autant, et dans nos commissariats on ne saura plus auquel entendre. Le ministre de l'Intérieur et le préfet de police auront beau envoyer des circulaires, qui diable en tiendra compte?

— Comment, s'écrieront les citoyens, vous nous laissiez battre alors que cela nous coûtait les yeux de la tête, et vous le défendez maintenant que pour seize francs nous pouvons en voir la farce !

Ce n'est pas, comme on dit, la peine de s'en priver, et, bien que les juges aient cru devoir blâmer énergiquement ces gaietés du sabre, ce n'est pas de sitôt que nous serons débarrassés d'une habitude tellement invétérée, que c'est d'elle surtout qu'on peut dire qu'elle est une seconde nature. Depuis longtemps, les rôles étaient intervertis, ce ne sont plus les buveurs qui rossent le guet, c'est le guet qui rosse les buveurs.

Peut-être, si l'on veut décidément en finir, serait-il utile de changer de condamné, et d'appliquer dorénavant l'amende, non plus à celui qui a reçu les coups, mais à celui qui les a donnés. Seulement ce serait une telle révolution de la jurisprudence, et un tel renversement des règles de la justice établie, qu'on ne saurait y songer sans frémir.

Il y a des années, bien des années, tant d'années, que moi qui n'ai pas de mémoire, je ne saurais

vous dire combien il y en a, un député français se
trouvait à Rome, et, comme il passait pour avoir
quelque notion d'art, on lui fit visiter ce que personne ne visitait encore, les travaux colossaux qui
posaient les fondations de ce qu'on appelait alors
la statue, de ce qu'on appelle aujourd'hui le monument de Victor-Emmanuel.

Tout un quartier de Rome avait été éventré. « Ce
sera grandiose, disait le guide. La statue de saint
Charles, celle de Bartholdi, jouets d'enfants. Rien
que dans la jambe du cheval, vous pourrez donner
un dîner de vingt couverts. On l'apercevra d'une
distance considérable, tout comme votre Tour Eiffel de Paris. »

Le voyageur était rêveur. Il ne pouvait s'empêcher de se représenter le mouvement de surprise
de l'étranger, qui, approchant de la Ville Éternelle, de la cité des Scipion et des César, de celle
qui deux fois domina le monde, d'abord par ses
empereurs, ensuite par ses papes, au moment même
où il rêvera du Forum, du Capitole, du Colisée, du
Panthéon, de Saint-Pierre et de Michel-Ange,
verra se dessiner à l'horizon un point gigantesque
et dominateur, et à qui l'on dira : « Vous reconnais-
sez Rome à ce signe : c'est la statue de Victor-Emmanuel. »

En songeant à cela, le voyageur se disait que
tout de même il n'était peut-être pas nécessaire de
donner tant d'envergure à une figure contemporaine, et de faire écraser tant de siècles par un
homme, qui, au demeurant, eut plus de bonheur
que de génie. Il se demanda si, quelque jour, il ne
nous viendrait pas à nous aussi l'idée de lancer
dans nos cieux un monsieur Thiers énorme, qui
pourrait contenir dans son nez deux ou trois cabinets particuliers.

Cependant, il se contenta d'avoir ces pensées

sans les exprimer, n'étant point là pour contrarier.

Il se borna à dire :

— Les deux hommes qui firent l'unité italienne s'appellent Cavour et Garibaldi.

— Oui, monsieur. C'est pourquoi l'on glorifie Victor-Emmanuel, qui en profita.

Cette réponse était-elle ironique? Je ne crois pas. Le guide était du pays de Virgile, et savait que le *sic vos non vobis* est la clef de la justice humaine.

Tout cela, voyez-vous, me disait un député de l'ancienne fournée, c'est la faute aux séances du matin.

— Expliquez-vous.

— Je vais vous dire. Dans l'ancienne Chambre, on avait pris la triste habitude de siéger deux fois par jour. Les députés acceptaient d'autant plus volontiers les séances du matin qu'ils n'y venaient point. Les fonctionnaires du ministère de l'Intérieur eux-mêmes consentiraient volontiers à ce que les bureaux fussent ouverts de cinq heures du matin à dix heures du soir, pourvu qu'ils ne fussent point contraints de s'y trouver. Malheureusement, à la Chambre, cela présentait un inconvénient.

— Lequel?

— Suivez bien mon raisonnement. Bien qu'il n'y eût personne le matin, il sortait des lois tout de même, car c'est une singularité remarquable que lorsqu'une machine est en mouvement, on a beau ne rien mettre dedans, il en sort toujours quelque chose. Donc, il sortait quand même des lois de la mécanique législative. Seulement, comme ces lois s'étaient faites toutes seules, comme personne n'y avait collaboré, et comme ceux qui les avaient votées les ignoraient profondément, il se trouva que plusieurs de ces lois n'avaient ni queue ni tête. Vous me direz sans doute méchamment que cela n'établit pas une différence notable entre les lois du matin et celles de l'après-midi, et que souvent une œuvre n'en est pas meilleure pour avoir été plus travaillée. J'ai connu un directeur de théâtre qui était l'ennemi des répétitions. Il prétendait que plus les comédiens répétaient leur rôle, moins ils le savaient. Ce sont là choses qui se peuvent soutenir. Vous conviendrez néanmoins que lorsqu'une loi est inapplicable, il est fort désagréable à un ancien député comme moi de s'entendre dire : « Vous l'avez votée », alors que je n'en ai aucune connaissance.

— Cependant, le *Journal officiel* n'a enregistré votre nom que parce que votre nom s'est trouvé sur un bulletin.

— Mon ami, vous touchez là à une opération mystérieuse de laquelle personne ne s'est encore rendu compte et qui relève de l'ancienne cabale. Vous me croirez si vous voulez, mais les bulletins doivent être ensorcelés et aller d'eux-mêmes dans les urnes, car du diable si j'en ai jamais vu un seul, et il se trouve que j'ai toujours voté.

De louables efforts sont faits pour empêcher les gens de boire. Partout il se forme des ligues qui répandent des images où l'on voit nos poivrots, tout comme les cardinaux d'Holbein, poursuivis par la main décharnée de la Mort ; ces ligues distribuent même de l'argent pour qu'on ne boive pas ; mais, après avoir cherché toutes les manières possibles de dépenser cet argent, son possesseur en trouve rarement une meilleure que de le boire.

Et le plus amusant dans cette campagne, c'est l'Etat. L'Etat est toujours amusant ; ici, il l'est plus qu'à l'ordinaire. Il rappelle, en effet, le vieux père Gargantua qui, à la mort de sa femme Badbec et à la naissance de son fils Pantagruel, ne savait s'il devait rire ou pleurer.

L'Etat joint ses objurgations à celles des plus ardents apôtres de la sobriété. Il ne manque pas une occasion de manifester l'horreur qu'il éprouve pour les ivrognes et pour l'empoisonnement public. Il augmente considérablement les droits sur l'alcool, en protestant qu'il n'a d'autre but que d'en diminuer la consommation, cependant qu'*in petto*, il supplie le Seigneur qu'il n'en soit rien et qu'on boive plus que jamais, afin qu'il puisse équilibrer son budget et que le ministre des finances ne soit pas réduit à aller chanter dans les cours avec une sébille, un caniche et un orgue de Barbarie.

Car, il ne faut pas vous le dissimuler, l'Etat est encore plus intéressé que les marchands de vins à l'augmentation du nombre des buveurs. On frémit en songeant à l'énorme trou que creuserait dans notre budget l'amélioration du genre humain sous ce rapport et à ce qu'il en coûterait si, par impossible, les sociétés de tempérance ramenaient les populations à la vertu. C'est au point qu'un représentant de l'Etat, véritablement soucieux de ses devoirs, devrait, au lieu de bousculer le pochard qu'il rencontre, le saluer respectueusement en lui disant :

— Tu es une colonne de la société ; plus tu titubes, plus tu la solidifies.

Jamais, cette situation étant donnée, je ne pourrai croire à la sincérité de l'Etat rappelant les hommes à la modération. Il me fait l'effet du cabaretier du « Néant » qui, tout en s'entourant d'avertissements funèbres, n'a d'autre préoccupation que d'augmenter la pile des bocks.

Donc Venise veut des tramways. Venise est fatiguée de n'être pas une ville comme toutes les autres. Elle a assez de ses lagunes, de ses canaux, de ses gondoles, de ses vieux palais en ruines. Venise a soupé de la poésie ; elle veut de la prose, de la bonne prose. Venise ressemble à ces petits garçons si charmants avec leurs longs cheveux bouclés, et qui disent en pleurant : « Moi, je veux qu'on me rase la tête ; je veux être aussi laid que les autres, na ! »

Venise a raison. Dans notre temps, il ne faut pas se distinguer. Egalité, égalitas. Il en est des villes comme des individus ; depuis le Kamtchatka jusqu'aux antipodes, tous doivent porter le même chapeau, la même redingote, la même cravate. Ainsi les cités doivent avoir les mêmes maisons, les mêmes rues, les mêmes trottoirs, et suivre la mode du jour. A-t-on jamais vu une ville qui se permet de rester belle, pittoresque, charmante, et qui n'est pas encore pliée au niveau de la laideur universelle ! Rome a depuis longtemps mieux compris son devoir : Rome a des quais bien propres, Rome a nettoyé son Colisée, Rome fait les plus louables efforts pour ressembler à Chicago ; on espère qu'elle y arrivera.

Mais Rome n'est point gênée par les eaux ; Rome peut à son gré imiter Paris, bouleverser ses parcs, ses villas, tracer des avenues bien droites où circulera la civilisation entre de hautes maisons de rapport ; tandis que la pauvre Venise, condamnée au rêve et à l'art, ne sait comment se tirer de cette Adriatique qui l'enveloppe, et qui la fait briller comme une escarboucle oubliée parmi des cailloux. Aussi rappelle-t-elle de tous ses vœux l'ingénieur habile qui l'arrachera à son passé, et la fera jouir enfin de ces bienfaits du progrès vers lesquels elle aspire.

Soyez tranquille, noble Venise, il viendra. Je suis un prophète qui ne trompe pas. Je le disais un jour à une Grecque adorable, qui se lamentait de porter encore le costume délicieux de son pays : « Rassurez-vous, cela ne durera pas, madame ; vous viendrez chez nous, où un tailleur vous habillera comme il convient. »

Et en effet elle est venue ; et maintenant, quand elle se promène, tout le monde croit qu'elle est née rue du Bac ; ce qui la flatte à un point qu'on ne saurait s'imaginer.

Il est bien regrettable que les beaux jours soient si courts, surtout quand on se les fabrique soi-même avec l'ingéniosité de ce domestique normand, qui vient d'être arrêté à Dieppe.

Ce valet de ferme, très observateur du cœur humain, s'était dit que le point n'était pas d'être réellement riche, mais de le paraître. On lui avait conté l'histoire d'un tas de gens qui dépensent des millions sans avoir un sou, et il en avait con-

clu que, du moment où les autres vous croient
opulent, c'est exactement comme si vous l'étiez.

Et sa conclusion était sage. J'ai connu jadis un
petit jeune homme, qui était auxiliaire à la Ville,
laquelle lui octroyait généreusement trois francs
trente-trois centimes par jour. Avec ses trois
francs trente-trois centimes, ce jeune homme, qui
prétendait descendre par les femmes des anciens
ducs d'Athènes, avait trouvé moyen de louer un
bel appartement, rue Saint-Honoré, et d'y donner de somptueuses soirées, auxquelles il daignait
inviter ses collègues. Son supérieur, le commis
principal, en était extasié, et avait pour lui la
plus haute considération. On se demandait bien
parfois comment ce grand seigneur consentait à
venir faire des copies dans un bureau, mais on se
rappelait le Rodolphe des *Mystères de Paris*, et
l'on pensait que tous les goûts sont dans la nature.

Le mystère du bonhomme fut pénétré un soir
qu'on remarqua chez lui l'absence absolue de
cigares. Les cigares sont, en effet, la seule chose
qu'on ne puisse avoir à crédit. Notre gentilhomme
avait loué l'appartement sur la vue des meubles
que le tapissier avait fournis sur la vue de l'appartement. Et, l'appartement et les meubles ayant
suffi pour inspirer confiance, tous les autres fournisseurs s'étaient mis à la disposition d'un locataire qui n'avait pas le premier décime pour les
payer.

Cela dura quelques mois, au bout desquels le
faux millionnaire s'enfuit vers d'autres rives.

Le valet de ferme qu'on vient d'arrêter n'a vécu
que quinze jours d'une opération semblable. Il
avait fabriqué un faux testament, et, comme il
montrait ce faux testament à tout le monde, tout
le monde lui avançait de l'argent. Il avait pu
s'habiller de neuf, engager des domestiques, ache-

ter une propriété et s'enquérir d'automobiles à
vendre.

Qui sait combien de temps cela aurait pu durer,
si la chance se fût montrée plus favorable au
génie? Tout n'est qu'heur et malheur. Je trou-
verais, pour ma part, une circonstance atténuante
dans la connaissance qu'avait cet aimable filou de
l'incommensurable bêtise humaine.

Un ami de l'autorité, bien Français par conséquent, m'a écrit dernièrement tout exprès pour
me dire que je n'étais qu'un sot de contester les
bienfaits de l'État-Providence.

Ce correspondant, bien convaincu qu'il va de
l'avant, comme on dit, aujourd'hui, toutes les fois
qu'on se met à marcher à reculons, regrette le
temps où l'on publiait le ban des vendanges, et
où, l'époque étant fixée par la loi, tout le monde
faisait de bon vin, tandis qu'aujourd'hui, où chacun est libre, les récoltes sont détestables. Tels
sont les inconvénients de la liberté.

Ce brave homme serait évidemment renversé,
si je lui disais qu'il vaut beaucoup mieux boire
du vin exécrable, qu'on fabrique à sa volonté, que
d'en boire de l'excellent, imposé et commandé.
Ainsi pensait le loup de La Fontaine, qui préférait son indépendance à la bonne nourriture pro-
posée par le chien.

Il n'est pas douteux que l'État étant chargé de
notre bonheur, pourrait ajouter beaucoup de
beurre à notre pain sec ; mais nous sommes de
ceux qui repoussent tout le beurre imaginable
acquis au prix de la domesticité. Nous entendons

mener nous-mêmes notre existence comme il nous
convient, et que personne ne nous force à être
sages et heureux.

On peut être d'un avis opposé ; mais ce qui est
incontestable, c'est que les partisans de la réglementation et de la législation à outrance, lesquels
s'imaginent progresser, retournent au contraire
par grandes enjambées au régime du passé. Le
regret du ban des vendanges est un aveu. C'était,
en effet, sous l'ancien régime que tout était régle-
menté, et l'Etat s'occupait si minutieusement de
la félicité des personnes, qu'il allait jusqu'à ordon-
ner la coupe de leurs vêtements, et fixait l'heure
où elles se devaient coucher.

C'est vers cet heureux temps qu'on nous
ramène. Espérons que prochainement une loi
fixera le genre de nourriture qui convient à nos
estomacs, ainsi que la quantité de boisson à
laquelle il faudra nous arrêter. Certainement
nous ne nous en porterons que mieux.

En attendant, nous allons manger du pain ras-
sis le lundi. Et l'on ne m'ôtera pas de l'idée que
notre bon père l'Etat a voulu ainsi donner à ses
enfants une leçon de prévoyance, en les contrai-
gnant à s'approvisionner la veille, et à ne pas
faire comme ma cuisinière, qui, ayant oublié le
fromage, ne put, dimanche, s'en procurer pour
mon dîner. Cette privation me fut d'autant plus
douce, qu'elle coïncidait avec la lecture d'un discours ministériel, où l'on m'apprenait que j'en-
trais enfin dans une ère de liberté.

Beaucoup de choses étonnent le Français qui
voyage en Angleterre. Mais parmi ces choses il

on est une qui le plonge dans la stupéfaction la
plus profonde : c'est qu'on ne lui enregistre pas
ses bagages.

En France, nous ne saurions comprendre un
voyage en chemin de fer sans une attente prolon-
gée devant un guichet, en plein courant d'air, car
vous avez dû remarquer que toutes les choses
sérieuses se font dans un courant d'air. Nous
attendons ainsi avec ou sans patience, selon les
tempéraments, que nos malles, charriées sur une
brouette, aient été déposées sur une bascule, où
elles révèlent leur poids avec la sage lenteur qui
caractérise toutes les opérations d'une certaine
importance.

Cela fait, et, tandis qu'une grosse dame vous
marche sur les pieds et vous donne des coups de
poing dans le dos pour passer avant vous, vous
vous cramponnez au carreau du guichet, derrière
lequel un employé, après avoir exigé le dépôt de
votre billet, comme si vous étiez là pour votre
plaisir, et que vous n'ayez nullement l'intention
de vous mettre en route, écrit quelques mots illi-
sibles, d'abord sur un grand registre, ensuite sur
une petite bande de papier ; puis, toujours sans
se presser, car lui ne part pas, vous tend la susdite bande avec votre billet, dans la possession
duquel vous rentrez, moyennant une faible
somme.

Ces formalités terminées, il vous est permis
d'échapper à la grosse dame, ainsi qu'au courant
d'air, et de gagner un compartiment ; mais il faut
avoir soin de garder précieusement la bande de
papier illisible, car elle vous sera indispensable,
quand vous serez arrivé à destination, pour vous
faire remettre vos colis. Si par hasard vous la
perdiez, c'en serait fait de vos affaires, et il vous
faudrait constituer avoué. Or, quand une fois on

à constitué avoué, il est impossible de savoir si l'on ne finira pas dans la prison de Latude.

Je n'ai pas besoin d'ajouter, car nul ne l'ignore, qu'à l'arrivée se répète la station dans le courant d'air, déjà subie au départ. Vous mettez encore plus de temps, et vous avez encore plus de peine à retrouver vos bagages qu'à les abandonner.

En Angleterre, les choses se passent étrangement. Vous arrivez, on vous prend vos malles, on les dépose dans un fourgon, à côté de votre wagon : on ne les regarde pas, on ne vous regarde pas, on n'écrit sur aucun papier ; puis, quand vous descendez, vous allez reconnaître ce qui vous appartient, et vous faites signe à un porteur, qui l'enlève.

Nous n'avons jamais pensé à ça.

Lorsque furent créées les palmes académiques, la plus grande pensée du règne, on ne songea pas à les canaliser, autrement dit, à fixer leur répartition. La distribution fut laissée au bon plaisir du distributeur. Depuis, le distributeur, débordé par les demandes (on en compte de vingt à trente mille par semestre), crut devoir se réglementer lui-même, ce qui est toujours amusant, et il décida qu'il serait donné tant de palmes par département, selon le chiffre de la population.

C'est pourquoi, aujourd'hui, il est répondu à un solliciteur :

— Pardon ! Votre département n'a droit qu'à dix-sept hommes distingués.

— Mais, monsieur, deux parfaits ignorants ont fait partie de la dernière promotion.

— C'est qu'ils appartenaient à un département qui n'avait pas son contingent, et on a pris ce qu'on a trouvé.

Voilà sage administration. C'est un système analogue que nous voyons appliqué dans les divers cahiers des charges des théâtres subventionnés, et particulièrement dans celui de l'Opéra, où je lis que la direction est obligée de représenter chaque année huit actes nouveaux de compositeurs français.

Ne me dites pas qu'il pourrait se trouver qu'on telle année il se présentât une quantité considérable de belles œuvres, et qu'en telle autre il ne se présentât rien du tout. Ceci est contraire au bon ordre des affaires. La qualité importe peu. Il faut huit actes, arrive qu'arrive. Je pense qu'on a dû calculer cela également selon le chiffre de la population ; et si M. Piot réussit dans son entreprise, et que le nombre des naissances s'élève, j'espère que nous aurons droit à un acte de plus.

On parle de nommer une commission spéciale, qui établira la quantité d'hommes de génie et de talent que pourra se permettre la France, relativement à son étendue. On pourra en ajouter un dans les années bissextiles.

En Norvège, les femmes peuvent faire partie du jury. C'est du Nord que continue à nous venir la lumière, avec la littérature. Il n'est donc pas étonnant que le féminisme y ait fait plus de progrès que chez nous.

Malheureusement, tous progrès ont leurs inconvénients. On le voit bien par le repos hebdoma-

daire, par les écoles mixtes, par les transformations d'impôts, et par un tas d'autres changements,
qui, dès qu'ils sont accomplis, mettent les gens
dans l'embarras. Dans cet embarras viennent de
se trouver trois dames norvégiennes, qui, ayant
à juger des affaires scabreuses, ont reculé devant
l'énormité des propos, et demandé la permission
de ne pas siéger, permission qui leur a été d'ailleurs très galamment accordée.

Je ne sais pas si ce cas se présenterait chez nous.
A vrai dire, j'en doute. L'affluence du beau sexe
dans tous les procès croustillants ne démontrerait
pas suffisamment l'énergie de nos compatriotes,
qu'il serait difficile de la nier, lorsqu'on voit nos
théâtres, où se tiennent les conversations les plus
vives, envahis jusqu'à déborder par le flot des
spectatrices, qui ne paraissent pas le moins inté-
ressées et les moins attentives. Nous ne sommes
plus au temps où les jeunes filles croyaient devoir
cacher leur rougeur sous un éventail ou sous leur
mouchoir de poche. Rien, aujourd'hui, ne les
épouvante ; et je les crois de taille à rendre la
justice sans effroi, même dans les causes où la
pudeur est le plus abominablement outragée.

Les antiféministes auraient donc mauvaise
grâce à s'emparer de ce petit fait norvégien, pour
montrer quels inconvénients peuvent résulter de
l'accès des femmes aux fonctions, jusqu'ici réservées au sexe mâle. Plusieurs de mes contempo-
raines m'ont déjà fait l'honneur de me demander
pourquoi, puisqu'il faut être deux pour certains
actes, il n'est permis qu'à l'un des deux d'en parler.

J'ai répondu à cette question indiscrète comme
on répond toujours, par le manque de grâce que
donne l'impureté des propos ; mais elles m'ont
répliqué victorieusement qu'elles ne comprenaient

pas pourquoi, puisque les hommes avaient tant
d'estime pour l'honnêteté du langage, ils ne com-
mençaient pas par la pratiquer eux-mêmes.

Nil novi sub sole (rien de nouveau sous le
soleil), dirait encore aujourd'hui le grand roi
Salomon, si, revenant à la vie, il considérait le
pâle troupeau des humains et des humaines de
notre xx° siècle. Il constaterait, non sans sourire,
que si chacun de nous n'a pas trois cents femmes,
c'est parce que ses moyens ne le lui permettent
pas, mais qu'en revanche les préceptes de Moïse
ont conservé leur vieille autorité.

Le repos du Seigneur triomphe sur toute la
ligne, et l'on distingue nettement le doigt de la
Providence dans cette application du commande-
ment de Dieu faite par les incrédules. Ces derniers, lorsque l'Assemblée nationale de Versailles
voulut imposer ce repos, crièrent comme des enragés et menacèrent d'une révolution. Aujourd'hui,
ce sont eux qui l'ordonnent. Ils ont simplement
sauvé la face en mettant hebdomadaire au lieu de
dominical.

On nous a conté récemment qu'à Béziers, en
l'an 1436, le consulat avait rendu une ordonnance
en vertu de laquelle il était interdit aux cordon-
niers de faire des chaussures neuves ; cependant
ils pouvaient rafistoler les vieilles. Les tailleurs
ne pouvaient plus non plus faire d'habits neufs ;
on tolérait pourtant qu'il fût remis des aiguillettes
aux culottes. Chose plus curieuse, les apothicaires
fermaient. On n'admettait pas que personne eût
besoin de médicaments ce jour-là, et, félicité

suprême, nul n'avait le droit d'être malade. Voilà ce que j'appelle un bon gouvernement.

On fermait aussi les tribunaux, les boucheries, les rôtisseries et les tavernes. Nous, nous n'allons pas jusque-là. Nous sommes autorisés à boire et nous avons encore des comédiens.

Ce qui est intéressant à constater, c'est que, dans l'ordonnance de Béziers, il n'est pas question des boulangers.

Les gens de cette époque barbare en étaient encore à croire que le pain est plus indispensable que le vin. Étaient-ils bêtes !

La Ristori, qui vient de mourir, jouait, un soir, *Maria Stuarda*, au Théâtre Italien, connu sous le nom de salle Ventadour, lequel, étant un des plus confortables de Paris, et l'un des rares qui fussent complètement isolés, devait fatalement être remplacé par une maison de banque.

Maria Stuarda était un des grands succès de la Ristori. Elle était particulièrement remarquable dans la superbe scène des adieux, au moment où, sur le point de monter à l'échafaud, elle est entourée de ses femmes en pleurs.

Or, le soir dont je parle, à l'instant le plus pathétique, alors que les spectateurs étaient suspendus aux accents émouvants de la tragédienne, tout à coup un chat superbe sortit de la coulisse de gauche, fit le tour du groupe agenouillé, flaira silencieusement chaque jupon, et majestueusement se retira par la droite.

Vous connaissez le public. Ce fut un rire inextinguible. Les larmes de la pauvre reine, les sanglots de ses femmes, l'émotion qui gagnait, la poésie de Schiller, tout disparut et fit place à un accès de gaieté, qui transforma la salle en tire-bouchon. L'actrice sortit furieuse ; mais personne n'y pouvait rien.

Toppfer a des pages charmantes sur le fou rire, sur ce rire irrésistible, qui gagne les gens comme un bâillement, auquel nul ne peut échapper, et qui, plus la cause en est bête et ridicule, plus il entraîne et se prolonge. C'est une de nos infirmités ; toutes les gravités sont vaincues ; aucun sérieux ne peut lutter. J'ai vu, dans une autre occasion, à Satory, le fou rire parcourir toute une bande de prisonniers devant les mitrailleuses. Ce n'était ni courage, ni bravade : c'était on ne sait quoi. Ils riaient.

Don César de Bazan riait devant les pendus. « De ma vie, me disait un de mes amis, je n'ai ri comme le soir où j'ai été arrêté, et où l'on m'a enfermé dans un violon, d'où je ne devais probablement sortir que pour être fusillé. La vue de la figure piteuse d'un de mes compagnons me mit dans une telle joie, que je passai la nuit à me rouler. Ma femme et mes enfants m'attendaient au logis. »

L'homme est tout de même un drôle de corps.

« On a eu tort, m'écrit-on, de prendre pour une boutade votre proposition d'imposer une patente aux cambrioleurs, apaches, détrousseurs, souteneurs et autres industriels analogues. Il suffit d'ouvrir le premier journal venu pour se convaincre que ces messieurs exercent une profession

comme une autre et un métier parfaitement
reconnu.

« Ils ont, comme on a pu le voir encore il y a
quelques jours, des établissements spéciaux où ils
se rencontrent à l'heure de l'apéritif, et le patron
est tellement au courant de leurs occupations que,
lorsqu'on s'adresse à lui pour quelque renseignement et qu'on lui dit, par exemple :

« — Quel est donc ce monsieur frisé qui fait
une partie d'écarté dans le coin devant la glace ?

« Il répond : « C'est un assassin », du même
ton dont il dirait : « C'est un photographe. »

« Même, si vous le pressez, il se fait un plaisir
de vous raconter quelques-unes des bonnes affaires
auxquelles a pris part celui à qui vous vous intéressez. En sorte que vous êtes forcément amené à
vous dire :

« — Du moment où les moyens d'existence de
ce monsieur sont connus, et où on le laisse opérer
tranquillement, nul doute que son occupation ne
soit licite, au même titre que celle de tout autre
fabricant ou négociant.

« Il n'y a plus, aujourd'hui, à se le dissimuler,
ces métiers devront figurer dans la prochaine édition du guide pour le choix d'un état. Sans doute,
l'encombrement des carrières a causé cette nécessité d'en ouvrir de nouvelles aux jeunes gens labo-
rieux, et il a fallu se montrer plus large dans
l'acceptation des vocations.

« La chose est tellement entrée dans nos mœurs
que personne ne fait la moindre observation ni
ne manifeste aucun étonnement à la lecture de
ces conversations dans les cafés, au sujet de tel
ou tel consommateur. Nul n'est surpris de voir un
apache, sinon jouir de la même considération qu'un
avoué, au moins être classé tout comme ce dernier et avoir sa place dans la société. C'est au

point que je m'attends tous les jours à ce qu'un cabaret mette sur son enseigne : « Au rendez-vous des assassins. »

« Il n'est pas probable que l'autorité intervienne, ainsi qu'elle fit alors qu'un autre avait mis : « Au rendez-vous des notaires. » Ceux-ci avaient fait remarquer très justement qu'ils n'exerçaient qu'en chambre. »

Lorsque Ruy Blas demande ce que faisait le roi d'Espagne pendant que ses ministres dépeçaient son empire, la reine lui répond : « Il allait à la chasse. »

Ce n'est pas sans un certain dédain qu'elle prononce cette parole ; et l'auteur a évidemment l'intention de faire circuler dans la salle cette réflexion :

« En voilà un drôle de chef d'Etat, qui passe son temps à aller à la chasse, au lieu de s'occuper des affaires du pays ! »

C'est ici qu'on peut faire la différence entre les gens qui n'ont pas de chance et les gens qui en ont. Si ce pauvre Charles II avait vécu de nos jours, et s'il avait été roi constitutionnel ou président de république, loin de constituer un blâme, le fait d'aller à la chasse aurait été pour lui le plus grand des éloges.

Cette charge d'aller à la chasse paraît inhérente à la première magistrature de l'Etat. C'est la seule dont on ait hérité, sans la réformer, des anciennes attributions des monarques. Cela est si vrai qu'aucun journal ne manque de nous donner cette nouvelle palpitante que le Président est allé à la chasse dans les termes respectueux qu'on emploie pour annoncer toute pratique d'une auguste fonction.

Remarquez en effet que si, par hasard, le Président fait une partie de bridge, ce qui ne lui est pas interdit par la Constitution, ou se contente d'un simple loto de famille, il n'en est nullement question dans la presse. Pourquoi? Parce que ces jeux sont considérés comme des délassements d'ordre privé, tandis que la chasse est un service d'Etat.

Lorsque M. Grévy jouait au billard, les gazettes n'en soufflaient mot. Lui ne chassait point. C'est ce qui le fit congédier comme insuffisant.

Dans une petite ville de province, le percepteur était violoniste et dirigeait la fanfare. Quand il fut question de son changement, le député de l'endroit alla voir le ministre et lui dit :

— Donnez-moi le percepteur qu'il vous plaira, mais il faut qu'il sache jouer du violon.

Nous autres, nous ne comprendrions pas un Président qui ne sût pas chasser; et, tout comme aux beaux jours du grand siècle, nos cœurs tressaillent d'allégresse quand nous lisons les noms des mortels fortunés qui ont été admis à l'honneur insigne d'exercer avec lui ce devoir de la puissance suprême.

Non, il n'était point sot, celui à qui l'on doit cette invention mirifique d'enchanter les hommes en leur permettant de poser sous leur mamelle gauche un petit bout d'étoffe d'une certaine couleur. Savez-vous bien qu'hier il y a eu des cen-

1

taines de gens parfaitement heureux, sans compter les femmes et les petits enfants ? N'est-ce donc pas admirable de semer ainsi du bonheur sans qu'il en coûte rien ?

Car remarquez que la plupart des satisfactions qu'on accorde nuisent à quelqu'un. C'est ce qui a fait dire que le bonheur de l'un fait souvent le malheur de l'autre. Rien de pareil avec la décoration. Si vous la donnez à quelqu'un, vous ne l'enlevez à personne. Il n'y a que les envieux qui ne sont pas contents, et les envieux ne sont pas intéressants.

Quand on décore, on ne fait de mal à qui que ce soit, pas même au contribuable, qui n'a rien à débourser, ce qui est un cas tout à fait extraordinaire. Il y a même des pays où les décorations rapportent. Nous n'avons pas encore atteint ce degré de civilisation, ce que certains hommes politiques considèrent comme regrettable, car ils prétendent que les ressources du Trésor pourraient s'en augmenter considérablement.

Quoi qu'il en soit, c'est une joie sans mélange qui a pénétré, hier, au sein de nombreuses familles, et plus d'un de nos compatriotes, qui, ainsi que Macbeth, avait perdu le sommeil, a pu enfin dormir.

Ce qui, en effet, caractérise l'homme à qui, sans raison ou avec raison, on a fait espérer la croix, c'est un état d'inquiétude, un malaise général, une irritabilité maladive qui le prive de tout repos. Atteint de cette affection, l'homme ne prend goût à aucun des plaisirs de cette vie ; il présente une face hagarde, répond à côté aux questions, et passe rêveur à travers les bruits de ce monde, n'attendant que le bruit que le tirera de sa léthargie ou de sa fébrilité, en lui annonçant qu'il peut entrer chez le marchand d'étoffe.

C'est encore un bienfait de ces promotions, que le rappel à la vie de tant d'intelligences égarées. N'est-il pas agréable de retrouver en pleine possession de leurs facultés des amis que, depuis de longs mois déjà, nous avions pu croire victimes d'un gâtisme irrémédiable?

On connaît la jolie définition de l'égoïste : l'égoïste, c'est celui qui ne s'occupe pas de *moi*. Et on lui en veut pour cela. Comme on a tort !

L'égoïste n'est pas dangereux. Il ne pense qu'à lui. Il ne vous embête pas. L'homme insupportable, c'est celui qui s'occupe de vous, qui veut faire votre bonheur, et qui gâte toute votre vie, parce qu'il veut l'arranger à sa guise. La Fontaine disait qu'il fallait préférer un sage ennemi à un maladroit ami ; et moi, je vous dis que ce qu'il faut demander aux hommes, ce n'est pas qu'ils vous fassent du bien. Tenez-vous pour fortunés, et bénissez le Seigneur, pourvu qu'ils ne vous fassent pas de mal.

Je vous demande un peu quelle rage ont les gens de se mêler de ce qui ne les regarde pas. Voici le prince Albert de Prusse qui a l'idée d'épouser une comédienne. Qu'est-ce que cela peut vous faire? Rien du tout. Ni à moi non plus. Eh bien ! il y a autour de lui une foule de personnes à qui cela ne devrait pas faire davantage, et qui s'agitent désespérément pour l'en empêcher. « Elle est plus âgée que vous ; ce n'est pas votre affaire ; elle n'est pas jolie ; elle n'a pas de talent ; cette mésalliance n'a pas d'excuse. » De quoi diable se mêle tout ce monde? Pour ma part, si j'avais un conseil à donner à ce prince, ce serait qu'il agît à sa fantaisie. Je suis de l'avis de Molière, et crois que sur cette terre il se faut contenter, car on a si peu d'occasions d'y être content, que c'est presque péché que d'en manquer une.

C'est toujours cela de pris, doit-il répondre avec la chanson à tous ceux qui lui font envisager un avenir que demain la mort peut interrompre. Qui sait lequel de nous sera vivant dans quinze jours? Le prince, à la vérité, est déshérité, et n'a plus que dix-neuf pauvres petits millions ; mais avec cela, on peut encore vivoter.

Voyez ce malheureux petit jeune homme qui vient de se faire écraser volontairement parce que ses parents refusaient de l'unir à celle qu'il aimait. Évidemment à lui aussi on avait prédit toutes sortes d'infortunes, s'il persistait dans son dessein. Eh! que pouvait-il lui arriver de pis?

Quand donc les hommes comprendront-ils que le meilleur moyen de se rendre utiles les uns aux autres, c'est de se ficher mutuellement la paix?

J'ai parlé dernièrement de la facilité laissée aux voyageurs en Angleterre pour le transport de leurs bagages. On me fait observer que ce système n'est pas sans danger, et que plus d'une fois il est arrivé au propriétaire d'une malle de ne pas la retrouver. L'homme des *Saltimbanques* s'était trouvé là, et s'était adjugé le colis.

Cette objection m'était bien venue à la pensée, à moi aussi. Mais, chez nos voisins, on m'avait tellement affirmé que jamais on n'avait signalé pareil fait, et que ce genre de vol était inconnu, que j'avais fini par le croire. Il paraît que je me trompais. Je n'en suis pas autrement étonné.

Celui qui me rectifié à ce sujet me vante en revanche le libre accès des plates-formes, et il a raison. Là-bas, point de poinçonnage de tickets, point de barrières, point d'employés contrôleurs au départ. Le contrôle se fait tout simplement dans le train. Voilà, en effet, une amélioration facile, et je ne vois vraiment pas ce qui empêche de l'adopter.

Notre défaut en toutes choses est de trop compliquer, grâce à notre ardent besoin de contrôle et de garantie. Lorsque Antoine supprima dans son théâtre les messieurs qu'on fait geler en habit noir à la porte pour recevoir vos billets, on le prit pour un fou. Il ne lui advint pourtant rien d'extraordinaire. Et nos omnibus? Que de poinçonnages, que de bureaux, que de gens occupés à l'inspection! Lorsqu'on compte les sommes que coûte leur défiance aux administrations, on pense qu'elles auraient grand profit à se laisser voler.

C'est surtout quand il s'agit de l'Etat qu'éclate cette vérité. Si vous saviez combien de billets de mille francs sont dépensés pour retrouver un sou d'erreur, vous vous diriez qu'il y aurait bénéfice à laisser le sou égaré. C'est le cas de placer le vieux dicton, que les pompiers font plus de dégâts que le feu.

Il y a certainement des recouvrements qui coûtent plus qu'ils ne rapportent. Et je ne désespère pas de voir un jour l'Etat ressembler à ce théâtre, dont chaque soir les frais dépassaient les recettes, et dont le directeur disait :

— C'est particulier, j'ai beau dépenser un argent fou pour assurer mes rentrées, je ne peux pas arriver à joindre les deux bouts.

Il est tout à fait intéressant de payer douze cents

francs pour en rattraper mille ; cependant on ne peut s'empêcher de faire remarquer que, si l'on ne payait rien du tout, ce serait deux cents francs de gagnés.

L'empereur Néron offrait la forte somme à qui lui découvrirait un nouveau plaisir. Je ne sais pas si je me trompe, mais il me semble que nous commençons à être aussi blasés que l'empereur Néron, et je me demande si vraiment, quelque belles qu'elles soient, il ne serait pas temps de trouver un élément qui variât un peu la monotonie des fêtes officielles.

Reconnaissons qu'elles ne nous amusent plus beaucoup, et qu'il faut que nous nous chatouillions fortement pour nous faire rire. Le meilleur mets fatigue quand on vous le sert à chaque repas. Or, invariable, est le programme de nos cérémonies. Il est inutile d'en acheter un exemplaire nouvellement imprimé. Celui d'il y a trente ans peut servir. Mêmes cortèges, mêmes banquets, mêmes menus, mêmes discours, mêmes représentations, dites de gala, sans doute parce qu'elles sont plus ennuyeuses que les autres ; mêmes municipaux, mêmes habits noirs et mêmes cravates blanches. Qui a vu cela une fois peut se retirer à la campagne : il ne verra jamais autre chose de sa vie.

Ce qui n'empêche pas qu'à chaque occasion, la grosse caisse est battue pour attirer la foule et lui promettre merveilles, ainsi qu'il est de coutume dans les parades. Et la foule ne se lasse jamais d'accourir, bien qu'elle connaisse parfaitement d'avance le spectacle qu'on lui donnera. Cependant, il m'apparaît qu'elle commence tout de même à donner des signes d'indifférence et d'ennui.

L'empereur Néron en fut pour son offre et il ne se présenta personne pour lui donner satisfaction. C'est pourquoi il mit le feu à Rome afin de se distraire un peu. Peut-être serait-ce aussi l'excuse invoquée par les manifestants de Longchamp ; et je ne serais pas étonné que quelqu'un d'entre eux se justifiât en disant :

« Toutes nos réjouissances sont tellement assommantes que, ma foi, nous avons essayé d'y joindre un peu d'imprévu. »

C'est une affaire manquée. Il paraît que ce n'était pas encore cela. Cependant, il y a là un effort dont il ne faudrait pas négliger la signification. Nous sommes las de nous embêter.

L'automobile est devenu ce qu'on appelait autrefois *instrumentum regni*, ce que nous appelons plus modestement aujourd'hui un instrument de propagande politique.

Sa fonction est capitale dans les périodes électorales, qui de plus en plus semblent converties en courses de vitesse. La coupe est un siège dans une assemblée ; celui qui a la meilleure machine, et qui sait le mieux la faire marcher, a toutes chances de l'emporter.

La vertu de l'automobile ne s'arrête pas là. Une fois élu, l'homme politique, qui autrefois cheminait à petites tournées, porte maintenant la bonne parole avec du quatre-vingts à l'heure, ce qui lui permet de desservir en très peu de temps un nombre considérable de localités. La rapidité est un élément inappréciable de succès.

Dans un siècle, qui ne marche plus, qui ne court plus, mais qui se précipite, sans trop savoir où, mais il se précipite tout de même, l'automobile est bien l'organe créé par la fonction. J'attends pour ma part le moment où l'orateur ne s'arrêtera même plus pour parler, et où il discourra tout en dévorant l'espace. Chacun recevra ses paroles au vol, en passant, au petit bonheur ; et ce sera comme le grain de l'Évangile, qui germera ou ne germera point, selon l'endroit où il tombera.

Ce sera un beau spectacle, quand toutes nos routes seront sillonnées d'autos, d'où sortiront des voix éducatrices. Il jaillira de là une éloquence spéciale, dont nous n'avons encore aucune idée, et qui probablement sera composée d'interjections et d'onomatopées. La phrase entendue à la traverse d'un village n'exigera aucune logique de la part de sa complémentaire, qui ne sera proférée que dix kilomètres plus loin ; ce qui permettra aux hommes politiques de se contredire beaucoup plus rapidement que par le passé. D'où un progrès incontestable.

Les choses en iront-elles mieux ? Je n'en sais rien. Ce que je sais, c'est que, dans un vieux vaudeville, un médecin ayant inventé un système de piles électriques destinées à certaines affections, répondait à celui qui lui demandait si cela guérissait :

— Non ; mais cela fait toujours sauter le malade.

Parmi les nombreuses manières de se procurer de l'argent inventées par Panurge, le joyeux héros de Rabelais avait certainement oublié celle que

vient d'employer le désormais illustre cambrioleur allemand qui, ayant endossé des habits de
capitaine, à l'instar du général Mallet, s'est fait
suivre par toute une garnison, a fourré le maire
au bloc et s'en est allé avec l'argent de la commune.

Le trait est superbe, et nous n'avons plus qu'à
nous pendre. Ces diables d'Allemands ont juré de
l'emporter sur nous en toute matière ; et voilà
que, malgré tout l'esprit et toute l'intelligence
de nos cambrioleurs, le record de l'art est obtenu
par l'Allemagne.

Il est d'autant plus extraordinaire qu'aucun de
nos compatriotes n'ait songé à cette admirable
farce que, chez nous, des précédents existaient.
J'ai cité le général Mallet, qui fut maître de
Paris, et par conséquent de la France, pendant
vingt-quatre heures. Evidemment, s'il n'en avait
voulu qu'à la caisse, il l'avait. Malheureusement
pour lui, il visait le pouvoir ; et si, encore aujour-
d'hui, il serait assez aisé de s'emparer de l'Elysée,
la difficulté serait de s'y maintenir.

Un autre déguisement de ce genre a complètement réussi ; mais il ne s'agissait que d'une éva-
sion. Il y a quelques années, un prisonnier, s'étant
procuré un uniforme de lieutenant, est parvenu à
sortir tête haute, salué par les sentinelles, et a
gagné avec lenteur et majesté la voiture qui l'attendait au dehors. A vrai dire, l'audace est la
même chez nos artistes, à nous, lorsqu'ils démé-
nagent une villa, se disant envoyés par le propriétaire.

Cet exploit à la Rocambole confirme la thèse
que je soutenais ici même, quand je disais que
nous vivions en plein roman-feuilleton. Il est très
curieux de constater que ce n'est pas du tout l'état

social qui crée les écrivains, mais que ce sont, au contraire, les écrivains qui créent l'état social.

On l'a dit pour Balzac, dont l'œuvre a enfanté toute une société qui n'existait pas encore quand il l'a dépeinte. Nous autres, nous sortons de Ponson du Terrail. Nous n'en sommes pas très fiers ; mais on frémit à ce que sera le monde de l'avenir, s'il réalise à un jour quelconque les fantastiques élucubrations de nos galants contemporains.

Vous êtes-vous parfois demandé pourquoi, toutes les fois qu'un changement s'opère dans la composition d'un ministère, cela s'appelle une *crise ?*

Non, évidemment ; car nous prenons le plus souvent les mots comme on nous les donne, et les répétons docilement sans nous soucier de leur signification.

Pour moi, plus curieux, je me suis informé. Car, enfin, me disais-je, ce qu'on nomme généralement une crise, c'est le moment où une maladie se transforme, passe d'un état à un autre, moment qui, le plus souvent, emporte le malade et qui, quelquefois, décide de sa guérison. Pour qu'un remaniement ministériel soit interprété comme une crise, il faut donc que l'on considère l'État comme un malade.

— Vous avez raison, m'a-t-on dit. L'État est un malade. Seulement, c'est un malade chronique. Vous ne parlez là que des crises qui surviennent dans les maladies aiguës. Mais il y a aussi des gens qui ont des crises intermittentes ou régulières. Il a dû vous arriver, en allant voir une per-

sonne, de vous entendre répondre par la bonne :
« Monsieur a sa crise. » Certains malades ont
aussi des crises, après lesquelles ils reprennent
santé. L'Etat est un de ces malades-là.

— J'entends. Pourtant, l'assimilation ne me
paraît pas d'une rigoureuse exactitude. Chez les
malades ordinaires, les crises surviennent selon
qu'il plaît à Dieu et s'en vont de même, sans que
le souffrant soit jamais consulté. Il est même
probable que, s'il l'était, il éviterait la crise.

— Eh bien, voilà précisément où la ressemblance est la plus parfaite et ce qui justifie le
mieux le terme employé. En prononçant les mots :
crise ministérielle, on ne peut indiquer plus complètement aux populations que le hasard dispose
de leurs destinées d'aujourd'hui, comme il a dis-
posé de celles d'hier, et comme il disposera de
celles de demain. C'est pourquoi ces mots constituent une véritable trouvaille. Comme on sent
bien en les proférant que les choses ne dépendent
de personne, et que, si l'homme s'agite, il reconnaît lui-même qu'il ne se mène point ! Aussi va-
t-il chaque matin aux nouvelles de sa propre
santé. Il est désolé d'apprendre qu'il souffre et
sera charmé demain d'apprendre qu'il va mieux.

— Vous devriez, disais-je à un huissier de cabinet ministériel que je connais depuis une trentaine d'années, écrire vos Mémoires.

— Pourquoi cela ?

— Mais parce qu'ils seraient très curieux et
très intéressants. Vous avez vu passer ici une
quantité considérable de ministres, et placé

comme vous l'êtes, en pleine coulisse, indépendant et impartial, vous les jugeriez sous un point de vue peut-être fort différent de celui de leurs autres contemporains.

— Peut-être, dit-il, non sans une mine un peu dédaigneuse. J'en sais sans doute plus que je ne veux ni ne dois en révéler. Mais, au demeurant, cela n'est pas si différent que vous le pensez,

— Voilà ce que vous ne me ferez pas croire.

— Oui, je sais bien. Il y en a de plus fiers les uns que les autres. Mais comme on se trompe sur leur compte : ceux qu'on regarde comme les plus durs sont souvent les plus gentils. Si je vous disais tout, monsieur, vous seriez étonné. Ah ! c'est vrai que j'en ai connu de bien des espèces ! Peu de matamores, pourtant. En général, ils comprennent tous que ce qu'ils ont l'air de faire n'est pas sérieux. Il en est passé un qui, lorsqu'il venait dans son cabinet, me saluait jusqu'à terre et semblait m'être reconnaissant de ce que je le laissais entrer. Il est vrai qu'auparavant il s'était présenté bien des fois en solliciteur. Et, à ce propos, là où on les distingue le mieux, c'est dans leur façon de recevoir les visites.

— Comment cela ?

— Ah ! monsieur, tout est là, voyez-vous. Il y en a qui font attendre les gens pour le plaisir, qui ne sont jamais plus heureux que lorsqu'ils retiennent quelqu'un assez longtemps pour que les autres s'embêtent et se mettent à jurer. Il y en a d'autres, au contraire, qui expédient leur monde prestement. Tout cela dépend des tempéraments.

— Qu'est que cela vous fait, quand vous changez de patron ?

— A nous, rien du tout. Qu'est-ce que vous voulez que cela nous fasse ! On entre, on sort ; et qu'ils s'occupent ou ne s'occupent pas, les affaires

vont tout de même. Il faut bien qu'elles aillent,
n'est-il pas vrai?

Pour se désintéresser des choses de la terre,
vous voyez, mon vieux Renan, qu'il n'est pas
nécessaire d'être l'astre Sirius. Il suffit d'être
huissier dans un ministère.

Parmi les expressions amusantes dont fourmille
la politique, il en est une qui revient assez souvent
dans le langage courant, pour que je l'aie entendue, moi qui vous parle, de cent cinquante à deux
cents fois. Cette expression, c'est le *tournant de
l'histoire*.

Il paraît qu'en ce moment nous sommes à un
tournant de l'histoire. On m'a dit si souvent que
j'étais à un tournant de l'histoire, que l'histoire a
fini par me faire l'effet d'un toton, qui ne cesse de
tourner. Aussi ne suis-je pas surpris que les peuples en prennent l'habitude. L'histoire est comme
la terre, elle tourne, mais personne ne s'en aperçoit.

Autrefois, du temps de Joseph Prud'homme, le
char de l'Etat naviguait sur un volcan. Depuis
quelque temps, il ne cesse de tourner.

Dans une vieille caricature de Topffer, on voit
son héros, M. Cryptogame, se sauver sur un bateau,
et en faire le tour avec une telle vélocité, qu'il
entraîne successivement derrière lui passagers,
matelots, dindes, volailles, bœufs et animaux
divers ; et, ce rond frénétique se communiquant
au navire lui-même, celui-ci se met à tourner sans
trêve ni merci.

Est-ce aussi parce qu'elle obéit au tournoiement
des convictions politiques, que l'histoire rencontre

si souvent ce que les gens bien informés appellent des tournants ? Je l'ignore. Mais ce que je constate, c'est que l'expression est moderne. Jamais, dans le passé, on n'avait songé à faire tourner l'histoire. Vous me direz qu'avant la découverte de Galilée, on ne songeait pas non plus à faire tourner la terre, et qu'elle tournait tout de même.

Nous avons d'ailleurs, aujourd'hui, beaucoup d'expressions ignorées de nos pères. Par exemple, l'adjectif *troublant ;* vous ne pouvez pas ouvrir un roman, sans y trouver tant de choses troublantes, que vous vous demandez comment s'y prennent les gens pour être si souvent troublés. Il y a aussi le mot *impeccable ;* nos ancêtres se contentaient de dire : *parfait.* Il y a encore le mot : *talentueux ;* nos ancêtres se contentaient de dire qu'on avait du talent.

Il y en a beaucoup d'autres encore, que nos ancêtres n'employaient jamais. Ils étaient si bêtes !

Le vent est aux réformes. Voici qu'on parle de réformer les études médicales. Les médecins auraient fait une découverte tout à fait imprévue. Ils se seraient soudain aperçus qu'ils étaient faits pour guérir les malades.

Voilà ce à quoi aucun d'eux n'avait songé jusqu'ici, et cette découverte inattendue aura des conséquences non moins considérables que celles de l'attraction et de la vapeur. Jusqu'à présent, on s'était habitué à enseigner dans les facultés toutes sortes de choses curieuses et intéressantes : on y apprenait l'anatomie, la physiologie, l'histologie, l'histoire naturelle, toutes sortes d'autres sciences, mais on n'y apprenait pas à guérir les malades.

Dans les syndicats médicaux de France, quelques membres ont pensé qu'il y avait là une lacune. Sans doute, ils ne méconnaissent pas l'importance des études transcendantes, et ils n'ont pas la prétention d'empêcher les étudiants en médecine de connaître l'univers, mais ils désireraient tout de même que, de temps en temps, ne fût-ce que pour se reposer, ils apprissent aussi à soigner les rhumes et les maladies d'estomac.

Car les plus savants de nos médecins ne sont pas aussi différents qu'ils se l'imaginent de ceux que raillait Molière. A la vérité, ils ne parlent plus latin comme ces derniers, mais ils sont gens à discuter à perte de vue sur les causes et les effets, sur la biologie et ses problèmes, connaissent toutes matières, écrivent des thèses à perte de vue sur tous sujets, font l'admiration des académies et savent, à n'en pas douter, pourquoi votre fille est muette. Quant à la façon de lui rendre la parole, c'est un souci qui les hante peu. On ne leur a jamais parlé de ça.

Les nombreux malades qui préfèrent l'onguent de la commère à l'étalage des plus belles théories seront reconnaissants aux entrepreneurs de cette réforme des études. Il y a là un signe des temps qui réconcilierait presque ma sauvagerie avec le progrès. Il n'est peut-être pas impossible qu'un jour (mais nous n'y serons plus) l'humanité finisse par avoir le sens commun.

Nul n'est content de son sort. Il en était déjà ainsi du temps d'Horace, qui, là-dessus, a fait une satire, effroi des écoliers. Lorsqu'un homme est chargé d'une chose, il a immédiatement idée d'en faire une autre. C'est ce qui vous explique pourquoi Louis XVI fabriquait des serrures, pourquoi Victor Hugo dessinait et pourquoi Waldeck-Rousseau se consacrait à l'aquarelle. C'est ce qui vous explique aussi pourquoi tous les médecins veulent être députés et pourquoi un cocher de bonne maison me disait : « C'est mon patron qui devrait être cocher, puisque c'est toujours lui qui conduit à ma place. »

Il n'y a donc rien d'étonnant, les hommes étant ainsi fabriqués, à voir un curé devenir avocat. Il doit être fort contrarié qu'on lui interdise l'exercice de cette profession, qui lui convient d'autant mieux que ce n'est pas la sienne. Le seul travail qu'on ne puisse supporter est celui dont on a l'habitude ; tous les autres à côté sont attrayants.

Un moyen de contenter, mais par malheur très provisoirement, tout le monde, ce serait d'établir une permutation générale, autrement dit de transporter subitement les gens d'une carrière dans une autre. La joie ne durerait pas, mais elle serait intense. Et, ma foi, l'on en a si peu sur la terre !

L'allégresse d'un receveur d'enregistrement devenant secrétaire d'un théâtre subventionné ne serait égalée que par celle d'un officier de marine qu'on nommerait juge d'instruction. Chaque état ayant ses bons et ses mauvais côtés, les gens n'en gémiraient que plus fort lorsqu'ils s'apercevraient qu'ils ont changé leur cheval borgne pour un aveugle. On en serait quitte pour recommencer.

La ligne droite n'a pas la vertu qu'on lui prête. Dans la vie, rien ne vaut le zigzag. Le zigzag, en effet, c'est l'imprévu. Tel veut plaider, parce qu'il a appris à prêcher ; tel autre prêcherait volontiers, parce qu'on ne lui a appris qu'à plaider. Aussi n'ai-je pas manifesté le moindre étonnement alors que, causant avec un ministre des finances, celui-ci, me dit : « Ah! mon ami, que je serais heureux si je pouvais être cuirassier ! »

Et je suis sûr qu'en ce moment même le cuirassier qu'il regardait passant sous ses fenêtres se disait *in petto* :

« Il y a vraiment là-haut des gens qui sont veinards ! »

Un ancien ministre de la guerre contait deux anecdotes fort amusantes, relatives au néant de la gloire ministérielle. On pourrait en citer bien d'autres, et beaucoup qui toucheraient à la gloire pour de bon, laquelle, on en conviendra, n'a rien de commun avec une fonction administrative.

Je sais que, pour bien des gens, un sous-préfet a plus de prestige que n'en a jamais eu Victor Hugo ; mais cela est dû à l'uniforme, et que restera-t-il à un simple ministre, qui n'en a pas?

Eh bien! même la gloire pour de bon est bien peu de chose, et, grâce à l'ignorance universelle, elle est souvent rien du tout. Puisque j'ai cité le nom de Victor Hugo, je me souviens qu'assistant à la répétition générale d'*Hernani*, au Théâtre-Français, et me trouvant au balcon à côté de deux dames, que j'avais rencontrées chez le grand homme, je les vis avec stupéfaction demander leurs manteaux après le quatrième acte et se disposer à partir. Elles croyaient que c'était fini. Tout s'arrangeait selon leur vue après le pardon des conspirateurs, et elles se tenaient pour satisfaites. Elles n'avaient, évidemment, jamais lu la pièce.

Que de fois Vacquerie m'a conté la stupéfaction de la Patti quand on lui apprit que *Rigoletto* était tiré d'un drame le *Roi s'amuse*.

C'est à ce même Théâtre-Français qu'un soir on donnait *Par Droit de conquête* et *les Plaideurs* Mes deux voisins, gros bourgeois de province qui avaient bien dîné, furent fort contents de la comédie de Legouvé, qu'ils trouvaient *distinguée*. Mais celle de Racine les indigna. Ils ne purent rester jusqu'à la fin, et sortirent en disant qu'il était indigne de notre premier théâtre de jouer des pantalonnades à peine supportables aux *Variétés*, et que le gouvernement devrait aviser. Je vous assure que je n'invente rien.

Ce qui doit consoler les gens qui manquent de notoriété, c'est combien celle-ci est toujours moins grande qu'on ne le suppose. C'est aussi que, fût-on aussi connu que Napoléon, cela ne vaut pas un bon verre de vin, et l'on m'affirme qu'il ne sera pas mauvais cette année

Continuant à veiller avec le plus grand soin sur nos bonnes mœurs, ceux qui en sont chargés, et croyez que ce n'est pas une sinécure, ont cru remarquer que, depuis quelques années, la poste restante servait d'intermédiaire à un nombre toujours croissant de galantes aventures.

Cette remarque fait honneur à leur sagacité. C'est le propre des protecteurs de tout genre de ne s'apercevoir des choses que lorsqu'elles sont de notoriété publique.

Hélas! il n'est que trop vrai que la plupart des lettres qui portent pour suscription des initiales et des chiffres renferment rarement des commandes de charbon de terre et beaucoup plus souvent des entretiens amoureux. Au moins le suppose-t-on généralement; car, enfin, il n'est pas permis de pénétrer le secret des correspondances, et nul n'a le droit de le savoir, pas même nos moralistes.

Ils le savent cependant, attendu que rien ne leur est inconnu. Ils le savent, le déplorent, et cherchent le moyen de remédier à ce mal qui grandit de jour en jour.

Je crains qu'ils n'en trouvent point. La suppression pure et simple de la poste restante ne laisserait pas que d'être gênante pour les affaires. N'osant aller jusque-là, ceux qui ont projeté de nous remener dans le sentier de la vertu proposent au moins, en attendant mieux, de ne plus admettre les mineurs d'aucun sexe aux guichets où sont délivrées ces sortes de missives.

Je ne vois pas bien, je l'avoue, un employé disant à une jeune personne :

— Il y a bien une lettre aux initiales que vous m'indiquez, mais je ne saurais vous la remettre que si vous me communiquez copie de votre acte de naissance, dûment légalisée.

Il pourrait arriver, les visages étant si menteurs, que la jeune personne répondît :

— Peut-être vous suffira-t-il de voir mon contrat de mariage ?

Dans ce cas, l'employé sera obligé de livrer la correspondance, en disant :

— Nous sommes ici pour défendre la morale ; mais, du moment où vous trompez votre mari, rien n'est plus légitime.

Nous n'aimons pas à nous donner de peine, cela est évident. C'est pourquoi je ne crois pas que chez nous l'appareil qui va être inauguré à Rome, au théâtre Constanzi, aurait beaucoup de succès.

Cet appareil est destiné à enregistrer l'opinion du public sur la pièce qu'il vient de voir représenter. Chaque spectateur recevra en entrant un billet, qu'il introduira en sortant dans l'une ou l'autre des fentes de la petite mécanique. Content, ou pas content. Ce sera comme le bulletin blanc ou bleu des assemblées, et probablement cela ne servira pas davantage.

Dans nos assemblées, cela fait quelquefois changer de gouvernement ; mais la comédie ne change pas. Je crois que chez nous au moins ce vote ne modifierait guère l'affiche, les directeurs ayant un bien meilleur *criterium*, qui est la recette, sans compter qu'il n'est pas douteux que le nombre des abstentions serait considérable.

Au sortir du théâtre, il n'y aurait pas beaucoup de gens qui consentiraient à s'arrêter, ne fût-ce que quelques minutes, pour déposer leur bulletin. Voyez ce qui se passe dans les wagons-restaurants, où chaque dîneur est prié de jeter son addition dans une boîte. Ce n'est pas difficile. Pourtant, personne ne le fait.

Il est possible qu'il n'en soit pas de même à l'étranger. J'ai vu, à mon grand étonnement, dans tous les restaurants d'Autriche, les clients s'assujettir, avant de s'en aller, à faire trois tas inégaux de pourboires. Il paraît qu'il est de toute nécessité de séparer en trois la somme qu'on veut donner, parce qu'il y a trois serviteurs à récompenser, et que si le consommateur n'opérait lui-même la division, le premier garçon qui viendrait raflerait le tout.

Ce n'est pas là ce qui est étonnant. Ce qui est étonnant, c'est que le dîneur s'exécute.

Nous voyons bien, nous aussi, s'acclimater dans nos restaurants et nos théâtres l'habitude de partager les pourboires, en les augmentant bien en-

tendu ; mais jusqu'à présent on n'a pas encore exigé
que nous les portions nous-mêmes aux intéressés.

J'estime que peu de spectateurs se dérangeraient
pour aller glisser leur opinion dans une boîte, et
que cette boîte resterait presque aussi vide qu'un
tronc d'église, où, lorsque deux mille personnes ont
passé, on trouve rarement plus de dix-sept sous.

On a joué une pièce intitulée : *Les Surprises du
divorce*. Je ne serais pas étonné qu'on en fît une,
intitulée : *Les Surprises du repos hebdomadaire*.

Parmi ces surprises, celle que nous avons signa-
lée, hier, n'est pas une des moins surprenantes ; et
cependant elle est toute naturelle. Un témoin a
refusé de comparaître devant le tribunal, en donnant pour raison que si ce jour-là n'était pas le
jour du repos des juges c'était son jour de repos à
lui.

Qu'est-ce que vous avez à dire à cela? Aussi le
Parquet n'a rien dit du tout, et a accepté la défaite.
Ce qui sera le plus curieux, et ce qui deviendra
d'un haut comique, c'est que, lorsque tous les témoins se mettront à suivre cet exemple, comme ils
n'auront pas tous le même jour de repos, et qu'ils
pourront appartenir à différentes corporations, il
sera impossible de les réunir, et par conséquent de
rendre la justice.

Ce n'est pas ce qui, pour ma part, me désespé-
rera énormément ; mais il est certain que cette
conséquence de la loi, si elle n'est pas fâcheuse,
est tout au moins imprévue.

La question qui se pose est de savoir si la comparution devant un tribunal doit être considérée
comme un travail.

— Incontestablement, disent les uns. Il n'est pire travail que celui qui vous est commandé. Vous voulez absolument que je me repose, et vous vous mêlez de troubler mon repos.

— Cependant, répondent les autres, si vous aviez mal aux dents, vous iriez bien chez le dentiste.

— Sans doute ; mais il s'agirait de mes dents, à moi, et non des vôtres.

Aux témoins succéderont sans doute les prévenus, et j'attends l'heure où l'un de ceux-ci se lèvera, et dira au président :

— Monsieur le juge, vous m'avez fait venir ici indûment. C'est aujourd'hui mercredi, et, le mercredi étant le jour de repos de ma corporation, vous êtes en train de violer la loi en ma personne.

Et les juges, obligés de choisir entre deux lois, dont l'une contredit l'autre, ne seront pas médiocrement embarrassés. Je ne les plains pas. Ils auraient si bien pu choisir un autre état.

Quand on a eu la bouche close toute sa vie, c'est bien le moins qu'on parle un peu après sa mort. Nous autres, qui avons quotidiennement la liberté d'appeler un chat un chat, et notre meilleur ami un fripon, nous sommes pleins de compassion pour ces grands-chanceliers, et autres ministres de Cours, qui, ainsi que M. de Hohenlohe, ont, tant qu'ils vivent, bouche cousue, et ne peuvent se soulager un peu que lorsqu'ils n'y sont plus.

Ce sont depuis Saint-Simon, de grands auteurs de Mémoires ; et il est étonnant que les survivants s'en formalisent. Les bénignes anecdotes racontées par le grand seigneur allemand, sur celui-ci ou

celui-là, ont fait un bruit extraordinaire. On est
étonné du nombre de blanches hermines qui ne
veulent pas être touchées. J'admire non seulement
cette prétention à la perfection, mais encore plus
cette visible sottise des hommes, qui supposent
qu'en nous apprenant qu'ils sont de vulgaires gredins, on nous apprend quelque chose.

Les révélations relatives aux grands personnages, qu'elles soient ou non posthumes, me font
toujours rêver ; car en réalité elles ne nous révèlent rien du tout. Où se trouve la belle âme assez
naïve pour croire à l'honnêteté de tous ces gens-là ?
Il y a longtemps que nous avons dépecé les hommes
d'État, et que nous savons ce qu'ils valent. Est-ce
qu'ils seraient jamais arrivés à quelque chose,
s'ils avaient eu de la vertu ? Leur indignation et
celle de leurs descendants est aussi drôle que le
serait celle de marchands qui se seraient enrichis
en vendant des produits avariés, et qui ne pourraient tolérer qu'on dise qu'ils aient jamais menti.

Le mensonge est malheureusement l'âme du
commerce, comme aussi de la politique, ce négoce
des moins propres. Il en a été ainsi depuis des siècles, et ce n'est pas nous qui en verrons la fin. Si la
loyauté était bannie du reste du monde, ce n'est
pas dans les régions gouvernementales qu'il la
faudrait chercher. Ni autre part non plus d'ailleurs, car les plus hardis explorateurs y perdent
leur sang et leurs peines, et répètent volontiers,
après mon vieux Rabelais :

« Approchez, gens de bien. Où êtes-vous ? Je ne
vous peux voir. »

Paris. — Imp. Paul Dupont (Cl.) — 500.12.1906.

BIBLIOTHÈQUE
NATIONALE

CHÂTEAU
de
SABLÉ
1984